Melody Anne
Turbulente Gefühle

AF186165

Das Buch

Ace Armstrong, CIA-Agent und unterwegs in gefährlichen Missionen, gefällt sein Leben als einsamer Wolf. Seine Brüder hat er seit Jahren nicht gesehen. Doch dann läuft ein Einsatz aus dem Ruder und Ace braucht dringend Heimaturlaub. Dass er dort gleich als Trauzeuge auf der Hochzeit seines Bruders Nick eingeplant wird, passt ihm nicht so richtig – bis er die atemberaubende Dakota trifft, Brautjungfer und beste Freundin der Braut.

Dakota möchte Pilotin werden und da kommt ihr der attraktive Armstrong-Bruder gerade recht. Denn seine Küsse sind so wunderbar wie seine Flugstunden. Was sie nicht ahnt: Ace Armstrong hat sich in seinem Job mit mächtigen Gegnern angelegt. Sie haben ihn ins Visier genommen – ihn und alle, die er liebt …

Die Autorin

Melody Anne ist New York Times- und USA Today-Bestsellerautorin. Sie hat einen Bachelor-Abschluss in Betriebswirtschaftslehre, fand aber ihre wahre Berufung mit ihrer ersten Romanveröffentlichung im Jahr 2011. Wenn die Autorin nicht schreibt, verbringt sie gerne Zeit mit ihrer Familie, ihren Freunden und ihren Haustieren. Sie liebt ihre kleine Stadt und engagiert sich in vielen Gemeindeprojekten.

Nach dem Liebesroman »Der Milliardär macht das Spiel« erscheint nun von Melody Anne die vierteilige »Passion Pilots«-Reihe.

MELODY ANNE

TURBULENTE GEFÜHLE

PASSION PILOTS

Roman

Aus dem Amerikanischen von Katja Rudnik

Montlake
Romance

Die amerikanische Ausgabe erschien 2017 unter dem Titel
»Turbulent Intrigue« bei Montlake Romance, Seattle.

Deutsche Erstveröffentlichung bei
Montlake Romance, Amazon Media EU S.à r.l.
38, avenue John F. Kennedy, L-1855 Luxembourg
Februar 2019
Copyright © der Originalausgabe 2017
By Melody Anne
All rights reserved.
Copyright © der deutschsprachigen Ausgabe 2019
By Katja Rudnik

Die Übersetzung dieses Buches wurde durch AmazonCrossing ermöglicht.

Umschlaggestaltung: semper smile, München, www.sempersmile.de
Originaldesign: Regina Wamba of MaeIDesign.com
Umschlagmotiv: © Regina Wamba; © zorazhuang / Getty;
© freedomnaruk / Shutterstock
Lektorat und Korrektorat: Verlag Lutz Garnies, Haar bei München,
www.vlg.de
Gedruckt durch:
Amazon Distribution GmbH, Amazonstraße 1, 04347 Leipzig /
Canon Deutschland Business Services GmbH, Ferdinand-Jühlke-Str. 7,
99095 Erfurt /
CPI books GmbH, Birkstraße 10, 25917 Leck

ISBN: 978-2-91980-492-4

www.montlake-romance.de

Dieses Buch möchte ich Emmy McCormack widmen. Du hast mein Leben zum Besseren verändert. Durch dich ist mir bewusst geworden, dass die Person in mir schon immer da gewesen ist und herauskommen wollte. Ich bin stärker, glücklicher und bereit zu sagen: »Ich kann das« und nicht »Ich schaffe das nicht«. Ich liebe dich!

PROLOG

Im Haus herrschte ein völliges Durcheinander. Die Türen hingen in den Angeln, die Böden waren voller Blut und Ruß, die Wände niedergerissen, wertvolle Gemälde beschädigt und Vasen zerschmettert.

Nestor ging mit ausdruckslosem Gesicht durch den Schutt, während sich die Männer um ihn herum besorgt umschauten und Waffen in den Händen hielten. Langsam bewegte sich die Gruppe vorwärts, ging die Flure entlang und hörte praktisch noch die Hilferufe.

Es war vorbei. Das Gefecht war vorüber, aber das Blut erzählte die Geschichte eines brutalen Kampfes. Es war Krieg geführt worden, und jemand würde den Preis dafür zahlen. Sie gingen in die Küche, wo die Wände niedergerissen waren und es unmöglich war, Blut von Asche zu unterscheiden.

Nestor blieb stehen. Seine Männer schwiegen. Vielleicht waren es nur Sekunden, und vielleicht spielte die Zeit auch keine Rolle, aber schließlich schaute er zitternd und mit hasserfüllten Augen auf.

»Findet heraus, wer für das hier verantwortlich ist«, forderte er mit eisiger Stimme. »Sie werden dafür bezahlen.«

Das waren die letzten Worte, die in diesem zerstörten Haus gesprochen wurden. Die Rache würde schnell und gezielt kommen und Menschenleben kosten.

Kapitel 1

EINEN TAG ZUVOR

Das Adrenalin pumpte durch seinen Körper, als Ace Armstrong dabei zusah, wie die letzten Dinge in dem riesigen Haus wieder an ihren Platz kamen, das er als Fassade nutzte, um die Hauptakteure in diesem Drogenkartell anzulocken. Besonders hinter einer Person war er her – Anton Pavlov. Er war der Allerschlimmste in dieser irren Familie und hatte Hunderte von Menschen mit seinen eigenen Händen umgebracht sowie Tausende von Morden in Auftrag gegeben.

Aber Ace durfte nicht nur hinter Anton her sein, er musste die ganze Gang hochgehen lassen. Falls das misslang, gäbe es Probleme. Zu viele Leute würden auf Rache sinnen. Wenn das hier vorbei war, wollte Ace, dass es *ganz und gar* vorbei war. Er wollte nach Hause fahren können, ohne seine Familie in Gefahr zu bringen.

Als er die, die er seit vielen Jahren liebte, bei der Testamentseröffnung seines Vaters verlassen hatte, war er wegen der Bedingungen, unter denen die Söhne des alten Mannes die Erbschaft bekommen würden, wütend gewesen. Mit der Zeit war diese Wut verraucht, aber dann war er einem Mann begegnet, der ihn für den CIA angeworben hatte. Da hatte er gedacht, den richtigen Weg im Leben gefunden zu haben. Viele Jahre war er in diesem Glauben gewesen.

Jetzt wusste er nicht mehr, ob seine Familie ihn überhaupt zurückhaben wollte. Aber die jüngsten Tragödien, die seine Brüder heimgesucht hatten, hatten eine Sehnsucht in ihm geweckt, die es unmöglich machte, seiner Familie noch länger fernzubleiben. Je früher dieser Fall abgeschlossen war, desto schneller konnte er nach Hause fahren und sicher sein, dass die, die er liebte, keiner Gefahr ausgesetzt waren.

»Wir sind mit dem Aufbauen fertig, Mr Smithers«, sagte der Caterer und holte Ace aus seinen Gedanken. Er hatte seit Beginn dieser Operation den Namen Steve Smithers angenommen und zögerte überhaupt nicht, als der Mann ihn so ansprach.

»Sehr gut, Emanuel. Danke für die gute Arbeit.«

Der Mann drehte sich um und ging. Ace machte einen Rundgang durchs Haus und sah, dass alles perfekt war. Beleuchtung, Dekoration und Essen waren dem Besuch des Präsidenten der Vereinigten Staaten würdig. All das war nötig gewesen, um Anton und seinen Partner Nixon zu Ace zu bringen.

Versteckte Kameras überwachten jeden Quadratzentimeter des Hauses, und Ace trug drei Waffen bei sich. Das gesamte Servicepersonal bestand aus verdeckten CIA-Ermittlern, die den Auftrag hatten, die Operation um jeden Preis zu sichern. Sie wollten das hier dokumentiert haben und sichergehen, dass nichts unversucht gelassen worden war.

Jetzt war fast Showtime. Ace war mehr als bereit und ging sich umziehen. Von einem Augenblick auf den anderen begannen sich Leute durch die große Villa zu bewegen.

Die Party würde problemlos über die Bühne gehen, und Ace kam sich wie ein Affe im Anzug in dem maßgeschneiderten

Smoking vor, der ihm perfekt passte. Er musste sich wie ein erfolgreiches Mitglied des Drogenkartells kleiden. Eine Menge Geld wechselte in diesem Geschäft den Besitzer, und jeder, der sich diesem Geldhandel in den Weg stellte, wurde eliminiert. Das war einfach Routine.

»Er kommt auf dich zu.«

Das leichte Kopfnicken von Ace würde keinem der in dieser großen Villa herumlaufenden Schlägertypen auffallen. Die Vorwarnung kam über einen fast unsichtbaren Ohrhörer und stammte von einem Mann, der die Kameras überwachte. Er bereitete Ace auf Anton vor, der ein paar Sekunden später zu ihm trat.

»Mit dieser Party hast du dich aber selbst übertroffen«, lobte Anton ihn.

»Nur das Beste für dich. Du hast mir erzählt, es würde ein großer Deal werden, und deshalb wollen wir es unseren Gästen gemütlich machen«, gab Ace ungezwungen zurück.

»Du hast in dieser Organisation mein absolutes Vertrauen gewonnen«, schmeichelte Anton ihm. »Keine leichte Aufgabe in nur vier Jahren.«

»Ich weiß dein Vertrauen in mich zu schätzen«, sagte Ace, obwohl er an den Worten fast erstickte.

»Deine Körpersprache drückt Wut aus. Sei vorsichtig«, warnte ihn der Mann über den Ohrhörer.

Ace zwang sich, ruhig zu bleiben. Bald ging es los, und da wollte er sich nicht noch in der letzten Minute verraten. Zumindest brauchte er nicht zu lächeln. Sein Ruf, ein kaltherziger Dreckskerl zu sein, war in diesem Falle nützlich.

»Ich möchte dir danken, Steve. Du bist für mich von unschätzbarem Wert und hast uns dabei geholfen, eine Menge Geld zu machen«, sagte Anton anerkennend.

Obwohl es genau das war, was Ace versucht hatte – nämlich Antons Vertrauen zu gewinnen –,, verdrehte es ihm immer noch den Magen, wenn er daran dachte, wie einfach es gewesen war, die Organisation zu unterwandern. Er spielte den Bösewicht einfach zu gut. Vielleicht war er wirklich einer.

Leute, die ihn trafen, lernten schnell, ihn nicht zu verärgern. Ace hatte Zeit gebraucht, das Image eines eiskalten Mistkerls aufzubauen. Es machte ihn stolz, diesen Test bestanden zu haben, auch wenn es nur wegen der Bösewichte war und um seine Position zu sichern, die es ihm ermöglichte, sie fertigzumachen. Allerdings befürchtete er, dadurch zu dem Schurken geworden zu sein, den er so sehr zu verkörpern versuchte.

Acht Jahre lang hatte Ace für den CIA als verdeckter Ermittler mit beschränktem Kontakt zur Außenwelt gearbeitet. Die letzten vier Jahre war er an einem Fall dran, den er zum Abschluss bringen wollte. Er hatte ein weltbekanntes Drogenkartell sozusagen umgarnt, das sehr gut wusste, wie man Spuren verwischte und sich im Halbdunkel verbarg. Ace war ihr Chefpilot gewesen, dem seine vergangenen Flugstunden sehr zugutegekommen waren.

Er hatte Jahre gebraucht, um das Vertrauen der wichtigsten Familienmitglieder zu gewinnen, und es war ihm gelungen. Und jetzt war es fast vorbei. Er hatte es geschafft, dass ihn seine eigene Familie hasste – um sie zu schützen. Aber er wollte wieder nach Hause zurück, wollte sehen, ob es einen Weg gab, aus diesem von ihm geschaffenen Leben zu verschwinden und vielleicht eine andere Zukunft zu haben als die, die er lebte, seitdem er sein Zuhause verlassen hatte.

An der Tür gab es einen Tumult und sowohl Anton als auch Ace drehten sich um. Drei große Männer betraten hinter einem kleinen, älteren Mann den Raum, der einen Westmancott-Anzug trug, von dem Ace wusste, dass er über siebzigtausend Dollar kostete. Geld war etwas, worüber sich Ace in seinem Leben nie hatte Sorgen machen müssen, aber dennoch ließ ihn der Gedanke, dass jemand etwas so Lächerliches trug, innerlich über den Drogendealer lachen.

Das hier war definitiv eine Welt, in der Ansehen und Neid alles bedeuteten. In einem Umfeld von Falschheit und Habgier war es nicht möglich, wahre Gefühle zu empfinden. Ace mochte zwar mit Geld aufgewachsen sein, aber er hatte auch gute Eltern gehabt. Er konnte jetzt sogar zugeben, seinem Vater für die Einmischung am Ende seines Lebens vergeben zu haben. Obwohl Ace mit den anmaßenden Wünschen des alten Herrn nicht einverstanden gewesen war, konnte er sie jetzt auf sich beruhen lassen, weitermachen und sich an seinen Vater wegen der vielen guten Jahre erinnern, die Ace und seine Brüder ihm verdankten.

»Lass uns sicherstellen, dass es unserem Partygast hier gefällt«, forderte Anton Ace auf.

»Natürlich«, stimmte Ace ihm zu.

Die anderen Gäste gingen zur Seite, als die beiden in der Mitte des Raumes zu Nixon Westworth traten.

»Ich bitte wegen der Verspätung um Verzeihung«, entschuldigte sich Nixon. »Mein Team war mit Sicherheitsproblemen beschäftigt.«

»Sicherheit ist von größter Wichtigkeit«, pflichtete Anton ihm bei.

»Ja, dennoch glaube ich nicht, dass ich länger als nötig bleiben möchte«, gab Nixon mit einer solchen Arroganz zurück, dass Ace mit den Zähnen knirschte, als er, Anton, Nixon und dessen Schlägertypen den Raum verließen, um an einem ruhigeren Ort miteinander zu reden.

Die Geräusche der Party wurden gedämpft, als sich die Tür hinter ihnen schloss. Dann ging es sofort ums Geschäftliche. Ace stand als Stellvertreter dabei, als Nixon und Anton sich einig wurden und sie sich die Hände schüttelten. Das sah fast zivilisiert aus, das heißt, wenn man nicht wusste, womit hier gehandelt wurde.

Aber das Entscheidende war, dass die Operation ein Erfolg gewesen war. Sie hatten es geschafft. Ace hätte am liebsten gelächelt, denn er wusste, dass sie den letzten Nagel in den Sarg der Pavlov-Familie geschlagen hatten. Und Nixon würde man auch gleich mit einkassieren, was ein zusätzlicher Bonus war.

»Wir haben sie«, ertönte die Stimme in Aces Ohr. Nur weil sie alle hier waren, bedeutete das noch lange nicht, dass der bevorstehende Kampf einfach werden würde. Gute Männer könnten sehr schnell im Kampfgewühl ihr Leben lassen.

»Ich möchte mich jetzt verabschieden«, verkündete Nixon. »Und ich freue mich auf zukünftige Geschäftsabschlüsse.«

»Ich mich auch«, pflichtete ihm Anton bei. Ace nickte dem Mann einfach zu, und der grinste. Anton mochte ihm vertrauen, aber Nixon war jemand, der noch zynischer war.

»Er verlässt das Haus nicht«, war die warnende Stimme in Aces Ohr zu hören, der sich daraufhin verkrampfte. In nur ein paar Sekunden würde es ein bisschen brenzliger werden. Nixon würde nicht davonkommen. Keiner von ihnen würde das.

Sie begaben sich alle in den Ballsaal, und in dem Moment, als Nixon auf die Eingangstür zugehen wollte, wurde diese aufgetreten, und Polizisten des Spezialeinsatzkommandos stürmten herein. Anton und Nixon blieben ein paar Schritte vor Ace stehen.

»Wenn alle kooperieren, muss niemand verletzt werden«, rief einer der Polizisten.

Aber sie hatten es mit Drogenbaronen zu tun, die sich eher erschießen ließen, als zu kapitulieren. Ace sah, wie Anton eine Waffe zog und damit auf den Polizeibeamten zielte. Ace durfte seine Tarnung nicht auffliegen lassen, und er hoffte inständig, dass ihn nicht gleich eine Kugel traf. Aber auf keinen Fall würde er diese Kriminellen entkommen lassen!

»Runter damit!«, befahl der Polizist.

Anton kniff die Augen zusammen, und kalte Wut verzerrte sein Gesicht. Ihm missfiel die ganze Situation.

»Du hältst mir besser den Rücken frei!«, blaffte Anton Ace an.

»Okay.« Ace wusste, dass er überzeugend klang.

Ein Projektil flog an ihnen vorbei, und Ace und Anton sprangen in entgegengesetzten Richtungen in Deckung. Als Ace den Kopf hob, war Anton nirgends mehr zu sehen. *Verdammt!*

»Wo ist er?«, rief Ace.

»Wir haben ihn nicht auf dem Monitor«, antwortete der Mann über den Ohrhörer.

»Der Mistkerl entkommt uns nicht«, zischte Ace.

Er kämpfte sich einen Weg durch das Chaos und bemühte sich, nicht erschossen zu werden, während er Anton hinterherjagte. Nach all den arrangierten Vorbereitungen würde er ihn nicht davonkommen lassen. Wenn Anton entkam, das wusste Ace, würde er sich so gut verstecken, dass es praktisch unmöglich wäre, ihn zu finden.

»Hab ihn, Ace. Er ist im hinteren Teil des Hauses. Die verdeckten Ermittler kesseln ihn ein. Lass deine Tarnung ja nicht auffliegen.«

»Danke.«

Ace wollte zwar nicht auffliegen, aber er wollte die Verhaftung sehen. Das stand fest. Also rannte er in die angegebene Richtung und hätte, falls nötig, blind durchs Haus laufen können, denn er hatte sich ja mit der Örtlichkeit genauestens vertraut gemacht.

Ein weiteres Projektil zischte an ihm vorbei, als er um eine Ecke bog, und zerriss den Stoff seines Smokings. Schreie voller Schmerz und Wut waren hinter ihm zu hören. Immer mehr Polizisten und Ermittler strömten durchs Haus, während der Kampf weiterging.

»Wir bekommen die Lage in den Griff, Ace. Halt dich da raus!«, befahl der Mann durch den Ohrhörer. Er kannte Ace gut und wusste, dass es ihm nicht leichtfallen würde, sich herauszuhalten.

Ace musste nicht antworten. Er konzentrierte sich nur darauf, Anton zu finden. Er lief nach links und blieb dann stehen. Anton lehnte an der westlichen Wand der Küche, hielt die Schusswaffe in der Hand und schaute mit wildem Blick auf die ihn umzingelnden Agenten. Ace näherte sich, blieb aber außer Sicht, obwohl ihn das fast umbrachte.

»Glaubt ihr wirklich, dass ihr damit durchkommt?«, blaffte Anton.

»Das sind wir bereits, Anton. Du wirst dieses Haus in Handschellen verlassen«, prophezeite ein Agent und verzog die Mundwinkel nach oben, was ihn ziemlich brutal aussehen ließ. »Oder in einem Leichensack. Du hast die Wahl.«

»Das würde euch gefallen, was?«, knurrte Anton.

»Ich werde dich nicht belügen. Ich denke, diese Welt wäre ohne dich ein besserer Ort«, spottete der Agent. »Aber ich will dich auch vor Gericht sehen, wo die Familien der Opfer, denen du jahrzehntelang Angst eingejagt hast, dabei sein können, wenn du bekommst, was du verdienst.«

»Das wird niemals geschehen«, gab Anton mit einem anzüglichen Grinsen zurück. »Ein Mann wie ich lässt sich nicht so einfach verhaften.«

»Gib auf, Anton. Es ist vorbei!«, rief ein anderer Agent. Aces Beine zuckten, und am liebsten wäre er dazwischengegangen und hätte Anton zu Fall gebracht.

»Ich werde jeden töten, der je euren Weg gekreuzt hat«, warnte Anton und schaute auf die Männer, die immer näher kamen.

»Alles, was du tun wirst, ist, im Gefängnis zu verrotten«, drohte ihm einer der Männer.

»Fahr zur Hölle!«, schrie Anton.

»Du zuerst«, gab der Agent zurück und verzog die Mundwinkel zu einem spöttischen Grinsen.

Ace sah, wie Antons Finger am Abzug zuckte, bevor sich ein Schuss löste, der den Agenten vor ihm nur knapp verfehlte. Der Mann zögerte nicht mehr, sondern feuerte auf Anton und beförderte ihn zu Boden.

Die Agenten stürzten vor, stießen mit dem Fuß Antons Waffe beiseite und pressten die Hände auf die Wunde in der Brust des Mannes, denn sie alle wollten ihn vor Gericht sehen. Allerdings hatten sie alle gewusst, dass in diesem Kampf auch die Möglichkeit bestand, dass er getötet wurde.

Anton beschimpfte die Agenten und spuckte Blut. Die Verletzung konnte tödlich sein, was nicht in Aces Sinne wäre. Er wollte ihn vor Gericht und mit seinen Taten konfrontiert sehen.

»Lasst ihn nicht sterben«, sagte Ace in sein Mikrofon, blieb aber weiterhin außer Sicht. Anton sollte ruhig denken, er wäre erschossen worden. »Dieser Mistkerl wird seinen Anklägern vor Gericht gegenübertreten.« Aces Bein schmerzte, aber er hatte keine Zeit nachzuschauen, ob er angeschossen worden war. Seine Aufmerksamkeit war zu sehr auf den Mann am Boden gerichtet, der einerseits so nah, aber andererseits so weit entfernt war.

»Er wird es nicht schaffen!«, rief ein Agent.

»Bringt ihn raus zum Krankenwagen. So leicht darf er sich nicht davonmachen«, wies Ace die Agenten an, die nickten und in ihre Mikrofone sprachen. Die Gefahr war noch nicht vorbei, aber Ace senkte seine Waffe. Der Mann, den er vier Jahre lang gejagt hatte, war angeschossen worden. Ace würde bald nach Hause fahren können. Doch jetzt war es noch nicht an der Zeit, sich zu entspannen.

Obwohl er müde war, war Ace viel zu jung, um dermaßen erschöpft zu sein. Aber diese verdeckte Ermittlung war tatsächlich vorbei. Es war an der Zeit, darüber nachzudenken, was er als Nächstes tun würde. Ace ging auf die Hintertür zu, als jemand hinter ihm schrie. Gerade als er sich umdrehte, sah er Antons Finger auf einer schwarzen Fernbedienung, die er wahrscheinlich aus seiner Ärmeljacke hatte rutschen lassen. Warum hatten die Agenten den Mann nicht gefilzt?

»Lebt wohl.« Antons Kehle entwich ein böses Kichern.

»Haltet ihn auf!«, schrie Ace und vergaß, dass er sich nicht zeigen sollte, als er einen Schritt auf Anton zu machte. Aber es war zu spät. Alles verschwamm, als Antons Lachen in dem kleinen Raum noch verstärkt wurde.

Es kam zu einer Explosion, die Ace die Beine unter dem Körper wegriss. Sengende Flammen loderten um ihn herum, und seine Haut fühlte sich an, als würde sie gegrillt werden. Dann schlug er auf dem Boden auf. Der Kopf krachte auf den harten Marmor, und er lag da wie eine Lumpenpuppe. Dann gingen die Lichter aus.

KAPITEL 2

Dakota Forbes war keine sanftmütige Frau – ganz und gar nicht. Und wenn sie etwas wollte, dann hatte sie kein Problem, darauf hinzuarbeiten. Ja, manchmal war sie impulsiv, und ja, das brachte sie auch in Schwierigkeiten – ab und zu. Aber ohne ein bisschen Gefahr war das Leben verdammt langweilig.

Sie lächelte, als sie sich in der Lounge auf dem kleinen Flughafen zurücklehnte – in dem tollen Bereich, in den man nur mit einem besonderen Badge kam. Sie wusste nicht, weshalb sie das stolz machte, vielleicht, weil normalen Menschen der Zutritt dorthin nicht erlaubt war. Dakota beobachtete kleine Flugzeuge, die sich in den Himmel erhoben und dann wieder landeten. Das war total faszinierend.

Ja, das hier mochte eine weitere impulsive Entscheidung sein, aber die Freude in ihrem Herzen und das Kribbeln im Körper sagten ihr, dass sie das Richtige tat. Sie stand auf und ging in den Hangar, wo Sherman gerade mit einem männlichen Teenager sprach, dessen Haare zu lang waren und in dessen Augen sich Aufregung spiegelte. Wahrscheinlich hatte sie genau den gleichen Gesichtsausdruck.

»Okay, du gehst und lässt dir erst mal die Haare schneiden, bevor wir beginnen. Ein Pilot muss sehen können«, wies Sherman den Jungen zurecht, der eifrig nickte.

»Mach ich, Sir«, sagte er, bevor er sich umdrehte und Dakota entdeckte.

Der Junge lächelte sie an, bevor er davonging, und Dakota musste sich das Lachen verkneifen, als sie sah, wie der Teenager seinem linkischen Gang einen extra Hüftschwung gab. Sie war an Teenagerschwärmerei gewöhnt. Immerhin war sie Cheerleaderin bei den Seattle Seahawks – zumindest noch für eine Saison.

Obwohl es sie traurig machte zu wissen, dass ihre Zeit bei den Seahawks fast vorbei war, hatte sie schon eine Weile gewusst, dass dieser Tag kommen würde. Sie war fast siebenundzwanzig und die Zeit der Spielerei war vorbei. Jetzt brauchte sie einen Beruf, den sie für den Rest ihres Arbeitslebens ausüben konnte.

Als sie auf das glänzende rote Flugzeug mit den sanften Rundungen, langen Flügeln und kristallklaren Fenstern vor sich schaute, die den Blick auf Lederpolster freigaben, musste sie einfach vor Entzücken seufzen. Sie hatte die Entscheidung getroffen, Pilotin zu werden.

All ihre Brüder flogen, und sie hatte sich ein wenig dafür interessiert, als sie jünger war, aber nicht genug, um die Flugstunden zu nehmen, die ihr angeboten worden waren. Damals war Cheerleading ihre Leidenschaft gewesen. Jetzt begeisterte sie sich für etwas anderes.

Vielleicht brauchte sie nur einen Job, der ihr das Adrenalin durch die Adern pumpte und durch den sie nicht in eine bestimmte Schublade gesteckt wurde. Bei Piloten dachten die Leute oft an Männer, aber sie wollte beweisen, dass sie genauso fähig war, wenn nicht sogar fähiger. Sie würde härter arbeiten, mehr Stunden darauf verwenden und alles daran setzen, Pilotin zu werden. Schon bald würde sie die größten und krassesten Flugzeuge da draußen fliegen.

Na gut, wenn sie ehrlich war, musste sie zugeben, dass es eine Weile dauern würde, bis sie sich zu den großen Flugzeugen hochgearbeitet hatte, aber das würde sie trotzdem nicht davon abhalten, dieses Ziel eines Tages zu erreichen. Sie wollte mit vier Sternen auf der Schulter an Bord eines riesigen Flugzeugs gehen, und keiner würde es wagen, sie als Flugbegleiterin zu betiteln. Sogar beim bloßen Gedanken daran breitete sich ein erwartungsvolles Lächeln um ihren Mund aus.

»Du siehst aus wie ich, als ich das erste Mal ein Flugzeug erblickte«, bemerkte Sherman, als er sich an Dakota heranschlich und sich neben sie stellte. »Aber damals war mein Flugzeug natürlich nicht so hübsch wie dieses hier«, fügte er mit einem Lachen hinzu.

»Du reitest gerne darauf herum, dass du ein weiser, alter Mann bist, oder?« Dakota lachte. Eigentlich kannte sie Shermans Alter gar nicht, wenn sie es allerdings nur allein anhand seiner Augen schätzen müsste, dann würde sie vermuten, dass er nicht älter als einundzwanzig sein konnte. In seinen Augen war ein jugendliches Funkeln zu sehen, das sie lächeln ließ und in ihr den Wunsch weckte, näher an ihn heranzurücken.

Dakota kam aus einer großartigen Familie, aber das bedeutete nicht, dass in ihrem Herzen nicht noch Platz für andere Leute war, und Männer wie Sherman waren einzigartig. Sie war so froh, dass ihre beste Freundin Shermans Neffen geheiratet hatte, was bedeutete, dass Dakota mit Sherman ein Leben lang verbunden sein würde.

»Ein alter Mann muss tun, was er kann«, gab Sherman zurück, konnte sich ein Lächeln jedoch nicht verkneifen. »Du willst also Pilotin werden?«

»Ja!«, rief sie aufgeregt. »Ich hätte das schon vor Jahren tun sollen, aber wahrscheinlich hätte ich damals dem Fliegen nicht die angemessene Aufmerksamkeit gewidmet. Jetzt bin ich bereit, die beste Pilotin Seattles, vielleicht sogar der ganzen Welt, zu werden.«

»Ich bin sicher, dass du alles erreichst, was du dir in den Kopf gesetzt hast«, sagte Sherman.

»Du kennst mich gut. Ich werde durchhalten«, beteuerte Dakota.

Sherman lachte. »Ja, das ist mir vollkommen klar. Und ich mag deine Entschlossenheit. Mit diesem Elan wirst du es hinbekommen, und du hast Glück, denn ich habe den perfekten Fluglehrer für dich gefunden.«

»Prima! Wann können wir loslegen?«, fragte Dakota. Sie war auf der Stelle zu allem bereit.

Sherman lachte wieder. »Nimm den Fuß vom Gas, Turbo. Ich werde dir Theoriematerial mitgeben und dich wissen lassen, wann du deine erste Flugstunde hast.«

»Ich wusste, dass ich heute nicht fliegen würde, aber …« Ihre Stimme verlor sich. Sie konnte den Blick nicht von dem wunderschönen Flugzeug losreißen.

»Keine Angst, es wird nicht lange dauern«, versicherte Sherman ihr. »Und weißt du was?« Er machte eine Pause, und Dakota wäre am liebsten auf und ab gehüpft.

»Was?«, bohrte sie, als er nicht schnell genug weitersprach.

»Ich glaube, du bist nicht der Typ für langsame Flugzeuge. Meiner Meinung nach kommst du mit einem schnelleren Modell klar.« Beide starrten sie auf das Flugzeug vor ihnen.

»Au ja! Bitte! Ich werde mich über alles, was das Flugzeug betrifft, informieren und bin dann auf der sicheren Seite«, versprach sie ihm.

»Das bezweifele ich nicht.« Sherman klopfte ihr auf den Rücken.

»Kann ich noch ein bisschen bleiben und zuschauen, wie die Flugzeuge starten und landen?«, fragte sie.

»Natürlich. Ich habe noch einige Dinge zu erledigen.«

Sherman ging hinüber zu seinem Schreibtisch und den Aktenschränken und suchte einiges an Material heraus. Er gab es Dakota und setzte sich dann hinter den Schreibtisch. Sie ging nach draußen und ließ sich auf dem Rasen in der Sonne nieder. Dann begann sie, begierig zu lesen, das heißt, wenn gerade keine Flugzeuge starteten oder landeten.

Sie befanden sich im Bundesstaat Washington, außerhalb von Seattle, auf einem kleinen Flughafen. Sherman hatte Dakota versichert, dass es hier für Flugstunden viel besser sei als in SeaTac, wo zu viel Betrieb herrschte. Nach einiger Zeit ging Dakota wieder in den Hangar zurück und hinüber zu einer Wand, an der zahlreiche Fotografien hingen.

Ihr Blick blieb an einem Foto hängen. Sie wusste, dass darauf Ace, der vermisste Bruder der Armstrong-Familie, zu sehen war. Es stammte aus einer Zeit, als er noch jung gewesen war und ein knabenhaftes Lächeln sein Gesicht erhellte. Er stand vor einem Flugzeug, trug ein zerrissenes T-Shirt und hielt ein zerschlissenes Stück Stoff hoch, auf dem ein Datum stand, das an dieses Ereignis erinnern sollte. Seinen ersten Alleinflug.

In seinen Augen war so viel Freude zu erkennen. Dakota war erzählt worden, dass er schon ganz lange Zeit verschwunden war und die Familie nicht wusste, warum. Sie fragte sich plötzlich, welche Geschichte dahintersteckte und was ihn veranlasst hatte, den Schoß seiner liebenden Familie verlassen zu haben. Irgendwie konnte sie den Blick nicht von ihm abwenden.

Nach einer ganzen Weile schüttelte sie den Kopf und zwang sich wegzuschauen. Dakota hatte eine Schwäche für Leute in Not. Sie wusste nicht, weshalb das so war, aber es hatte bereits im Kindesalter begonnen, als sie einen kleinen Jungen auf dem Spielplatz entdeckt hatte, der vom Klettergerüst gefallen war.

Sie war sofort zu ihm gelaufen und hatte ihm versichert, dass alle Leute ab und zu herunterfielen. Als er sie mit traurigen

Augen angeschaut und ausgesehen hatte, als würde er ihr nicht glauben, war sie aufs Klettergerüst geklettert und hatte sich absichtlich fallen lassen. Dass sie sich dabei den Fußknöchel verstauchte, war allerdings nicht beabsichtigt gewesen. Anmutig zu fallen war in ihrer DNA nicht vorgesehen.

Als der Junge sie jedoch angelächelt hatte, da wusste sie, dass es das unbedingt wert gewesen war. Manchmal war ein bisschen Schmerz nötig, um jemand anderen zu heilen. Von dem Moment an hatte sie niemals mehr zurückgeschaut und war immer von dem Bedürfnis getrieben, andere glücklich zu machen.

Sie hatte keine Probleme damit, sich selbst ebenfalls glücklich zu machen. Und der Entschluss, Pilotin zu werden, erfüllte sie mit unbändiger Freude. Es war ein neuer Lebensabschnitt, und sie war mehr als bereit dazu, dass er begann.

Kapitel 3

Als Ace aus dem Tiefschlaf gerissen wurde, war sein erster Gedanke, dass Stille unwahrscheinlich laut sein konnte. Bei dem Versuch, sich zu orientieren, hörte er das Ticken von Geräten und das ruhige Atmen von Leuten um sich herum. Und da wusste er ganz sicher, dass Stille lauter war als Schreie.

Er war nicht allein, was ihn automatisch erstarren ließ, als er sich daran zu erinnern versuchte, wo er zuletzt gewesen war. Also beschloss er, die Augen nicht zu öffnen, damit er Zeit hatte, die Lage einzuschätzen. Er musste genau herausfinden, wo er sich befand und wer bei ihm war. Sein Kopf dröhnte, und sein Körper schmerzte, dass es kaum auszuhalten war, aber darauf konnte er sich im Moment nicht konzentrieren. Zunächst musste er sich orientieren. War er sicher oder in Gefahr? Es musste immer einen Fluchtplan geben.

»Wacht er auf?«

Ace erstarrte, was er eigentlich gar nicht wollte, aber er kannte diese Stimme – sogar gut. Das war sein Onkel Sherman. Seltsamerweise spürte er ein Brennen in den Augen, was ihn verunsicherte. Ace Armstrong weinte nicht – niemals! Er weigerte sich, von so einem schwachen Gefühl vereinnahmt zu werden.

Doch zu wissen, dass seine Familie bei ihm war, drosselte seinen Kampf-oder-Flucht-Reflex sofort.

Das Brennen hörte auf, und er war bemüht, sich nicht zu bewegen, noch nicht einmal den kleinen Finger. Stattdessen konzentrierte er sich auf seine anderen Sinne. Er roch starke Antiseptika und hörte Monitore piepsen. Und dann nahm er jenseits der Stille weiter entfernt Stimmen wahr, außerhalb des Raumes, in dem er lag.

Es war ein Krankenhaus.

Er war also nicht in Gefahr. Gut. Das gab ihm mehr Zeit, sich über die Dinge klar zu werden. Sein Onkel Sherman war da und garantiert nicht allein. Da war sich Ace sicher. Das Letzte, an das er sich erinnerte, war eine Explosion. Die hatte ihm die Füße unter dem Körper weggerissen und ihn direkt zu Boden befördert – mit aller Kraft. Er versuchte, die Schäden an seinem Körper einzuschätzen. Das war schwierig, weil er alles daran setzte, sich nicht zu bewegen.

Am liebsten hätte er vor Erleichterung geweint, als er ein ganz klein wenig mit den Zehen wackelte und feststellte, dass er nicht gelähmt war. Er zuckte mit den Fingern und fand heraus, dass es viele Stellen an seinem Körper gab, die schmerzten, und eine oder zwei Rippen mochten auch gebrochen sein, aber darüber hinaus schien er keinen größeren Schaden genommen zu haben. Gut. Das bedeutete, dass er sehr bald wieder auf den Beinen sein würde.

Und was dann? Ace hatte keine Ahnung. Der Job war erledigt – der, an dem er die letzten Jahre gearbeitet hatte. Plötzlich hatte er kein Ziel mehr und auch keine Lust, weiter für den CIA zu arbeiten. Das Einzige, was der Job gebracht hatte, war Isolation gewesen. Er war nicht sicher, wo er im Leben oder bei seiner Familie stand, aber er hatte es satt, nicht der zu sein, der er wirklich war. Allerdings wusste er auch nicht genau, wer er war.

Es war an der Zeit, die Augen zu öffnen. Wie merkwürdig, dass etwas so Einfaches dermaßen schwer war. Aber er hatte Angst, mit seinem Onkel konfrontiert zu werden und vielleicht auch mit seinen Brüdern. Er hatte sich ihnen gegenüber wie ein Depp benommen, um sie zu schützen, und jetzt war er nicht sicher, ob er diesen Schalter umlegen konnte.

Vor langer Zeit hatte Ace allerdings gelernt, keine Angst zu haben, deshalb drängte er das beklemmende Gefühl zurück und öffnete langsam die Augen, um sich in dem Krankenhauszimmer umzuschauen. Sherman, seine Mutter Evelyn und seine drei Brüder, Cooper, Maverick und Nick, starrten ihn an. Bei ihrem Anblick stürmten gemischte Gefühle auf ihn ein. Einerseits war er so lange daran gewöhnt gewesen, ihnen aus dem Weg zu gehen, dass der Reflex, davonzurennen, um sie zu schützen, tief verwurzelt war. Aber andererseits vermisste er sie auch und war froh, dass sie da waren.

»Schön, dass du aufgewacht bist«, sagte Sherman und lenkte Aces Blick auf seinen Lieblingsonkel.

»Wie lange war ich nicht bei mir?«, fragte Ace und war überrascht über seine krächzende Stimme. Er räusperte sich und richtete die Aufmerksamkeit auf seinen Bruder Cooper. Aus irgendeinem Grund fiel es ihm schwer, jedem einzelnen von ihnen in die Augen zu schauen. Er schob es auf den Medikamentenmix, den man in ihn pumpte, und versicherte sich, dass er sehr bald wieder normal sein würde.

»Wir haben gestern Abend spät einen Anruf bekommen. Du warst ungefähr zwölf Stunden bewusstlos«, erzählte Sherman. Die Stirn in Falten legend, starrte er Ace an.

»Was ist?«, fragte Ace und war dankbar, dass seine Stimme wieder kräftiger klang.

»Denkst du nicht, du hättest uns erzählen müssen, dass du für den CIA arbeitest? Wir haben uns Sorgen um dich gemacht«, beschwerte sich Sherman. Der Mann hatte eine Art an sich, die es schaffte, dass Ace sich wieder wie ein dreizehnjähriger Junge fühlte, der hinter dem Haus erwischt worden war, wie er mit der Tochter des Hausmeisters rummachte.

»Meine Position war geheim«, rechtfertigte sich Ace.

»Wir sind Familie. Das steht über allem«, entgegnete Sherman.

»Wir dachten, du steckst in ernsthaften Schwierigkeiten«, meldete sich Nick zu Wort und lenkte Aces Blick auf ihn. »Du hättest zu uns kommen können.«

»Nein, das konnte ich nicht. Der Fall, an dem ich gearbeitet habe, war gefährlich. Er hätte euch alle das Leben kosten können«, verteidigte sich Ace.

»Du hättest einen sicheren Hafen bei uns haben können«, sagte Cooper. Ace drehte sich um, hatte aber Angst, die Kritik in den Augen seines älteren Bruders zu sehen. Doch das war es nicht, was er sah. Es war fast noch schlimmer, denn Cooper schaute ihn anerkennend an.

Er war so lange ein Mistkerl gewesen und seine Brüder waren trotzdem noch für ihn da. Ace wusste nicht, was er davon halten sollte. Wieder gab er den verdammten Medikamenten die Schuld.

Dann stellte er das Kopfteil hoch, damit er sich nicht mehr in einer so wehrlosen Lage befand. Beim Aufrichten spürte er Schmerzen, aber er war stark genug und brauchte dieses Zeug nicht, das sie durch seine Venen jagten. Deshalb riss er den intravenösen Zugang heraus, was Maverick von seinem Stuhl aufspringen ließ.

»Was zum Teufel tust du da?«, fuhr Maverick Ace an, griff nach dem Laken und drückte es ihm auf den Arm, aus dem jetzt Blut tropfte.

Ein Alarm wurde ausgelöst, und eine Krankenschwester kam ins Zimmer gerannt. Sie streckte die Hand nach Ace aus.

»Fassen Sie mich nicht an!«, rief er. Sie blieb stehen und erstarrte. Dann schaute sie sich im Zimmer um. Es war voller kräftig gebauter Männer, die verdammt einschüchternd wirkten. Sie machte einen Schritt zurück.

»Was ist passiert?«, fragte sie, ging zu den Monitoren und drückte ein paar Tasten.

»Ich will diesen verdammten Zugang nicht in meinem Arm! Ich gehe nach Hause!«, schrie er.

Die Krankenschwester schien verwirrt zu sein, aber das war Ace egal. Er wollte raus aus diesem Krankenhaus. Er rutschte auf seinem Bett herum und hasste es, dass sein Körper so schwach war. Nach diesen wenigen Bewegungen war er jedoch völlig außer Atem.

»Der Arzt hat Sie nicht entlassen«, erklärte die Krankenschwester ihm und schien sich wieder ein wenig gefangen zu haben. »Haben Sie sich die Kanüle rausgerissen?«

»Ich mag es nicht, mit Drogen vollgepumpt zu werden!«, blaffte er sie an.

»Sie können sich das aber nicht einfach rausreißen!« Wieder bewegte sie sich auf ihn zu.

»Wenn Sie versuchen, mir das wieder reinzuschieben, werde *ich* Doktor mit *Ihnen* spielen«, warnte Ace sie und senkte die Stimme so, dass sie einen gefährlichen Klang bekam.

Die Krankenschwester war schlau genug zurückzuweichen. »Ich hole den Arzt«, verkündete sie, bevor sie den Blick wieder durch das Zimmer schweifen ließ. Dann entfernte sie sich schnell.

»Das war aber ein bisschen unangebracht«, schimpfte Sherman.

»Ja, ich bin ein Arschloch. Hab schon verstanden.« Ace seufzte.

Er schwang die Beine aus dem Bett und berührte mit den Füßen den kalten Boden. Sofort brach ihm der Schweiß aus, und er wurde von Minute zu Minute immer frustrierter. Schwäche war etwas für Jammerlappen. Er wollte sich nicht von einer Verletzung ausbremsen lassen.

»Du wirst auf dem Hintern landen, wenn du versuchst aufzustehen«, warnte ihn Nick.

»Ich bin stärker, als ich im Moment aussehe«, versicherte Ace ihm.

»Vor einem Jahr hat es mich bei einem Hubschrauberabsturz zerrissen, und ich dachte auch, dass ich zäh wäre. Ich habe aber dadurch nur mir und allen anderen das Leben viel schwerer gemacht«, erzählte ihm Nick.

»Sieht aber so aus, als ginge es dir jetzt wieder gut«, gab Ace zurück. Am liebsten hätte er seinem Bruder erzählt, dass er da gewesen war, als dieser furchtbare Unfall passierte. Dass er sich um seine Familie Sorgen gemacht hatte. Doch er sagte es nicht. Seine Geschwister durften nicht wissen, dass er die ganzen Jahre ein Auge auf sie gehabt hatte. Er wusste nicht, weshalb sie es nicht wissen durften, aber er wusste einfach, dass der Panzer, den er um sich errichtet hatte, das Einzige war, was ihn zusammenhielt. Zumindest im Moment.

»Das stimmt, aber nur, weil ich mich zusammengerissen habe und mir von meiner zukünftigen Frau habe helfen lassen«, fügte Nick hinzu.

»Du heiratest?«, fragte Ace.

Er war zwar die ganzen Jahre über seine Brüder auf dem Laufenden gewesen, aber das war neu für ihn. Er spürte ein Stechen in der Brust und wusste nicht, was er davon halten sollte. Es war ja nicht so, als hätte er es seinen Brüdern ermöglicht, Kontakt zu ihm aufzunehmen, aber trotzdem fühlte er sich verletzt, von den Plänen seines Bruders nichts gewusst zu haben.

»Ja, in zwei Wochen«, antwortete Nick, und sein Mund verzog sich zu einem strahlenden Lächeln, das auch seine Augen leuchten ließ. Seine zukünftige Frau musste eine tolle Person sein, dass sich sein Gesichtsausdruck dermaßen veränderte.

»Gratuliere«, sagte Ace und meinte es tatsächlich. Aber als er merkte, dass seine Stimme zu weich klang, presste er sofort die Lippen zusammen. Weich zu werden ging gar nicht.

»Danke.« Nicks dümmliches Grinsen wurde noch breiter. »Jetzt musst du nur noch auf die Beine kommen, damit du mein Trauzeuge sein kannst.«

Als Ace die Worte seines Bruders verarbeitet hatte, spürte er wieder dieses verdammte Brennen in den Augen. Es war gut, dass er diesen Zugang herausgerissen hatte, denn er war aufgrund der albernen Drogen, die sie in ihn gepumpt hatten, offensichtlich nicht mehr zurechnungsfähig.

»Aber ich war die ganze Zeit nicht da. Meinst du nicht, Coop oder Mav wären bessere Trauzeugen?«, fragte Ace mit einem Lachen, aus dem keine Heiterkeit klang.

Nick kam zu ihm, legte Ace die Hand auf die Schulter und erlaubte ihm nicht wegzuschauen. Sein Lächeln verblasste, und er schaute seinen Bruder mit ernstem Blick an.

»Ich mag euch alle gleichermaßen«, erklärte Nick ihm. »Aber von dem Moment an, als ich Chloe gefragt habe, ob sie mich heiratet, wusste ich, dass ich dich finden musste, wusste, dass du neben mir stehen musst.«

Wieder dröhnte die Stille in Aces Ohren, als er versuchte, nicht die Fassung zu verlieren. Ace liebte alle seine Brüder, aber Nick und er hatten sich immer besonders nahegestanden. Sie hatten einfach eine besondere Beziehung. Aber obwohl Ace Nicks Loyalität nicht verdiente, bedeutete es ihm verdammt viel, dass er sie immer noch besaß.

»Also ich kann nirgends stehen, solange ich in diesem Zimmer eingesperrt bin«, scherzte Ace und räusperte sich, als er dem Blick seines Bruders auswich.

»Das war nicht gerade ein begeistertes Ja, aber ich fasse es als ein solches auf.« Nick lachte. Er drückte Aces Schulter, und dann war auch schon Maverick auf der anderen Seite.

»Wenn du darauf bestehst aufzustehen, dann helfen wir dir. Ich bin sicher, du könntest das Badezimmer gebrauchen«, meinte Mav. Er war nicht so offen wie seine anderen Brüder, und Ace merkte, dass nicht alles zwischen ihnen vergeben war. Verdammt, er hatte eigentlich von allen Mavericks Kälte erwartet, aber wenn er ehrlich zu sich selbst war, musste er zugeben, dass es wehtat.

»Ich brauche keine Hilfe«, brummte Ace.

»Na gut, dann lass uns einfach unseren Willen«, beharrte Nick.

Ace gab es auf, mit ihnen zu streiten. Es würde ihm sowieso nicht guttun. Und dann war er auch froh, dass sie da waren, als es ihm gelang, vom Bett aufzustehen. Seine Beine zitterten, als er einen Moment dastand, beide Brüder an seiner Seite. Beim ersten Schritt fühlte er sich wie ein Kleinkind, das zu laufen begann, aber nachdem er weitere Schritte getan hatte, wurde er ein bisschen sicherer.

Sie kamen bis zur Badezimmertür, wo Mav zurückwich, Nick jedoch neben Ace blieb, als der durch die Tür trat.

»Ich hab's jetzt im Griff. Du brauchst nichts für mich zu halten«, wies er seinen Bruder zurecht.

»Prima.« Nick lachte. »Das würde auch über Bruderliebe hinausgehen.«

Auf Aces Gesicht breitete sich seit langer Zeit das erste richtige Lächeln aus. Er machte ohne Hilfe einen Schritt nach vorn und seufzte erleichtert, als Nick hinter ihm die Tür schloss und ihn im Bad allein ließ. Mit Mühe schaffte er es bis zur Wand und hielt sich am Handlauf fest, bevor er sich setzte und sehnsüchtig zur Dusche schaute.

Er hasste Schwäche zwar, aber er wusste, dass er noch nicht in der Lage war, sich unter die Dusche zu stellen. Stattdessen saß er auf dem Toilettendeckel und stützte den Kopf in die Hände, während er sich über die Realität seiner Situation klar wurde.

Er war wieder zu Hause. Seine Familie war auf der anderen Seite der Tür und er musste sich nicht mehr vor ihr verstecken. Da er zu lange im Bad brauchte, klopfte Nick an die Tür, aber Ace versicherte ihm, dass es ihm gut ging. Er brauchte nur ein paar Minuten, um sich zu fassen. Ace war wirklich zu Hause – wo er die ganze Zeit hingehört hatte.

Was ihn allerdings zu Tode erschreckte, war die Tatsache, dass er seinen Onkel und seine Brüder flüstern hörte, was sie offenbar nicht allzu gut hinbekamen, während er hier saß und einem Zusammenbruch nahe war.

»Was glaubt ihr, wird er jetzt tun?«, fragte Maverick, wobei man deutlich das Misstrauen in seiner Stimme hörte.

Sherman antwortete als Erster auf die Frage. »Ihr braucht euch keine Gedanken zu machen. Ich habe mich für Ace um alles gekümmert.« Ace war sicher, dass sein Onkel sich ein Grinsen nicht verkneifen konnte. Und er war fast überzeugt davon, dass nun sein Leben viel härter werden würde, als es beim CIA je gewesen war.

Es schnürte ihm fast die Kehle zu, als er zu schlucken versuchte. In was war er hier nur hineingeraten? Und wie schnell konnte er flüchten?

KAPITEL 4

Ace richtete die lächerliche Fliege, die versuchte, ihn zu strangulieren, während er sich in dem überfüllten Festsaal umschaute. Nur für seinen Bruder war er gewillt gewesen, einen Smoking anzuziehen und sich zum Affen zu machen.

Er war so lange an vorderster Front gewesen, hatte vorgegeben, jemand anderer zu sein, dass er nicht mehr ganz sicher war, wer er wirklich war. Das war ein Gefühl, das ihm überhaupt nicht gefiel. Und darüber hinaus half es auch nichts, dass er mit der Kraft eines Hurrikans in das normale Leben zurückgeworfen worden war.

Ace war vom CIA beurlaubt, hatte in Seattle eine winzige Wohnung gefunden und fand es schwerer, sich wieder in die normale Gesellschaft zu integrieren, als einer Kugel auszuweichen. Warum war es so viel leichter, eine Lüge anstelle des richtigen Lebens zu leben? Er wusste es nicht.

Ace lehnte an der Wand und wollte sich unbedingt aus dem Saal schleichen und eine gute Zigarre rauchen. Aber er hatte Nick versprochen, während der gesamten Hochzeitszeremonie und zumindest während eines Teils des Empfangs zu bleiben. Allerdings wusste er nicht, wie lange er tatsächlich durchhalten würde.

»Ace, es wird auch für dich Zeit, vor den Altar zu treten.«
Mav stand neben ihm und schlug ihm heftig auf den Rücken.
Ace hatte das Gefühl, dass es Mav wirklich genoss, diese Schläge
auszuteilen, auch wenn es aus brüderlicher Kameradschaft
geschah. Die beiden würden irgendwann miteinander reden
müssen.

Auch mit diesem Gedanken im Kopf lief Ace bei Mavs
Worten ein kalter Schauer über den Rücken, der ihn innerlich
zittern ließ. Vor den Altar zu treten, war genauso schlimm wie
die Todesstrafe.

»Ich bin nicht derjenige, der diesen Gang antritt. Ich bin
nur für die moralische Unterstützung zuständig«, presste Ace
mit zusammengebissenen Zähnen hervor.

»Keine Angst, Ace. Wenn du erst siehst, wer neben dir geht,
wirst du mehr als willig sein, diesen entscheidenden Schritt zu
tun.« Mav lachte schelmisch.

»Das glaube ich nicht«, brummte Ace.

Aber er folgte Mav durch die Menschenmenge und seufzte
erleichtert, als sich die Türen hinter ihnen schlossen und sie
auf dem hinteren Flur des riesigen Hotels waren, in dem die
Hochzeit stattfand.

Mav riss noch ein paar Witze über das Eheglück, als
die beiden nach links abbogen und dann durch weitere
Türen gingen, bis sie schließlich auf den Rest der wartenden
Hochzeitsgesellschaft trafen – außer auf Nick, der wohl vor
dem Altar auf die Braut wartete. Hier zu stehen, von der Familie
umringt, die ihn begutachtete, musste für Ace die Strafe dafür
sein, dass er sie alle verlassen hatte, vermutete Mav. Natürlich
hatte er sie verlassen. Ganz ehrlich, er hatte das Unbehagen
wahrscheinlich verdient.

»Sie haben gerade alle aufgefordert, reinzugehen und Platz
zu nehmen«, verkündete Cooper. Es war schon lange her, dass
Ace seine Brüder derart herausgeputzt gesehen hatte. Er würde

nicht so weit gehen, zu behaupten, sie sähen gut aus, aber Nick hatte bei seiner Hochzeit wirklich alle Register gezogen. Okay, vielleicht sahen sie wirklich verdammt gut aus. Ace war nicht gerade als bescheiden bekannt.

»Ich bin so froh, dass du hier bist, Ace. Nick hat sich große Sorgen um dich gemacht.« Chloe drängte sich durch die Menschenmenge zu Ace, warf ihm die Arme um den Hals und drückte ihn.

»Zerknittere dein Kleid nicht«, warnte Ace sie, war aber über sich selbst erstaunt, als auch er sie drückte und tatsächlich ein leichtes Ziehen im Herzen verspürte.

»Du hast gestern Abend das Essen ausfallen lassen, deshalb muss ich dich drücken, wann immer ich Gelegenheit dazu habe«, erklärte Chloe und drückte ihn noch ein bisschen fester, bevor sie mit Tränen in den Augen von ihm zurückwich. »Ich bin einfach so glücklich, dass du hier bist.« Eine Träne lief ihr über die Wange, und Ace streckte die Hand aus, zog sie dann jedoch wieder zurück.

»Wird besser sein, wenn ich dich zu meinem Bruder geleite, bevor er rauskommt und mir in den Hintern tritt, weil ich dich aufgehalten habe«, scherzte Ace und musste sich räuspern.

»Na gut, dann höre ich auf, dich zu bedrängen, aber gewöhne dich an mich, denn ich bin ein sehr direktes Mädchen«, warnte Chloe ihn.

Ace war dankbar, als sie nun ihre Aufmerksamkeit den Brautjungfern widmete. Er entdeckte ein Grinsen in Mavericks Gesicht und schaute seinen Bruder wütend an, während er erneut seine Fliege richtete.

»Sieht so aus, als seiest du mein Partner«, hörte er eine Frau sagen. Ace drehte sich um, um sie mit dem obligatorischen Lächeln zu bedenken, das erwartet wurde, und dann fielen ihm fast die Augen aus dem Kopf. »Ich bin Chloes beste Freundin, Dakota Forbes.«

36

Ace stand wie vom Donner gerührt da und versuchte, die Sprache wiederzufinden. Sie hatte strahlend grüne Augen mit einem Funkeln, wie man es von Disneyfiguren kannte. Ihre hohen Wangenknochen brauchten kein bisschen Make-up, und die Lippen waren voll und luden zum Küssen ein. Sie waren feuerrot geschminkt und sorgten dafür, dass Ace sofort den Verstand verlor.

Das Ehrendamenkleid, das sie trug, passte farblich zu den Lippen und umschmeichelte ihre appetitlichen Kurven an genau den richtigen Stellen. Seine Gedanken drifteten definitiv in eine anstößige Richtung ab, und er war froh, dass sein Bruder nicht in einer Kirche heiratete, weil er ansonsten befürchtet hätte, wegen dieser Gedanken, die über ihm zusammenschlugen wie die Wellen eines Ozeans, vom Blitz getroffen zu werden.

»He, meine Augen sind aber hier oben!« Dakota lachte, und Aces Blick schnellte von ihren grandiosen Brüsten zu den strahlenden Augen. Sie leckte sich über die Lippen, und er war wie elektrisiert von diesem Anblick. Sofort dachte er daran, auf und um welche Stellen seines Körpers er diese geschminkten Lippen am liebsten hätte.

Ace war eigentlich nie um Worte verlegen, aber als er diese Frau anstarrte, brachte er keine einzige Silbe heraus. Hätte er gewusst, dass die Zukünftige seines Bruders eine derart appetitliche beste Freundin hatte, wäre er dem Essen gestern Abend vielleicht doch nicht ferngeblieben. Verdammt, er hatte es verpasst, sie bei einem normalerweise sehr langwierigen Essen anzustarren – und sie vielleicht zu überreden, mit ihm in sein winziges Apartment zu kommen. Hochzeitsfeiern waren doch eigentlich für kurze Liebesabenteuer gemacht, oder? Seine Laune verbesserte sich gerade um ein Hundertfaches.

»Hast du Forbes gesagt? Wie die Zeitschrift?«, fragte er, als sein Verstand wieder halbwegs normal arbeitete.

Sie lachte laut auf. »Ich weiß, du denkst, dass das ein einzigartiger Spruch ist, aber du wärst total überrascht, wenn du wüsstest, wie oft ich danach gefragt werde. Und bevor du eine Antwort erwartest«, sagte sie und machte eine Pause, »einige Dinge sollten lieber geheim bleiben.«

Ace wurde es von Minute zu Minute heißer neben dieser Frau. Womöglich verliebte er sich noch Hals über Kopf – na ja, wenn er zu so einem Gefühl fähig wäre. Aber wenn, dann hielte diese Frau bereits sein Herz in den Händen. Was er allerdings mit Sicherheit wusste, war, dass er scharf auf sie war.

»Bereit für die Trauung?«, fragte er, und seine Mundwinkel verzogen sich zu einem selbstbewussten Lächeln.

»Hmm. Und du?«, fragte sie mit einer Keckheit, dass Ace glaubte, sein Herz würde ihm garantiert gleich aus der Brust springen.

»Oh, ich bin gewiss zu allem bereit.« Ja, er würde diese Frau ins Bett kriegen!

»Vorsichtig, Ace! Du wirst vielleicht weggeschnappt, wenn du nicht aufpasst«, warnte sie ihn.

Ace beschloss, den kalten Schweiß zu ignorieren, der sich in seinem Nacken bildete. Diese Frau hatte alles, was man sich nur wünschen konnte. Sie war selbstbewusst, schön und weckte Sehnsüchte in ihm, an die er sich gar nicht mehr erinnern konnte. Es war zu lange her, seitdem er sich für das andere Geschlecht interessiert hatte, und sie weckte dieses Gefühl auf derart angenehme Art und Weise.

»Sie ist die beste Freundin deiner neuen Schwägerin. Niemand, den man ins Bett zerrt und dann davonrennt«, flüsterte ihm Cooper ins Ohr, was Ace sofort ärgerte. Er antwortete nicht, sondern warf Cooper nur einen Blick zu, der ihm deutlich sagte, er solle sich um seinen eigenen Kram kümmern.

Dakota schaute von einem zum anderen und schien überhaupt nicht beunruhigt darüber, dass Cooper Ace etwas zuflüsterte. Sie lächelte, und Ace fragte sich, was sie so verdammt glücklich machte.

Die Musik setzte ein, und Ace stand ganz hinten, als seine Brüder und ihre Frauen Seite an Seite den Gang hinuntergingen. Schnell folgte er ihnen.

Dakota hakte sich bei ihm unter und bedachte ihn erneut mit einem strahlenden Lächeln. Schweiß lief Ace über den Rücken, als er geradeaus starrte und versuchte, die Menschenmenge nicht auf Anzeichen von Gefahr zu überprüfen.

Die hinreißende Frau neben ihm half ihm dabei, diese Reaktion zu mildern. Andererseits verschlimmerte sie sie, denn er spürte das instinktive Bedürfnis, dafür zu sorgen, dass ihr nichts passierte. Und diese Kulisse – Rosenblütenblätter auf dem Boden, Girlanden den Gang entlang – machte es nur noch schlimmer.

Niemals im Leben hätte Ace gedacht, dass er einmal seinen Brüdern diesen Gang zwischen der Hochzeitsgesellschaft hindurch folgen würde. Aber neben einer schönen Frau zum vorderen dekorierten Teil des Raumes zu gehen, setzte ihm beängstigende Gedanken in den Kopf. Fast war er froh, als sie sich von ihm löste und sich neben die anderen Brautjungfern stellte. Dann setzte der Hochzeitsmarsch ein, und Chloe schritt mit leuchtenden Augen, die nur auf Nick gerichtet waren, den Gang entlang.

Ace schaute neben seinem Bruder auf den Boden. Maverick klopfte ihm auf den Rücken, als ahnte er die turbulenten Gedanken, die Ace im Kopf herumschwirrten. Dieses Mal erschien der Schlag allerdings nicht wie eine Strafe, aber Mav wich schnell zurück und ließ bei Ace nur für einen Moment den Gedanken aufkommen, sein Bruder könnte vergessen haben, dass er eigentlich sauer auf Ace sein sollte.

Ace hörte kein Wort, das während der Zeremonie gesprochen wurde, schenkte den Worten der Liebe, die sein Bruder zu seiner frisch Angetrauten sagte, keine Aufmerksamkeit. Er war lediglich fähig, auf die andere Seite der Bühne zu starren, wo Dakota so außerordentlich reizend aussah. Ihr Blick traf mehrere Male während der Zeremonie auf seinen, und sie schien nicht im Geringsten so aufgewühlt zu sein wie er. Einmal zwinkerte sie ihm sogar zu!

Das war ganz sicher ein gutes Zeichen, entschied Ace. Es bedeutete, dass sie genauso an ihm interessiert war wie er an ihr. Doch obwohl er sich sagte, dass es ihm völlig egal war, was andere dachten, gingen ihm die Worte seines Bruders nicht aus dem Kopf – sie sei nicht wie jede und man dürfe es sich mit ihr nicht verscherzen. Durch die Heirat wurde Chloe Nicks Frau, und das bedeutete, dass Dakota jetzt Teil ihrer Familie war. *Mist!*

Als Ace einen kurzen Moment aufschaute, bevor er den Blick wieder senkte, achtete er darauf, dass er die Mundwinkel hob, als Nick Chloe küsste. Auch klatschte er, als er hörte, dass der Rest der Hochzeitsgesellschaft Applaus spendete. Und dann reihte er sich beim Gang zurück hinter seinem Bruder und Chloe ein und ließ Dakota sich bei ihm einhaken.

Während des gesamten Ausmarsches wagte er nicht, ihren Duft einzuatmen, aber sobald sie aus der Tür waren, ließ er sie los. Sie tätschelte seinen Arm und lächelte ihn an, und er verfluchte seinen verräterischen Körper sowie die Tatsache, dass er diese Frau so sehr begehrte.

»Das war so schön! Chloe verdient einen Mann, der so wunderbar ist wie Nick. Fast musste ich deinem Bruder in den Hintern treten, weil er meine beste Freundin verletzt hatte, aber er ist klug geworden, und jetzt vergöttere ich ihn«, erzählte Dakota.

»Warte. Was hast du gesagt?« Ace war dabei, ihre Worte zu verarbeiten. Sie starrte ihn an und wartete darauf, dass er weiterredete. »Du hast Nick fast in den Hintern getreten?« Das war etwas, was er gerne gesehen hätte.

»Ja, ich bin mit vier Brüdern aufgewachsen, und ich lasse mir nichts gefallen.« Dakota lachte. »Nick hatte so etwas wie Gewissenszweifel, deshalb bin ich zu ihm gegangen, um ihm ein bisschen Verstand einzuprügeln. Aber dann hat er begriffen, dass er in Chloe, meine schöne und unglaubliche Freundin, verliebt war. Wenngleich er auch dachte, er hätte einen Herzinfarkt, aber er ist ziemlich schnell drauf gekommen, woher die Schmerzen in der Brust kamen.«

Ace konnte nichts dafür, aber eine Lachsalve bahnte sich ganz tief in seinem Bauch eine Bahn und platzte dann aus ihm heraus. Die Szene konnte er sich nur zu gut vorstellen – wie sich sein Bruder an die Brust griff und zu verstehen versuchte, was verdammt noch mal mit ihm los war. Sein Lachen schien anzustecken, denn Dakotas Mundwinkel gingen nach oben, und schon bald lachte sie mit ihm. Sie hatte zwar keine Ahnung, was in seinem Kopf vorging, aber das schien ihr nichts auszumachen. Sie lachte einfach weiter, streckte erneut die Hand nach ihm aus und hielt sich an ihm fest.

»Was zum Teufel ist denn so lustig?«, fragte Sherman, der mit hochgezogenen Augenbrauen von einem zur anderen schaute.

Ace spürte Tränen in den Augen, so sehr lachte er, und dennoch konnte er nicht aufhören. Schon bald kamen Cooper und Maverick dazu und schauten die beiden besorgt an, was Ace noch lauter lachen ließ. Es war schon so lange her, seitdem er zuletzt gelacht hatte, dass er sich nicht einmal mehr daran erinnern konnte. Das Geräusch war ihm so fremd, dass sich sein Lachen nur noch verstärkte.

Er brauchte einige Zeit, bis er sich wieder unter Kontrolle hatte. Schließlich straffte er die Schultern und bedachte Nick, der Leute begrüßte, aber mit einem großen Fragezeichen im Blick zu Ace herüberschaute, mit einem strahlenden Lächeln.

»Entschuldigung, aber Dakota hat mir gerade erzählt, wie sie Nick beinahe in den Hintern getreten hätte, und die Vorstellung war einfach zu lustig«, erklärte Ace, dem noch ein paar Gluckser entwichen.

Alle Blicke richteten sich auf Dakota, die mit den Schultern zuckte.

»Wann war das denn?«, wollte Cooper wissen, der Dakota bewundernd anschaute.

»Kennst du die Geschichte noch nicht?«, fragte Ace. Es gefiel ihm seltsamerweise, der Erste gewesen zu sein, dem Dakota sie erzählt hatte. Er fühlte sich gleich ein bisschen weniger aus dem Familienkreis ausgeschlossen.

»Nein, aber ich warte begierig darauf.« Maverick kam noch ein bisschen näher.

Dakota erzählte ihre Geschichte noch einmal, was Ace wieder heftig zum Lachen brachte, aber dieses Mal fielen Maverick, Cooper und Sherman mit ein. Als sie alle hinüber zu Nick blickten, wurde ihrem Bruder offensichtlich klar, dass der Witz auf seine Kosten ging, und man sah ihm an, dass er die Begrüßungen am liebsten abgebrochen hätte, um am Spaß teilzuhaben. Seine frisch Angetraute drückte ihm beruhigend den Arm, und er wandte sich von seiner lachenden Familie ab, um weiter Gäste zu begrüßen.

»Dakota, jetzt bist du wirklich ein Mitglied der Familie«, sagte Sherman.

Ace hätte am liebsten vor Enttäuschung gestöhnt, denn das bedeutete, dass die Frau absolut tabu war. Und es sah auch so aus, als würde dieser Hochzeitsempfang quälend langweilig werden. Sollte er Dakota abschleppen, würde die Familie eine Verpflichtung von ihm erwarten, die er nicht bieten konnte. Dieser Abstecher nach Hause diente nur seiner Heilung, und danach wäre er wieder blitzschnell auf und davon zu seiner nächsten Mission. Ace hatte sich noch nicht entschieden, ob er beim CIA bleiben wollte oder nicht. Zur Hölle mit seinem Glück und seiner Unentschlossenheit!

»Es ist Zeit für einen Trinkspruch oder zumindest mit dem Trinken zu beginnen«, schlug Ace vor.

Er entfernte sich von der Gruppe, bemerkte aber, dass sie ihm dicht auf den Fersen blieben, als er in den Festsaal ging. Auch ohne Dakota anzuschauen, spürte er immer noch ihre Gegenwart. Jetzt, wo er wusste, dass sie da war, schien er sich nur noch auf sie konzentrieren zu können.

Er ging direkt zur Bar und bestellte sich einen doppelten Scotch. Allerdings hatte er das Gefühl, dass auch der ihm nicht helfen würde. Als Dakota ihm quer durch den Saal, in dem es hoch herging, einen Blick zuwarf, stürzte er den Drink hinunter und bestellte einen weiteren. Der Abend schien sich hinzuziehen, und ein Ende war nicht abzusehen.

Lieber wäre er zurück auf Feindesgebiet, als hier diesem Drang zu widerstehen, den er schon so lange nicht mehr gespürt hatte. Allein dieser Gedanke ließ seinen Blick erneut zu Dakota wandern, und er wusste, dass der Abend erst begonnen hatte.

KAPITEL 5

Dakota konnte sich ein Lächeln nicht verkneifen, als sie sah, wie sich Ace Armstrong, dieser unglaubliche Mann, von ihr entfernte. Sie hatte eine Menge Geschichten über den rebellischen Bruder der Familie gehört, und sie musste zugeben, dass sie ihm nicht gerecht wurden. Auch die alten Fotos wurden ihm nicht gerecht. Aus dem Jungen war ein extrem attraktiver Mann geworden.

Nur in seiner Gegenwart zu sein, ließ Dakotas Herz höher schlagen, und sie spürte tatsächlich ein Kribbeln auf der Haut. Er war ein gefährlicher Mann, und Dakota hatte ein ernsthaftes Problem mit gefährlichen Männern. Er war etwas, für das sie kein Heilmittel wollte. Außerdem mischte sie sich gerne in das Leben anderer Leute ein. Sie erkannte die Ruhelosigkeit in dem ansonsten selbstbewussten Blick dieses Mannes und wollte seinen Schmerz lindern.

Lange war er von seiner Familie weg gewesen, und er sah wie ein verloren gegangenes und verängstigtes Tier aus, das nach Hause gezerrt worden war. Das weckte in Dakota all ihre Beschützerinstinkte. Wenn sie eines verstand, dann wie sie in Regionen des Verstandes eines Menschen vordrang, in denen sie nicht erwünscht war. Je intensiver jemand versuchte, sich vor ihr zu verstecken, desto größer war Dakotas Drang, seine oder ihre Geschichte herauszufinden. Sicher, Ace hatte mit ihr geflirtet und mit frechen Antworten genauso wenig gespart wie sie, aber Dakota hatte das Gefühl gehabt, dass es bei ihm ein Automatismus gewesen war, so als würde er verzweifelt versuchen, etwas hinter dem witzigen Wortgeplänkel zu verbergen.

Jetzt wollte sie sich mit voller Wucht hineinstürzen und ihn kennenlernen. Und das hatte nichts mit den breiten Schultern des Mannes zu tun, die es mit denen der Footballspieler der Seattle Seahawks aufnehmen konnten, bei denen sie Cheerleaderin war. Und es hatte ganz sicher nichts mit den smaragdgrünen Augen zu tun oder dem kantigen Kinn oder den allzu sehr zum Küssen einladenden Lippen. Nein, versicherte sich Dakota. Es war nur wegen des Unbehagens, das sie in Aces Blick sah, und wie er verzweifelt versuchte, es durch Flirten und mit einem Grinsen zu überspielen, das jedoch nicht ganz die Fenster zu seiner Seele erreichte.

Na gut, wenn ich ganz ehrlich sein soll, muss ich zugeben, dass sein Körper kein Hindernis ist, dachte sie mit einem Lächeln, als sich der Mann umdrehte und ihre Blicke sich trafen. Aber er war jetzt der Schwager ihrer besten Freundin, und da Dakota wusste, wie rebellisch er war, würde er wahrscheinlich nicht dableiben. Sie mochte vielleicht ein bisschen Angst vor Beziehungen haben, aber sie schenkte anderen auch ihr Herz. Allerdings befürchtete sie, dass sie es eines Tages hergeben und nie wieder zurückbekommen würde. Sie hatte die verheerenden Folgen solchen Verhaltens gesehen. Und Ace würde abreisen, wenn es ihm besser ging. Das wusste sie ganz sicher und fühlte sich jetzt ein bisschen verloren – etwas, was Dakota überhaupt nicht behagte.

Unsicherheit war kein Gefühl, das ihr vertraut war. Natürlich hatte es auch bei ihr schon Momente der Schwäche gegeben, wie bei jedem anderen auf diesem verdammten Planeten auch. Aber sie erlaubte es diesen Emotionen nicht, sie zu bestimmen, akzeptierte nicht so einfach eine Niederlage und verkroch sich nicht sich selbst bedauernd in einem Loch.

Das Leben war einfach zu kurz, um wütend, traurig oder unsicher zu sein. Sie zog es vor, durch den Schmerz zu lächeln und finstere Blicke zu vermeiden, denn ein Lächeln sagte mehr als … Wie viele Worte waren das noch mal? Dakota versuchte, sich zu erinnern, wie der Spruch ging. Chloe zog sie stets schonungslos damit auf, dass sie bekannte Redewendungen falsch wiedergab. Dakota widersprach immer. Sie vermutete, dass die Sprüche einfach nicht zutrafen. Ihr gefiel es, nur das Positive im Leben zu sehen.

Ace kam wieder auf sie zu und Dakota ging in Habachtstellung. Verdammter Mist, den Mann umgab ein Hauch von Gefahr, der Signale an all die richtigen Stellen auf Dakotas lüsternem Körper sandte. Es war schon zu lange her, seitdem sie eine Beziehung gehabt hatte. Doch obwohl sie extrem gerne flirtete und nichts gegen eine heiße Liebesnacht einzuwenden hätte, bedeutete das nicht, dass sie sich allen großartig aussehenden Männern hingab, die entsprechende Signale aussandten. Die verdammten Moralvorstellungen ihrer Mutter hatten sie das gelehrt. Sie wünschte, sie hätte sie nicht verinnerlicht, und sie wünschte außerdem, dass sie nicht immer so offenherzig wäre.

Allerdings hatte ihre Mutter nie gepredigt, dass es falsch war, einen sexy Mann anzuschmachten. Also ließ sie ihrer Fantasie völlig freien Lauf. Und ihre Vorstellungskraft war hervorragend. Genau in diesem Augenblick stellte sie sich ineinander verschlungene, schwitzende Körper vor und nicht das kleinste Fitzelchen Stoff dazwischen.

Nur weil sie nicht bereit war, sich sofort in ein Abenteuer zu stürzen, hieß das nicht, dass sie Ace nicht ziemlich oft anschauen musste – und ihr dabei vielleicht sogar das Wasser im Mund zusammenlief. Im Grunde genommen hatte sie bereits entschieden, dass sie jede Kleinigkeit über ihn herausfinden würde, und deshalb war ihre Belohnung eine ungebremste Vorstellungskraft.

»Halt mal, Ace.«

In dem Moment, als Onkel Sherman Ace ein Tablett mit Champagnergläsern gab, das er aus einem unerfindlichen Grund herumgetragen hatte, wusste Dakota, dass es ein Fehler gewesen war. Es fühlte sich fast so an, als wäre sie in einem Thriller und beobachtete, wie das dumme Mädchen gleich die Kellertür öffnen würde, weil sie dort unten ein Geräusch gehört hatte.

Ace nahm das Tablett und es wackelte bedenklich in seiner Hand. Der Dummkopf nahm noch nicht einmal die andere Hand zu Hilfe, um es abzustützen. Dakota setzte sich in Bewegung, aber schon bevor sie zwei Schritte getan hatte, wusste sie, dass sie es nicht schaffen würde.

»Ace …!«, rief sie ihm zu. Er schaute auf, und gerade, als sie neben ihm ankam, neigte sich das Tablett, und jede Menge Champagner ergoss sich über sein Hemd und seine Hose. Einiges landete auch auf Dakota und ruinierte garantiert ihre unglaublich schönen *und* teuren High Heels.

Der entsetzte Ausdruck in Aces Gesicht war einfach zu viel für sie. Das Geräusch des auf dem Boden aufschlagenden Metalltabletts und des zersplitternden Glases ließ jedes Gespräch im Saal verstummen und alle Leute in ihre Richtung schauen.

»Ich … ich weiß nicht, warum er … mir das gegeben hat«, stammelte Ace.

»Ich auch nicht.« Dakota versuchte verzweifelt, ein Lachen zu unterdrücken.

»Was zum Teufel hat er überhaupt damit gemacht?«, fragte sich Ace und sah jetzt weniger verlegen und dafür gereizter aus.

»Mr Armstrong, es tut mir so leid. Ich weiß nicht, wie das passieren konnte«, erklärte ein Mann und reichte Ace ein Handtuch.

»Kein Problem«, murmelte Ace. Der Mann fuhr fort, sich zu entschuldigen, dies legte die Vermutung nahe, dass es sich um den Hoteldirektor oder den Chef vom Catering-Service handelte. Er befürchtete wahrscheinlich, Ärger zu bekommen.

»Ist schon gut, Jean«, schaltete sich Sherman ein und klopfte dem Mann auf den Rücken. »Ich habe ein Glas Bourbon über eine deiner Kellnerinnen geschüttet und darauf bestanden, ihr das Tablett abzunehmen, während sie sich umziehen ging. Ich habe ihr keine Wahl gelassen. Nick hat mich gerufen, um ein Foto zu machen, und da habe ich Ace gebeten, das Tablett zu halten. Mein Neffe war offenbar nicht geschickt genug, das hinzubekommen.«

Ace schaute seinen Onkel finster an, bevor er sich wieder an Jean wandte. »Es ist wirklich okay. Mir ist nichts passiert und allen anderen auch nicht. Allerdings hat der Boden ein wenig abbekommen.«

»Ich habe bereits dem Hauspersonal Bescheid gesagt. Sie werden sich darum kümmern«, versicherte Jean ihm.

»Also, nichts passiert«, beruhigte Sherman Jean, legte dem Mann den Arm um die Schultern und zog ihn mit sich fort, während Jean weiterhin Entschuldigungen murmelte.

Als sie sich ein gutes Stück entfernt hatten, konnte sich Dakota nicht mehr zusammenreißen. Zuerst lächelte sie, und der Hals tat ihr weh von den Versuchen, das Lachen zu unterdrücken. Aber als Ace ihr einen wissenden Blick zuwarf, war es um sie geschehen.

Sie brach in schallendes Gelächter aus und sein Gesichtsausdruck machte es nur noch schlimmer. In den nächsten paar Sekunden musste er entscheiden, was er tat, und das würde ihr eine Menge über seinen Charakter verraten. Entweder fiel er in ihr Lachen mit ein und wusste die Situationskomik zu schätzen, oder er verließ schnellen Schrittes den Saal und tat sich selbst leid. Es würde ihr verraten, ob sie im Leben dieses Mannes ein klein bisschen bewirken konnte oder nicht. Ace entschied sich für herzhaftes Lachen.

Das Putzteam traf ein, und die beiden eilten davon, um nicht im Weg zu stehen. Dakota lachte einfach zu sehr, um ihre

Hilfe anzubieten. Außerdem bezweifelte sie, dass sie sich in dem engen Kleid würde bücken können.

»Scheint so, als hättest du entschieden, auch auf dieser Hochzeit eine Einlage zu geben«, scherzte Maverick und klopfte Ace auf die Schulter.

»Ist es eine Angewohnheit von ihm, Tabletts fallen zu lassen?«, fragte Dakota.

»Nein. Auf Coopers Hochzeit kam er rein und ... äh, und hat dann entschieden, Nick niederzuschlagen. Da das hier allerdings Nicks Hochzeit ist, wird er es hoffentlich dabei belassen, Tabletts fallen zu lassen«, scherzte Maverick und kicherte über seinen Witz. Dabei sah er kein bisschen bekümmert darüber aus, dass einer seiner Brüder vor wer weiß wie vielen Jahren einen anderen Bruder geschlagen hatte.

»Na ja, vielleicht sollten wir dir ein neues Hemd besorgen«, schlug Dakota vor und ließ den Blick über seinen schlanken Körper wandern. »Und vielleicht auch eine andere Hose.«

Plötzlich lächelte Ace, blinzelte ihr zu und ließ sie erröten. Verdammt! Er hatte eine viel zu große Wirkung auf sie. In Gegenwart dieses Mannes musste Dakota ein bisschen vorsichtiger sein.

»Du kannst mich anziehen, wenn du willst, Schätzchen«, zog er sie auf.

»Hier ist mein Schlüssel. In meinem Zimmer ist noch Kleidung.« Mav kicherte und verschwand. Mit Ace in ein Hotelzimmer zu gehen, ist überhaupt keine gute Idee, dachte Dakota.

»Ich habe den Schlüssel und komme auf dein Angebot zurück«, sagte Ace.

Sie zögerte kurz, bevor sie entgegnete: »Ich glaube, das Zimmer findest du alleine.« Dakota wünschte, sie hätte ihre Hilfe nicht angeboten.

»Du warst an dem Malheur beteiligt, deshalb musst du helfen, es zu beseitigen«, hielt Ace dagegen und zog sie durch die Menschenmenge mit sich fort. Die Leute hatten das Interesse an ihnen verloren und feierten weiter.

Dakota war ausnahmsweise einmal merkwürdig still, als sie mit Ace den Fahrstuhl erreichte und er den Knopf für das oberste Stockwerk drückte. Natürlich lag das Zimmer ganz oben in der dreißigsten Etage des Hotels. Das würde ihr eine viel zu lange Fahrt mit Ace auf engstem Raum bescheren. Normalerweise wurde sie wegen solcher Kleinigkeiten nicht nervös.

Als sich die Türen hinter ihnen schlossen, hoffte Dakota, der Fahrstuhl würde irgendwo anhalten und noch jemand zusteigen. Sie würde sicher nicht in Aces Verstand eintauchen und eventuell seine Liebe am Leben wiedererwecken können, wenn sie es noch nicht einmal hinbekam, mit dem Mann eine unbefangene Unterhaltung zu führen. Dakota schimpfte innerlich mit sich selbst und bedachte dann Ace mit einem strahlenden Lächeln.

»Bist du froh, wieder zu Hause zu sein?«, fragte sie ihn.

Ace erstarrte, als wollte er ihre Frage zurückweisen, aber dann war sie beeindruckt zu sehen, wie er sich zwang, zu entspannen und sie ebenfalls anzulächeln.

»Bisher war es unglaublich … ereignisreich«, antwortete er.

»Das Leben ist langweilig ohne Stimulation«, versicherte sie ihm.

Beim Leuchten in seinen Augen fragte sie sich, ob sie nicht vorsichtiger mit der Wortwahl sein sollte, wenn dieser Inbegriff der Männlichkeit in der Nähe war. Er war lange weg gewesen, und Dakota fragte sich, wann er seine letzte Beziehung gehabt hatte. Natürlich musste man sich nicht in einer verbindlichen Partnerschaft befinden, um ein wenig sexuelle Spannung abzubauen. Sie wollte nicht daran denken, wie Ace Spannung abbaute.

»Nur so viel dazu, Dakota«, sagte er, als er auf sie zukam und sie einen Schritt zurückmachte. Sie hasste es, zurückzuweichen, egal, wie weit sie auch in eine Ecke gedrängt wurde. »Das Leben ist definitiv aufregender geworden, seitdem du aufgetaucht bist.«

Dakota musste sich entscheiden. Sie konnte ihn entweder in die Schranken verweisen oder Vollgas geben. Ihre Wahl fiel auf Letzteres. Sie grinste und legte ihm die Hand auf die Brust.

Verdammt! Am liebsten hätte sie diese harten Muskeln gedrückt, aber irgendwie brachte sie es fertig, die Finger nicht zu bewegen und den Mann fernzuhalten. Er sah erwartungsvoll aus – genauso aufgeregt wie sie. Aber sie würde diejenige sein, die jetzt einen kühlen Kopf bewahrte.

»Ich habe beschlossen, dass du meine Art von Therapie brauchst, Ace«, sagte sie. Er erstarrte unter ihrer Hand und sein Herz setzte einen Schlag aus. »Du kannst so viele Anmachsprüche von dir geben, wie du willst, aber du wirst mich damit nicht verscheuchen, und es braucht eine Menge mehr als schöne Worte, um mich in dein Bett zu bekommen.«

Dakota genoss den Schreck in seinen Augen. Doch dann wusste sie nicht, was sie von dem Funkeln halten sollte, das den Platz der Überraschung einnahm. Es stimmte, dass dieser Mann einige Probleme mit sich herumtrug, aber er hatte auch in höchstem Maße Selbstvertrauen.

»Dann mal los, Doc. Mal sehen, wer gewinnt«, neckte er sie.

Dakotas Herz klopfte heftig, als sich die Fahrstuhltüren öffneten. Sie war sich nicht sicher, ob sie mit ihm aussteigen oder ihn durch die Tür schubsen und den Rückzug antreten sollte. Er nahm ihr die Entscheidung ab, als er ausstieg, sich umdrehte und ihr einen Blick zuwarf, der offenbar »Feigling« bedeutete.

Dakota stieg aus. Sie kniff nicht – niemals!

Kapitel 6

Ace war nicht der Mann, dem es in einer schwierigen Situation den Schweiß auf die Stirn trieb, aber er spürte, wie ihn eine unbändige Nervosität ergriff, als er mit der unglaublich attraktiven Dakota Forbes auf die Tür des Hotelzimmers seines Bruders zuging. Er würde es nicht zugeben, aber seine Finger zitterten leicht, als er die Schlüsselkarte durch den Schlitz zog und ihm das grüne Licht signalisierte, dass die Tür geöffnet werden konnte.

»Ich glaube, ab hier kommst du alleine klar«, versuchte Dakota den Rückzug.

»Hast du Angst, ich könnte dich beißen?« Ace warf ihr einen herausfordernden Blick zu. Sie straffte die Schultern und machte einen Schritt nach vorn.

Ace kannte diese Frau noch nicht lange, aber er hatte bereits herausgefunden, wie sie tickte. Sie mochte es nicht, als schwach angesehen zu werden, und damit sie genau das tat, was er wollte, musste er sie nur herausfordern. In diesem Wissen lag Macht, und das gefiel ihm.

Das Geräusch der hinter ihnen ins Schloss fallenden Tür war lauter als ein Gewehrschuss aus kurzer Entfernung. Verdammt, Ace hätte diese Frau am liebsten gegen die Wand gedrängt und sie vor Lust schreien lassen. Er sagte sich jedoch, dass Vorfreude die beste Freude war. Außerdem hatte er noch die lästige Stimme seines Bruders im Ohr, die ihm eingeschärft hatte, dass Ace mit dieser Frau nicht einfach nur rummachen konnte. Und da er sicher wieder abreisen würde, war alles, was sie miteinander haben konnten, eine schnelle Nummer ... oder zwei.

Aces Kleidung war klatschnass, und sein erster Tagesordnungspunkt war, sie auszuziehen. Er ließ die Smokingjacke von den Schultern gleiten und zu Boden fallen. Als er sich umdrehte, war er gewaltig stolz, Ehrfurcht in Dakotas Blick zu erkennen. Sie starrte auf das weiße Hemd, das an seiner Brust klebte.

Ace achtete sehr auf seinen Körper. Er trainierte hart und hatte keine Probleme damit, nackt oder halb nackt vor jemandem zu stehen. Probleme mit dem eigenen Körper hatten nur Leute, die kein Selbstvertrauen besaßen. Es war egal, wie man äußerlich aussah. Wichtig war, was man innerlich fühlte. Und Ace war vollauf zufrieden mit seinem Aussehen.

Dann begann er, sein Hemd aufzuknöpfen, und ließ dabei Dakota nicht aus den Augen. Die tat ihr Bestes, so zu tun, als wäre sie völlig unbeeindruckt. Allerdings wusste Ace, wann eine Frau ihn begehrte, und es wäre ein Leichtes für ihn, Dakota lustvolle Schreie ausstoßen zu lassen, während sie unter ihm lag.

Wenn ihm sein Verstand nur nicht einen Strich durch die Rechnung machen und ihm ständig einhämmern würde, dass diese Frau tabu war. Noch nie hatte er eine moralische Krise gehabt, aber im Moment schien es so, als hätte er genau die. Fast wäre es besser, wieder zurück in der eingeschränkten CIA-Welt zu sein, wo es sich nur um den reinen Instinkt gedreht hatte. Nicht nur das, sondern er würde ja auch genauso schnell wieder weg sein, wie er gekommen war. Die Menschen um ihn herum neigten dazu, auf die eine oder andere Art ... verletzt zu werden. Wäre er bereit, es mit dieser lebensprühenden Frau zu riskieren und zu sehen, wie das wunderschöne Strahlen in ihren Augen verblasste? Nein. Darüber gab es keinen Zweifel.

»Ich sollte dich alleine lassen«, stieß Dakota ein bisschen zu hastig hervor, um ihre lässige Art weiter aufrechtzuerhalten.

»Kein Problem. Ich habe nichts zu verbergen.«

Ace öffnete den letzten Knopf seines Hemdes, entfernte dann die Manschettenknöpfe und zog das nasse Kleidungsstück aus, was nicht ganz einfach war. Auch danach fühlte er sich noch klebrig.

»Ich glaube, ich brauche ein Schaumbad. Hilfst du mir dabei?«, fragte er mit einem verruchten Grinsen.

Er vermutete, sie würde endgültig das Weite suchen – was ein kluger Schachzug ihrerseits gewesen wäre. Doch Ace spürte eine schmerzhafte Erektion, als sie ihn keck anschaute und näher kam. Zur Hölle mit seinem Bruder und seinen eigenen Moralvorstellungen – wenn diese Frau ihm nicht widerstand, würde er ihr doch keine Abfuhr erteilen! Er ließ seinen logischen Verstand links liegen und war mehr als bereit, auf seine untere Körperhälfte zu hören.

Dakota strich mit dem Finger über seine klebrige Brust, und Ace wäre fast gekommen – etwas, was ihm seit seiner Teenagerzeit nicht mehr passiert war. Es war ihm egal. Immerhin würde es ihm ach so süße Erleichterung verschaffen.

»Ich glaube, du bist ein großer Junge und kannst dich alleine waschen«, meinte sie. Dann steckte sie den Finger in ihren sinnlichen Mund und sog daran. »Mmm, guter Champagner. Zu schade, dass er verschüttet wurde.«

Aces Männlichkeit pulsierte schmerzhaft, als er Dakota schockiert anschaute. Sie war die lebendige Verkörperung jedes feuchten Traums, den er je gehabt hatte, und ihr Selbstbewusstsein führte nur dazu, dass er sie umso mehr wollte.

»Er wurde nicht verschüttet. Du kannst ihn von mir ablecken«, schlug er heiser vor.

Sie beugte sich vor, und für einen Moment dachte er, dass sie genau das tun würde. Sein Herz hämmerte in freudiger Erwartung ihrer süßen Zunge auf seiner gar zu heißen Haut. Wer brauchte Schaumbäder, wenn es eine heiße Frau mit Fingern und einer geschickten Zunge gab?

»Verlockend, aber ich bevorzuge ihn spritzig aus der Flasche«, entgegnete sie. Wieder fuhr sie mit einem Finger über seine Brust, beschrieb auf dem Bauch einen Kreis, bevor sie hinüber zu einer Bank in der Nähe des Fensters ging.

»Du bist so eine Provokateurin!«, rief Ace. Eigentlich sollte er wütend sein, aber er war mehr belustigt und beeindruckt als alles andere.

Dakota drehte sich um und schaute ihn an. Ihr feuriger Blick erfasste seinen ganzen Körper, von der schweißbedeckten Stirn bis hinunter zu den Füßen und wieder zurück. Ihm fiel auf, dass sie ein paar zusätzliche Sekunden auf seine Erektion schaute, die unter ihrem Blick pulsierte. Ace hatte das Gefühl, als hätte sie ihn gerade gestreichelt.

»Ich provoziere nicht«, sagte sie schließlich und befeuchtete die Lippen, was Ace noch mehr ins Schwitzen brachte. »Aber ich gebe auch nicht arroganten Männern nach, die meinen, es sei ihr Recht, alles zu bekommen, was sie wollen. Ich habe dir bereits gesagt, dass ich dich kennenlernen will.« Sie machte eine Pause, und Ace hielt die Luft an, als er darauf wartete, dass sie weitersprach.

»Wenn du dich richtig verhältst, könnte es sein, dass etwas zwischen uns passiert«, fuhr sie in ihrer direkten Art fort. Aces Körper reagierte, er war voller Verlangen. »Aber wenn du dich mürrisch und egoistisch benimmst, wirst du alleine bleiben. Geh duschen, während ich nach etwas Passendem zum Anziehen suche.«

Sie wandte sich von ihm ab und war nicht im Geringsten beunruhigt, dass er auf ihre Worte zurückkommen könnte. Ace stand einen Moment da und fragte sich, ob sie recht hatte, fragte sich, ob er ihrer Anordnung Folge leisten sollte. Irgendwie gefiel ihm der Gedanke.

Aber stattdessen ging er auf sie zu. Ace war nicht der Typ Mann, der vor einer Herausforderung davonlief, und Dakota provozierte ihn geradezu. Es war an der Zeit, ihr zu zeigen, dass sie es hier nicht mit einem klassischen Schwächling zu tun hatte.

Dakota drehte sich gerade in dem Moment um, als er sie an sich zog. Sie schien nicht mehr ganz so gefasst zu sein, als er ihr für einen wunderschönen Augenblick in die Augen schaute. Ace grinste sie an und drückte dann seinen Mund auf ihren.

Der Kuss war noch besser, als er ihn sich vorgestellt hatte. Ihre weichen Lippen passten perfekt auf seine, und als er die Zunge in ihren Mund gleiten ließ, fühlte er sich, als wäre er zu Hause angekommen. Mit einer Hand schob er ihre Hüften gegen seinen Unterleib und ließ sie ohne jeden Zweifel wissen, wie sehr er sie begehrte.

Ace verlor seinen Sinn für Realität, als Dakota ihm durch das Haar fuhr und daran zog. Ihr Stöhnen wurde von seinem Mund verschluckt. Er griff nach ihrem Po und drückte zu, während sein Körper schmerzhaft pochte.

Dann schob er sie gegen das Fenster und eroberte ihren Mund. Seine Hände glitten über ihre Hüften und streiften ihre herrlichen Brüste. Sie war unglaublich, hatte Kurven an genau den richtigen Stellen und straffe Muskeln, wo Ace sie am meisten schätzte.

Er löste den Mund von ihrem und glitt mit der Zunge über ihren Hals, bevor er die Haut an der Stelle sog, an der ihr Puls heftig schlug. Wieder stöhnte sie, was ein übermächtiges Begehren in ihm auslöste. Ace konnte die süße Erleichterung erahnen.

»Lass uns dieses Zimmer nutzen«, hauchte er, und seine Stimme vibrierte gegen ihre Haut. Jawohl, das Kleinhirn gewann mit Sicherheit seinen inneren Kampf.

Dakota umfasste mit beiden Händen sein Gesicht und das Verlangen in ihren Augen gab ihm Hoffnung. Sie war eine Frau, die auf Sex stand, und sie wollte ihn. Das war mehr als klar.

»Mmm, Ace, du *bist* sehr verlockend, und eigentlich müsste ein Warnschild an dir kleben«, flüsterte Dakota, und ihre Mundwinkel verzogen sich zu einem Grinsen. »Aber ich lasse dich nicht in meine Hose – oder sollte ich eher sagen in mein Kleid?« Sie legte eine Pause ein und sein Herz hämmerte. »Zumindest nicht heute Abend.«

Aces Atmung geriet außer Kontrolle, während er darauf wartete, was diese Frau als Nächstes sagen würde. Noch nie war er dermaßen ungeduldig gewesen wie in diesem besonderen Moment. Er war mit Sicherheit ihr unfreiwilliges Publikum, und sie wusste das.

»Vielleicht haben wir irgendwann die Möglichkeit, uns gegenseitig zu genießen, aber zuerst musst du nett sein«, forderte sie. Dann schob sie ihn weg.

Ace wusste, dass er sie herausfordern konnte, wusste, dass er sie eng an sich ziehen und sie rumkriegen konnte, wenn er die Sache vorantrieb. Aber er merkte, dass er viel zu viel Respekt vor dieser Frau hatte, um es überhaupt zu versuchen.

Er musste die Augen schließen und ein paarmal tief Luft holen, um sich zu beruhigen, während er gegen den Drang seines Körpers mit der Vernunft seines Verstandes ankämpfte. Außerdem hatte er das Gefühl, dass es nicht ausreichen würde, nur einmal mit ihr zu schlafen. Wenn er diese Tür öffnete, wäre er ihr williger Sklave. Was ihn allerdings erschreckte, war, wie sehr ihm das egal war.

»Was verstehst du unter nett sein?«, fragte er.

Sie sah die Kleidung durch und holte dann eine Hose und ein Polohemd aus dem Koffer von Aces Bruder. Schon seit Langem hatte Ace keine Kleidung mehr mit seinen Brüdern getauscht, aber im Augenblick hatte er keine große Wahl – entweder Sachen seines Bruders oder klebriger Smoking.

»Vielleicht solltest du deine Unterwäsche auswaschen und trocken föhnen«, schlug sie vor, warf die Sachen aufs Bett und ging auf die Tür zu. Am liebsten hätte er sie gepackt und ihr klargemacht, dass sie ihn in einem solchen Zustand nicht zurücklassen konnte. Allerdings schienen seine Füße auf dem Boden festgewachsen zu sein.

»Du hast meine Frage noch nicht beantwortet«, hakte er nach und war glücklich, als sie sich wieder umdrehte und ihn anschaute. »Und vielleicht trage ich gar keine Unterwäsche.«

Bei diesen Worten starrte sie auf die nicht zu übersehende Ausbuchtung in seiner Hose. Und wieder pulsierte er und das tat so verdammt weh. Nur ein einfaches Streicheln ihrer Finger oder der vollen Lippen und er würde nicht mehr an sich halten können.

»Das ergibt sich von Tag zu Tag, Ace. Du wirst die Regeln beim Spielen des Spiels herausfinden«, antwortete sie mit einem strahlenden Lächeln. Ace konnte nicht anders und lächelte zurück.

»Ich glaube, ich werde dieses Spiel gewinnen«, versicherte er ihr.

Sie öffnete die Tür des Hotelzimmers und lächelte ihn immer noch an. »Das hoffe ich.« Dann verschwand sie. Als die Tür nach dem Betreten des Zimmers ins Schloss gefallen war, hatte er bereits gedacht, dass das Geräusch ungewöhnlich laut gewesen war. Jetzt empfand er es wie einen Schuss in seine Brust.

Lange stand er da und schaute auf die geschlossene Tür. Sein Körper stand in Flammen, das Herz klopfte wild und in seinem Kopf schwirrten eine Million Fragen herum. Diese Frau war das Beste, das seit Jahren in sein Leben getreten war.

Ace zog sich aus und grinste von einem Ohr zum anderen, als er schnell unter die Dusche schlüpfte. Sein Körper bebte und sein Blut fühlte sich wie Lava in den Venen an, aber das war es alles wert. Ace hatte nicht den geringsten Zweifel, dass er dieses Mädchen bekommen würde.

Mit diesem Wissen tat er, was Dakota vorgeschlagen hatte, und föhnte seine Unterwäsche trocken, bevor er sich beeilte, die neue Kleidung anzuziehen. Er wollte zurück zur Party und zu diesem Mädchen. Das hier war eine Mission, aus der er sich nicht erlaubte als Verlierer hervorzugehen. Er hoffte einfach, dass sie für ihn bereit war. Eine andere Wahl hatte sie eigentlich nicht.

KAPITEL 7

Dakota war ein wenig aus dem Gleichgewicht, als sie zurück in den Saal mit den vielen Gästen ging, die lachten und tranken und sich blendend amüsierten. Sie hatten keine Ahnung, was sich gerade im obersten Stockwerk des Hotels abgespielt hatte, aber Dakota hatte das Gefühl, als stünde es ihr ins Gesicht geschrieben.

Ihre Wangen waren gerötet und heiß, und durch ihren Körper schossen Gefühle, von denen sie niemals gedacht hätte, dass sie sie haben könnte. Dakota hatte sich sehr zusammenreißen müssen, als Aces Hände über ihren Körper gewandert waren und sein Mund sie leidenschaftlich geküsst hatte. Noch nie war sie so erregt gewesen wie bei diesem Mann, der ihren Körper angebetet hatte.

Dakota war daran gewöhnt, dass sie Männern auffiel. Sie flirtete gerne, war selbstbewusst und musste sich nichts beweisen. Doch mit Ace zusammen zu sein, war, wie auf einem anderen Planeten zu stehen. Noch nie hatte sie sich sofort und dermaßen von einer anderen Person angezogen gefühlt.

Vielleicht war es dumm, diesen Mann zu ihrem Lieblingsprojekt zu machen, aber sie hatte die Entscheidung bereits getroffen und war keine Frau, die ihre Meinung noch einmal änderte. Es wäre Schwäche, wenn sie jetzt versuchen würde, einen Rückzieher zu machen. Das würde sie niemals zulassen.

»Wo warst du, junge Dame?«

Dakota zuckte schuldbewusst zusammen und schaute Sherman an, der sie dermaßen wissend angrinste, dass sie befürchtete, er würde genau wissen, was zwischen ihr und seinem Neffen abgelaufen war. Ihr war nicht klar, weshalb sie sich fühlte, als hätte sie etwas Falsches getan.

»Ich habe Ace geholfen«, sagte sie mit ungewöhnlich gedämpfter Stimme.

»Gut. Der Junge braucht Hilfe. Er war sehr lange von der Familie weg. Wir sind froh, dass er wieder zu Hause ist«, erwiderte Sherman.

»Ja, deine ganze Familie ist wieder da, wohin sie gehört.« Neben Dakota stand jetzt ein Mann, der so riesig war, dass sie sich wie ein Zwerg vorkam.

»Dakota, darf ich dir meinen guten Freund Joseph Anderson vorstellen?«, fragte Sherman.

Dakota schaute zwischen den beiden Männern hin und her. Beide waren legendär. Sie lächelte und fühlte sich in ihrer Gegenwart überaus wohl. Sie erinnerten sie an ihre eigene Familie. Wahrscheinlich würden die Armstrongs gut zu ihnen allen passen.

»Freut mich, dich kennenzulernen, Joseph«, sagte sie und war überrascht, als er sie umarmte und ihr kurz den Atem nahm.

»Ganz meinerseits, Schätzchen«, erwiderte Joseph. »Du kümmerst dich also um unseren kleinen Ace, oder?«

»Ich habe eine Schwäche für verlorene Seelen«, gab Dakota zu, bevor sie zu Sherman blickte. Dass sie Ace aushorchen wollte, teilte sie den beiden nicht mit. »Und obwohl Ace eine ganze Weile weg war, glaube ich, dass er wieder dort ist, wohin er gehört.«

»Von dem Augenblick an, als ich dich das erste Mal getroffen habe, junge Dame, wusste ich, dass du gut für Ace sein würdest«, meinte Sherman. Das Funkeln in seinen jugendlichen Augen kam Dakota ein bisschen verdächtig vor.

»Komm ja nicht auf dumme Gedanken«, warnte sie Sherman und blickte sich im Saal um. »Ich denke nicht daran, vor irgendeinen Traualtar zu treten.«

»Ah, das Herz weiß schon, was es will«, entgegnete Joseph. Wieder schaute Dakota zwischen den beiden Männern hin und her.

»Und manchmal braucht die Seele nur ein Stärkungsmittel«, warf sie ein und hoffte, diesen beiden Männern Einhalt gebieten zu können. Sie wollte nicht verkuppelt werden.

»Manchmal ist das ein und dasselbe«, konterte Sherman.

Dakota musste lachen. Diese Männer waren eine ernst zu nehmende Größe. Sie honorierte umso mehr, was ihre beste Freundin durchgemacht hatte, als sie bei dieser Familie gearbeitet hatte. Sie waren einschüchternd, und Chloe war lange Zeit so verloren gewesen. Manchmal brauchte ein Mädchen ihre beste Freundin und manchmal brauchte sie eine Familie, die ihre Arme weit öffnete.

»Ich bin so froh, dass Chloe euch alle hat«, sagte sie und hatte vor Rührung einen Kloß im Hals.

»Wir sind diejenigen, die sich glücklich schätzen können, dass sie Teil unseres Lebens geworden ist«, versicherte Sherman ihr.

»Hab ich den falschen Mann geheiratet?«, fragte Chloe, die zu ihnen getreten war, und umarmte zuerst Sherman und dann Joseph.

»Natürlich nicht«, antwortete Sherman mit einem Lächeln.

»Gut. Denn du, mein süßer neuer Onkel, bist mein Lieblingsfamilienmitglied.«

»Ah, das tut meiner alten Männerseele so gut«, meinte Sherman seufzend.

Aus Chloes Lachen klang echte Freude, etwas, was Dakota unglaublich glücklich machte. Ihre Freundin hatte in ihren traumatisierten Jahren mit einem gewalttätigen Vater und einer gleichgültigen Mutter viel zu wenig gelacht.

»Und du tust dieser einst gebrochenen Seele gut«, gab Chloe zurück.

»Bring mich auf dieser fröhlichen Feier bloß nicht zum Weinen.« Sherman hatte verdächtig glänzende Augen.

»Das würde mir nicht im Traum einfallen«, versprach Chloe. Sie wischte sich eine Träne von der Wange, bevor sie sich an Dakota wandte. Sofort machte sie große Augen, und ihr Grinsen wurde breiter.

»Wo bist du denn gewesen?«, wollte sie wissen, und Dakota wand sich. Sie wollte nicht diejenige sein, die unter einem Mikroskop betrachtet wurde. Viel lieber wollte sie durch das Vergrößerungsglas schauen.

»Es ist ja kein Staatsgeheimnis oder so, aber ich habe deinem neuen Schwager geholfen«, erzählte sie. Dakota konnte Chloe einfach nicht in die Augen schauen.

Ihre beste Freundin lachte und sofort tauchte Nick an ihrer Seite auf. Er legte ihr den Arm um die Taille, und dann waren vier Paar wissende Augen auf Dakota gerichtet. Sie verzog den Mund zu ihrem typischen Lächeln und schaute sie alle mit gestrafften Schultern an.

»Ich bin sicher, Ace war mächtig froh, dass du ihm zur … Hand gegangen bist«, scherzte Nick und lachte.

Dakota schaute ihn warnend an. »Ich habe dir schon einmal einen Dämpfer verpasst, Nick Armstrong. Glaub nicht, ich würde das nicht wieder tun. Sogar an deinem Hochzeitstag«, drohte Dakota.

Nick hob schützend die Hände und lachte. »Du bist eine furchteinflößende Frau! Okay, du hast gewonnen«, gab er klein bei, und Chloe grinste die ganze Zeit.

»Was wäre eine Hochzeitsfeier ohne ein Familiendrama?«, fragte Chloe. »Und ich möchte einfach darauf hinweisen, wie sehr ich es liebe, das Wort ›Familie‹ auszusprechen.« Am Ende des Satzes schnürte es ihr die Kehle zu, und Dakota bewunderte es, wie Nick sie noch näher an sich zog und sie auf die Wange küsste, als ihre Augen feucht wurden.

»Es ist ein Segen, dich bei uns zu haben«, versicherte er seiner frisch Angetrauten. Dann wandte er sich an Dakota. »Und du bist jetzt genauso ein Teil von uns.«

Dakota umarmte Nick. »Ich liebe euch alle«, gestand sie.

»Was ist denn hier los?« Die ganze Gruppe drehte sich um und sah, wie Ace auf sie zukam. Sein verhaltener Blick verstärkte sich, als er feststellte, dass sie ihn alle anstarrten.

»Wir sind nur gerade sentimental«, ließ Sherman seinen Neffen wissen. Er stellte sich neben ihn und legte ihm den Arm um die Schultern. Ace schien sich einen Moment unwohl zu fühlen, zwang sich dann aber zu einer entspannteren Haltung. Dakota entging das nicht, und seine Reaktion festigte nur ihren Entschluss, diesen Mann besser kennenzulernen.

»Sentimentalitäten sind für Dummköpfe oder diejenigen, die die Realität nicht aushalten, in der sie leben«, entgegnete Ace.

Joseph schaute ihn an, als wäre er verrückt. »Also, das ist aber nicht die richtige Einstellung, Junge.«

Ace hütete sich davor zu streiten und zuckte nur mit den Schultern. Dakota entging nicht, wie er näher an sie herantrat. Er lehnte sich sogar schon an sie, ob es ihm nun bewusst war oder nicht. Sie musste vorsichtig sein, wenn sie für ihn da sein wollte, aber nicht mehr daraus entstehen sollte. Dakota war nicht sicher, wie sie diese Grenze einhalten sollte … bei diesem Mann!

»Wisst ihr schon, dass Dakota Flugstunden nehmen wird, um einen neuen Beruf zu ergreifen?«, wechselte Sherman das Thema. Der Mann wusste offensichtlich, dass sich sein Neffe unwohl fühlte, und versuchte, die Unterhaltung in eine andere Richtung zu lenken.

»Ja, ich kann es kaum erwarten«, gab Dakota aufrichtig zu. »All meine Brüder fliegen und sie haben deshalb einen absoluten Gottkomplex. Ich bin also nicht nur entschlossen, Pilotin zu werden, sondern besser als meine Brüder.«

Nick lachte. »Weiter so, du Knirps.«

»Oh, Nick, mach dich nicht über mich oder meine Träume lustig«, beschwerte sich Dakota.

»Ich mache mich nicht über dich lustig«, versicherte er ihr. »Fliegen ist nur nicht so einfach, wie du vielleicht denkst.«

»Die besten Dinge im Leben sind am schwersten zu erlernen und erfordern die meiste Ausdauer. Je schwieriger es ist zu fliegen, desto mehr wird es mir gefallen«, erklärte Dakota.

»Das Problem ist, dass sich der Pilot, den ich als Fluglehrer für sie vorgesehen hatte, das Bein gebrochen hat«, berichtete Sherman.

»Aber du hast einen Ersatz gefunden, oder?«, fragte Dakota. Sie war wegen der Flugstunden schon eine Weile aufgeregt und auf keinen Fall würde sie diesen Traum aufgeben.

»Ach, da du das gerade zur Sprache bringst«, sagte Sherman mit einem Grinsen, bevor er zu Ace schaute. Dakota begriff schnell, was er vorhatte, und sie war sich nicht sicher, ob sie die Richtung mochte, in die Shermans Gedanken gingen.

Sie fühlte sich durchaus zu Ace hingezogen, aber das bedeutete noch lange nicht, dass er in jede Ecke ihres Lebens vordringen sollte. Die Sache mit dem Fliegen war ausschließlich ihr

Ding. Aber das konnte sie nicht aussprechen, weil alle sie und Ace anschauten.

»Was?«, fragte Ace und sah verwirrt aus.

»Du hast doch noch deine Fluglehrerlizenz, oder?«, fragte Sherman.

»Und? Was tut das jetzt zur Sache?«

»Du arbeitest doch gerade nicht und ich habe einen Job zu vergeben«, erklärte ihm Sherman langsam, als wäre sein Neffe schwer von Begriff. Und da musste Dakota Sherman beipflichten. Ace begriff nur sehr langsam.

»Na und?« Ace sah noch verwirrter aus.

»Dakota bekommt nächste Woche ihre erste Flugstunde und sie braucht einen Lehrer. Ich möchte dich anbieten«, eröffnete Sherman ihm. »Ist das deutlich genug?«

Ace bedachte seinen Onkel mit einem vernichtenden Blick, bevor er zu Dakota schaute. Die zuckte mit den Schultern. Jetzt war Ace an der Reihe.

»Ich habe eine Menge zu tun«, wand er sich. Dakota erstarrte neben ihm. Sie fühlte sich ein wenig zurückgewiesen. Das war etwas, an das sie nicht gewöhnt war, und es gefiel ihr überhaupt nicht.

»Was denn?« Sherman ließ nicht locker und kniff die Augen zusammen.

Ace stammelte herum und schaute auf seine Füße. Wow! Schien so, als würde sein Onkel ihn beschämen. Jetzt tat er Dakota leid. Und sie fühlte sich wie das Seil beim Tauziehen. Ein Spiel, bei dem sie nicht gebeten hatte mitzumachen.

Ace schaute von ihr zu seinem Onkel und dann wieder zu ihr, und Dakota erkannte den veränderten Blick. Sein Onkel forderte ihn heraus, und es schien, als mochte er es genauso wenig wie sie, vor einer Herausforderung zu kneifen. Das könnte für sie beide eine schlechte Kombination sein.

»Du brauchst einen Lehrer, stimmt's?«, fragte Ace plötzlich und seine Meinung änderte sich um hundertachtzig Grad. Die Verwirrung und Verärgerung verschwanden, und die Mundwinkel gingen nach oben. Dakota hatte keinen Zweifel daran, dass er ihr viel mehr beibringen wollte als Fliegen. Sie warf ihm ein ebenso selbstbewusstes Lächeln zu.

»Ja, sieht ganz so aus«, gab sie zurück und zwinkerte ihm zu.

In seinen Augen loderte Begierde, und Dakota fragte sich, ob sie mit mehr Feuer spielte, als sie vertragen konnte. Aber auch wenn das der Fall war, schien sie sich nicht zurückhalten zu können.

»Ich nehme an, dann bin ich dein Mann. Wann soll die erste Stunde sein?«

Der Rest der sie umgebenden Leute hätte sich eigentlich in Luft auflösen können, als sie beide sich anstarrten. Die starke Verbindung zwischen ihnen beiden war so viel mehr, als Dakota verkraften konnte, aber das machte die ganze Sache nur noch spannender.

»Nächste Woche«, antwortete sie.

»Ich habe die ganzen Papiere«, schaltete sich Sherman wieder ein und brach damit ihre intensive Verbindung. Dafür war Dakota ihm ein bisschen dankbar.

»Gut. Die kannst du mir morgen geben.« Aces Blick blieb auf Dakota gerichtet.

»Dann ist es also abgemacht«, sagte Dakota und hasste es, dass ihre Stimme ein wenig atemlos klang.

»Das ist viel zu viel Geschäftliches an meinem Hochzeitstag«, beschwerte sich Chloe, bevor sie zu ihrem Mann schaute. »Führ mich auf die Tanzfläche und halt mich fest umschlungen.«

»Ich dachte schon, du würdest nie fragen«, beklagte sich Nick und zog sie sofort von der Gruppe fort. Dakota war fasziniert von der Liebe, die die beiden füreinander empfanden, als sie ihnen hinterherschaute.

»Das ist eine gute Idee. Lass uns tanzen.« Ace griff nach Dakotas Arm und zog sie fort. Er gab ihr keine Chance abzulehnen.

Dakota mochte Männer, die wussten, was sie wollten, und nicht zögerten, es zu bekommen. Sie folgte ihm auf die Tanzfläche. Als er sie in die Arme zog, verscheuchte sie sämtliche Gedanken und gab sich nur noch ihren Gefühlen hin.

Das war die beste Idee, die sie seit langer Zeit gehabt hatte. In Aces Armen fühlte sie sich geborgen. Sie war genau da, wo sie hingehörte. Dakota hatte vor langer Zeit gelernt, ihren Träumen nachzujagen und für sie zu kämpfen und nicht, sie zu bekämpfen oder zu sehr zu analysieren.

KAPITEL 8

Ein langsames Lied erklang, und Dakota lag in Aces Armen, als wäre sie nur für ihn gemacht. Normalerweise mied Ace langsame Lieder wie die Pest, aber als Dakota sich an ihn schmiegte, wusste er, dass nichts heilsamer sein konnte, denn er stand seit seiner Heimkehr ständig im Fokus seiner Brüder. Er könnte sich in dieser Frau verlieren – in der Magie, die ihre bloße Anwesenheit ausstrahlte.

Ja, er wusste, dass er sie möglicherweise in Gefahr brachte, und ja, er wusste, dass er bald wieder abreisen würde und solche Verbindungen nicht eingehen sollte. Aber er schien sich nicht bremsen zu können, und er hatte den inneren Kampf wirklich satt. Es ist doch nur ein Tanz, dachte er bei sich.

Ace wünschte sich, er könnte das Gefühl von Gefahr abschütteln, das ihn ständig umgab, aber zu viel war während seiner Zeit beim CIA passiert. Er verstand, dass seine Familie etwas darüber wissen wollte, um eine Antwort darauf zu bekommen, weshalb er so lange weg gewesen war. Sie dachten wahrscheinlich, dass es ihm leichtgefallen war. Ganz und gar nicht. Aber Ace konnte das nicht allzu gut herüberbringen, und deshalb schauten sie ihn an, als würde er jederzeit wieder davonstürzen – was tatsächlich der Fall sein könnte.

Doch durch das Zusammensein mit Dakota spürte er einen Moment Erleichterung von den Schuldgefühlen, die er mit sich herumtrug.

Und obwohl er das durch ihn gestörte Verhältnis zu seiner Familie wieder verbessern wollte, war es sein momentaner Wunsch, sich in Dakotas Umarmung zu verlieren. Egoistischerweise wollte er sie ganz für sich allein haben und niemand anderen sonst an ihrer Seite dulden.

»Deine Familie liebt dich offensichtlich«, sagte Dakota. Er fragte sich, ob sie neben ihren ganzen anderen Talenten auch noch Gedanken lesen konnte.

»Ich war sehr lange weg und muss mich erst daran gewöhnen, sie wieder um mich zu haben. Meine Familie ist sicher nicht von der zurückhaltenden Art. Sie sagen, was sie denken, und sie stellen sicher, dass man ihren sehr empathischen Meinungen Gehör schenkt.«

»Ist das schwer für dich?«, fragte Dakota.

Wie sie mit ihren manikürten Fingernägeln über seinen Nacken strich, war hypnotisierend. Es weckte in ihm die Lust, sich ihr voll und ganz zu öffnen. Sie zog ihn in ihren Bann, und es machte ihm nichts aus … jedenfalls nicht viel.

»Ich wusste, dass es schwierig werden würde, nach Hause zurückzukommen«, gab Ace zu. »Ich war mir nicht sicher, was meine Familie über mein Verhalten in den letzten Jahren gedacht hat.«

»Wie hast du dich denn verhalten?«, fragte Dakota. Sie drängte sich ein wenig näher an ihn, und obwohl er sich so sehr nach ihr verzehrte, spürte er auch süßen Trost in ihrer Umarmung. Eigentlich wollte er das nicht zulassen, aber es schien ihm nicht zu gelingen.

»Ich habe sie weggestoßen. Das musste ich tun.«

»Warum?«

Er seufzte und wich ein wenig zurück, damit er ihr in die herrlichen grünen Augen schauen konnte. Darin lag so viel Wärme, so viel Verständnis. Ace hatte das Gefühl, als schaute sie ihm direkt in die Seele. Und dieses Gefühl gefiel ihm nicht.

Dann beugte er sich vor, strich mit den Lippen über ihre und scherte sich nicht darum, wer sie beobachtete. Sie schloss die Augen, als sie seinen Kuss erwiderte, und er führte sie langsam zum leichten Rhythmus der Musik.

»Ich musste sie wegstoßen, damit ihnen nichts passierte«, antwortete er schließlich.

»Ist es einfacher für dich, Leute wegzustoßen?«

Ace dachte tatsächlich einen Moment darüber nach. »Ja. Ich muss das eigentlich tun.«

»Aber mich hast du nicht weggestoßen«, erinnerte sie ihn.

Er lächelte sie an und streichelte ihren Rücken.

»Weil du eine Naturgewalt bist, die meine volle Aufmerksamkeit hat.« Er konnte nicht anders und beugte sich wieder vor, strich mit den Lippen über ihre und ließ seine Hand über ihren Poansatz wandern.

Dakotas aufgerissene Augen verrieten ihm, dass er in einem Saal voller Leute zu weit ging. Er war dabei, jedem hier zu verkünden, was genau er für diese Frau empfand, und er glaubte nicht, dass seine Brüder das wirklich gutheißen würden. Bilder der letzten Armstrong-Hochzeit kamen ihm in den Sinn und ihn überkam … Scham. Was zum Teufel war das denn?

»Ich bin auch eigensinnig und setze gerne meinen Willen durch«, warnte sie ihn.

»Das war vom Moment unseres Kennenlernens an mehr als offensichtlich.« Ace lachte. Es war merkwürdig, dass ihm das Lachen so leichtfiel, nachdem er jahrelang nicht gelacht hatte. Hier mit dieser Frau zu sein, umgeben von seiner Familie, hatte ihm eine Last von den Schultern genommen, von der er gar nicht gewusst hatte, dass er sie mit sich herumtrug. Er wünschte sich, dass er die ganze Last abschütteln konnte.

»Das geht aber mächtig schnell, Ace«, gab Dakota zu bedenken. Immer noch war da dieses Funkeln in ihren Augen, aber er konnte auch einen Hauch von Angst erkennen. Er wusste, wie sie sich fühlte. Es war erschreckend, wenn jemand eine solche Wirkung auf einen hatte. Abgesehen davon, hatte Ace vor langer Zeit gelernt, dass man nicht versuchen sollte, etwas zu sehr festzuhalten, weil es dann umso schmerzlicher war, wenn es einem wieder entrissen wurde.

»Ich bin gewarnt worden, dass du tabu bist«, sagte er. Insgeheim fügte er *von meiner Familie und mir selbst* hinzu. Er wusste, dass es am schlausten war, sie dazu zu bringen, sich so weit wie möglich von ihm fernzuhalten. Vielleicht konnte er sie in einen All-inclusive-Urlaub schicken, während er zu Hause war. Nein! Er konnte sich noch nicht einmal vorstellen, so etwas zu tun.

Dakota lächelte ihn an. »Und das spornt dich wahrscheinlich noch viel mehr an.«

Ihm gefiel, dass sie sich nicht scheute zu sagen, was auch immer ihr in den Sinn kam. Warum hatte er sich immer die Mühe gemacht, Frauen hinterherzujagen, die vorgaben, nicht erobert werden zu wollen?

»Ja, ich muss zugeben, dass das den Reiz verstärkt hat«, gab er zu. »Aber auch ohne die Warnung bist du eine wunderschöne, selbstbewusste Frau. Ich bin sicher, du bist es gewöhnt, dass Männer hinter dir her sind.«

»Aber wenn einem nicht aus den richtigen Gründen nachgelaufen wird, dann macht es keinen Spaß«, wandte sie ein.

»Erteilst du mir die Erlaubnis, dir nachzujagen, Ms Forbes?«, fragte er, und seine Hände wanderten jetzt über ihre Hüften nach oben. Am liebsten hätte er ihre Brüste liebkost, doch das Fehlen jeglicher Privatsphäre hielt ihn davon ab. Vielleicht konnte er mit ihr hinaus auf die Terrasse tanzen und dort verruchte Dinge mit ihr tun? Das war ein reizvoller Gedanke. Vielleicht konnte er sich diese eine Nacht zugestehen …

»Du kannst versuchen, mich zu fangen, aber es wird wahrscheinlich nicht so leicht sein, wie du denkst«, warnte sie ihn.

Ace lächelte und dann entschlüpfte ihm ein Kichern und er zog sie eng an sich. Sie sollte spüren, wie sehr er sich von ihr angezogen fühlte.

»Ich bin nicht nur in der Lage, dich einzufangen, sondern kann dir auch versichern, dass du nicht wollen wirst, dass ich dich je wieder gehen lasse.«

Sie lächelte, ihre Augen funkelten und ihre Hüften drängten sich in einem süßen Wirbel gegen seine, was ihn fast den Verstand verlieren ließ.

»Hast du gerade gesagt, dass du mich für immer willst, Ace Armstrong?«, fragte sie mit einem neckischen Grinsen. »Bist du etwa auf der Hochzeit deines Bruders auf den Geschmack gekommen?«

Ace wusste, dass ihm der Schreck über solche Worte ins Gesicht geschrieben stehen musste, denn Dakota lachte. Er hob die Hand und gab ihr einen behutsamen Klaps auf ihr köstliches Hinterteil, was ihr Grinsen nur noch verstärkte.

»Wenn du glaubst, dass du mich vergraulen kannst, wirst du merken, dass ich nicht wie die meisten Typen bin«, fuhr er nach einiger Zeit fort.

Dakota warf ihm einen eindringlichen Blick zu, bevor sie den Kopf an seine Brust legte und mit ihm dahinschwebte, während ein Lied in ein anderes überging. Zum Glück war es immer noch ein schöner, leichter Rhythmus und er musste sie jetzt noch nicht loslassen.

Ace bewegte sich langsam mit ihr durch die Menschenmenge auf der Tanzfläche, drehte sie beide so geschickt wie ein Tänzer aus den Zwanzigerjahren und beherrschte die Schritte so perfekt, dass Dakota ihre mühelos anpassen konnte. Sein Körper war angespannt, das Herz raste und er wollte sie immer noch nicht gehen lassen.

Die Luft zwischen ihnen flirrte, und Ace konnte nicht aufhören, Dakota zu berühren. Er konnte sich nicht dazu durchringen, den Tanz zu beenden und sie loszulassen. In nur ein paar Stunden war er dem Zauber dieser Frau verfallen, und der Gedanke daran, dass ihr perfekter Abend zu Ende sein könnte, trieb Ace den kalten Schweiß auf die Stirn.

Ace mochte nicht auf der Suche nach Liebe sein, wusste noch nicht einmal, ob er sie erkennen würde, falls sie ihm begegnete, aber er wollte mehr von dieser Frau als nur eine einzige Nacht. Ihm mochte nicht *für immer* vorschweben, doch mehr als nur ein einziger Augenblick. Und das war gefährliches Terrain für ihn und für sie.

Ace war wegen der Intensität seiner Gefühle für diese Frau beunruhigt. Damit die Angst ein wenig nachließ und um ein bisschen Luft in den Kokon zu lassen, den die beiden in der Menschenmenge gebildet hatten, griff er nach ihrer Hand und wirbelte sie im Kreis herum, bevor er sie wieder an sich zog. Ihr Lachen war seine Belohnung, und dann änderte sich die Musik und ein schneller Beat setzte ein.

Noch mehr Leute stürmten die Tanzfläche und begannen zu tanzen. Dakota und Ace waren von lachenden, sich unterhaltenden Menschen umgeben. Ace dachte darüber nach, Dakota aus dem Saal irgendwohin zu führen, wo sie allein sein konnten. Er dachte an all die Dinge, die er gerne mit ihr machen würde, aber er hatte Angst vor dem Gefühl, das ihn überkommen würde, wenn dieser Moment noch intimer werden würde, als er ohnehin schon war.

»Du bist voller Überraschungen, Ace, und deinetwegen ist diese Hochzeitsfeier viel lustiger als alle, auf denen ich bisher gewesen bin«, gestand ihm Dakota, während sie weitertanzten.

»Du förderst etwas in mir zutage, von dem ich gar nicht wusste, dass es überhaupt existiert«, gab er zurück. »Oder es kommt vom Whiskey, den ich den ganzen Abend über getrunken habe.«

Sie schlug ihn auf den Arm. »Das ist natürlich *alles* meinetwegen. Außerdem hat man mir gesagt, dass Alkohol es uns einfach erlaubt, Dinge zu tun, für die wir ohne ihn nicht mutig genug wären.«

»Ich bin ein Superheld, Schätzchen, und habe vor nichts Angst«, scherzte er.

»Wenn du dir zusätzlich zu dieser Aussage noch mit den Fäusten auf die Brust trommelst, glaube ich dir vielleicht.«

Ace tat genau das, denn er wusste, er würde fast alles tun, um das Lachen dieser Frau zu hören. Es war süßer als die Musik, die gerade spielte, und die Hochzeitstorte zusammen.

»Weißt du was, Ace?«, sagte sie mit einem verschmitzten Lächeln. Er hatte Angst zu antworten, denn er hatte schnell gelernt, dass man nie wusste, was sie als Nächstes von sich gab.

»Was?«, fragte er schließlich.

»Du duftest köstlich. Am liebsten würde ich mich den ganzen Abend an dich lehnen und nur an dir schnuppern.«

Bei diesen Worten wuchs sein Verlangen nach dieser Frau.

»Du bist gut, Dakota. Warum hast du das nicht gesagt, als wir ein schönes, leeres Hotelzimmer nur für uns hatten?«

»Weil ich dann vielleicht etwas getan hätte, was ich am Morgen danach bereut hätte.« Dakota zwinkerte ihm zu.

Wieder sah Ace Bilder von ihnen beiden, eng miteinander verschlungen, schweißbedeckt und nackt, vor seinem geistigen Auge. Diese Nacht würde der Horror werden, wenn sie ihren Kopf durchsetzte.

»Verdammt, Mädchen, du bringst mich noch um«, raunte er ihr zu. »Und keine Angst, mit mir wirst du nichts tun, was du später je bereust.«

»Prima. Mir macht es Spaß, dich zu quälen«, sagte sie lachend.

»Meine Familie wird mich wahrscheinlich umbringen, wenn ich dich über die Schulter werfe und wegschleppe, aber andererseits wäre es das sicher wert.« Dabei erinnerte sich Ace an all die Verbrecher, hinter denen er her gewesen war. Es könnte Dakota wortwörtlich umbringen, wenn diese Typen dadurch an ihn herankämen. Das gefiel ihm ganz und gar nicht.

»Vielleicht gibt es in der Nähe eine Kammer, in die wir uns schleichen können«, schlug Dakota vor und biss sich auf die Unterlippe, was Ace fast den Verstand verlieren ließ.

»Ace kennt sich mit Kammern aus«, unterbrach Nick die beiden mit einem Lachen.

Es war unglaublich, aber Ace spürte, wie er rot wurde, als er Dakotas Blick auswich und sich schwor, seinen Bruder noch einmal zu verprügeln. Das schien eine Hochzeitstradition bei den Armstrongs zu werden. Was für ein Pech, dass Nick immer derjenige zu sein schien, der es abbekam.

»Das hört sich interessant an!«, rief Dakota lachend, was Ace überraschte, obwohl er nicht verstand, wie er sich immer noch über Dinge wundern konnte, die diese Frau äußerte.

»Na ja, weißt du …«, begann Nick, wurde aber von Ace unterbrochen.

»Dakota braucht sich keine Geschichten aus der Vergangenheit anzuhören«, warnte ihn Ace.

»Oh, das würde sie aber gerne«, schaltete sich Dakota ein.

»Musst du nicht deine Braut unterhalten?«, fragte Ace.

»Im Moment habe ich ziemlich viel Unterhaltung«, gestand Chloe, die mit ihrem Mann neben ihnen tanzte.

»Und ich brauche noch einen Drink«, ließ Ace sie alle wissen.

Er spürte Leere, als er sich von Dakota löste. Dakotas Gelächter jedoch ließ ihn vermuten, dass Nick ihr Aces jugendliche Fehltritte erzählt haben musste. Er ging rasch weiter zur Bar und trank einen weiteren doppelten Scotch.

Das Schlauste, was Ace wahrscheinlich in diesem Moment tun konnte, war so schnell und so weit wie möglich vor Dakota davonzurennen. Aber als er sich umdrehte und sein Blick sie aufspürte, da wusste er, dass er nirgendwo hinrennen würde.

Er wollte diese Frau kennenlernen, wollte verstehen, wie sie es fertigbrachte, so viele Gefühle in ihm zu wecken, die er jahrelang verborgen gehalten hatte. Ace wusste, dass es seit langer Zeit nicht die schlauste Entscheidung sein mochte, ihr nachzujagen, aber andererseits überlebte er immer, egal welche Wahl er traf. Allerdings konnte er nicht vermeiden, dass *sie* vielleicht nicht überlebte, obwohl er es tat. Er würde nicht allein weiterleben können, wenn dieser lebensprühenden Frau seinetwegen etwas zustoßen würde.

Doch obwohl er all das wusste, dauerte es nicht lange, bis er es ohne Dakota nicht mehr aushielt und sie am Tisch mit dem Rest seiner Familie entdeckte. Er setzte sich neben sie. Ihrem Körper entströmte Wärme, und obwohl er versuchte, sich auf das Gespräch zu konzentrieren, gab er nach einer Weile auf und lauschte nur noch dem Klang ihrer wunderschönen Stimme.

Wenn er wirklich vorsichtig war und sich nicht mit ihr in der Öffentlichkeit zeigte, ginge es vielleicht – für kurze Zeit. Er versuchte, sich einzureden, dass es das Cleverste und Sicherste war. Aber es war nur eine Ausrede, denn er wollte sie, musste sie haben. Sie beide zusammen wären der absolute Wahnsinn.

KAPITEL 9

Zwei Tage nach der Hochzeit dachte Ace immer noch ausschließlich an die wunderschöne Brünette, die so leicht seine Mauern überwunden und seine Aufmerksamkeit gefesselt hatte. Nachdem er Nicks und Chloes Hochzeitsfeier verlassen und sich sehr enttäuscht von Dakota verabschiedet hatte, hatte er sich gesagt, dass seine Gefühle durch die Atmosphäre auf der Feier und die Menge an Alkohol, die er getrunken hatte, hervorgerufen worden waren.

Aber wenn das tatsächlich der Fall gewesen sein sollte, weshalb dachte er dann immer noch an sie? Warum wollte er herausfinden, wo genau sie wohnte, damit er dann mit einem Gettoblaster unterm Arm vor ihrem Haus stehen und ihr ewige Treue schwören konnte?

Weil er ein Idiot war, beschloss er.

Auch während er mit seiner Familie in Coopers Haus saß und sich fertig machte, um zu einem Footballspiel zu fahren, konnte er sich immer noch nicht darauf konzentrieren, was um ihn herum passierte. Tagsüber drehten sich seine Gedanken um Dakota, und sie füllte natürlich seine nächtlichen Träume mit erotischen Bildern, die ihn erregt und unbefriedigt aufwachen ließen.

»Bist du bereit für ein bisschen Football?«, rief Mav und riss Ace aus seinen Gedanken. Mav hielt sich Ace gegenüber immer noch auf dezente Weise zurück, aber Ace konnte sich scheinbar auch nicht dazu durchringen, mit seinem Bruder zu reden. Vielleicht, weil er spürte, dass er Mavs Zurückhaltung verdiente.

Ace musste einfach über Mavs aufgeregte Stimme lachen, als der das Wohnzimmer betrat. Sie alle trugen ihre Seahawks-Trikots mit einer Menge warmer Kleidung darunter. Bei Seahawks-Spielen war es immer furchtbar kalt, aber es ging einfach nichts über ein Livespiel.

»Ist schon lange her, dass ich auf der Tribüne gesessen habe«, gestand Ace. Jetzt bereitete ihm der Gedanke Sorge. Er war sich der Gefahr, in einer Menschenmenge zu sitzen, nur allzu bewusst, und wie schwierig es sein würde, wegzukommen, wenn die Sache aus dem Ruder lief.

»Noch ein Grund, weshalb es gut ist, wieder zu Hause zu sein.« Nick gesellte sich zu ihnen.

»Wir sollten jetzt aber vorglühen«, schlug Ace vor, griff nach einer Flasche Corona und nahm einen großen Schluck.

»Das hätte ich nicht besser sagen können.« Maverick griff nach seiner Flasche. »Ein Glück, dass Cooper heute Abend fährt.«

»Wir hätten uns auch von Sherman fahren lassen können«, maulte Cooper mit finsterem Blick.

»Der Abend gehört aber uns Brüdern«, erinnerte Nick ihn. »Ihr habt euch alle beschwert, dass ich mich in den letzten Tagen so wenig habe blicken lassen.«

»Ja. Und ich bin überrascht, dass du heute auftauchst. Seitdem du den Bund fürs Leben geschlossen hast, hat sich die Schlinge um deinen Hals ziemlich zugezogen«, stichelte Ace.

»Mach es nicht schlecht, bevor du es nicht selbst ausprobiert hast«, konterte Maverick.

»Ich hätte nie gedacht, dass der Tag kommen würde, an dem du die Tugenden des Ehestandes predigst«, wunderte sich Ace.

»Ich auch nicht, aber verdammt, ich kann nicht mehr ohne meine Frau leben.«

»Da stimme ich zu.« Maverick erhielt Unterstützung von Cooper.

»Und das musst du auch nicht«, schaltete sich Lindsey ein. Sie betrat das Zimmer in ihrem Trikot. »Ihr Jungs könnt jetzt gehen und euch alleine amüsieren«, fügte sie mit einem Lächeln hinzu, als Chloe und Stormy hinzukamen und genauso hinreißend aussahen wie Lindsey. »Oder *wir* könnten euch Gesellschaft leisten.«

»Oh, bitte lasst uns nicht im Stich!« Maverick ging hinüber zu seiner Frau, hob sie mit Leichtigkeit hoch und gab ihr einen dicken Kuss.

»Einverstanden«, stimmte auch Cooper zu, und seine Laune besserte sich zusehends.

»Jetzt hängt es von Ace ab«, sagte Chloe und lächelte ihn lieb an. »Wir können auch mit unserem Auto fahren, wenn du Zeit mit deinen Brüdern verbringen möchtest.«

Auch wenn Ace es gewollt hätte, geriet er jetzt in Zugzwang, wo alle im Zimmer ihn anschauten. Allerdings fiel ihm die Entscheidung nicht schwer. Er mochte die Frauen seiner Brüder.

»Ich glaube, die Aussicht wird viel besser sein, wenn wir zusammen fahren«, meinte Ace. Die Frauen strahlten ihn an, und er hatte das Gefühl, als hätte er gerade eine olympische Medaille gewonnen.

»Oh, danke, Herzchen«, säuselte Chloe und gab ihm einen Kuss auf die Wange.

Ace wusste überhaupt nicht, wie er mit all dieser offenen Zuneigung umgehen sollte. Daran war er nicht gewöhnt, und es würde eine Weile dauern, bis er damit umzugehen gelernt hatte. Cooper lachte und Ace schaute zu ihm. Er war sicher, dass Cooper genau wusste, wie unangenehm ihm das war.

»Da die Damen euch begleiten dürfen, bestehe ich darauf, auch mitzukommen.« Das war Sherman. »Und da ich das Transportmittel mitgebracht habe, glaube ich kaum, dass ihr Nein sagt.«

Alle drehten sich um und sahen Sherman in einem Trikot in der Tür stehen. Es war merkwürdig, ihn in etwas anderem als seinen Pullovern zu sehen. Alle starrten ihn ein bisschen schockiert an und er blickte finster zurück.

»Ich kann mich ja wohl unters Publikum mischen und das Trikot meiner Lieblingsmannschaft tragen«, brummte er. Aber er zupfte am Trikot, als wäre es unangenehm auf der Haut und als würde er es kein bisschen mögen.

»Ohne dich wäre es nicht das Gleiche, Onkel Sherman.« Nick lachte. »Und das heißt, dass du nun auch vorglühen darfst«, wandte er sich an Cooper, der sofort nach einem Bier griff.

»Ich bin dabei.« Cooper lachte.

Ace schaute die wilde Meute an und fragte sich, wie er so lange ohne sie hatte leben können. Jahrelang war er ein Außenseiter gewesen, hatte durch die Fenster gespäht, während der Rest seiner Familie gewachsen und gediehen war.

Doch noch immer war er nicht sicher, ob er zu ihnen passte. Der Drang zu fliehen war so stark, dass er das Gefühl hatte, er müsste seine Laufschuhe bereithalten. Aber diesen Gedanken behielt er für sich. Er war noch nicht sicher, wie lange es bis zu seiner nächsten Mission dauern würde, und er war entschlossen, seine Freizeit bis dahin zu genießen.

Bald schon stiegen sie in die Stretchlimo ein, und Gelächter umgab Ace wie ein Schutzpanzer, als sie zum CenturyLink Field fuhren, wo die Seahawks gegen die Raiders spielten. Es würde ein gutes Spiel werden.

»Ich bin früher nur zu den Spielen gegangen, um den Cheerleadern zuzuschauen«, gab Nick mit einem Grinsen zu und schlug Ace auf den Arm.

»Klar, du Perversling«, erwiderte Ace.

»Ich wette, das ist alles, auf das du heute Abend schauen wirst«, scherzte Cooper mit einem wissenden Schmunzeln.

Ace war verwirrt, als er in die grinsenden Gesichter schaute. Er hatte überhaupt keine Ahnung, wovon sie sprachen. Aber er traute ihren Gesichtsausdrücken nicht, besonders, als die Frauen auch noch schelmisch lachten.

Ace war nicht nur nervös, weil er sich gleich in einer dermaßen großen Menschenmenge ohne, wie er fand, hinreichenden Schutz befinden würde, sondern jetzt führte seine Familie auch noch etwas im Schilde. Dieser Abend sah nicht mehr nach einer Menge Spaß aus.

»Ich bin kein Lustmolch, der nur daran interessiert ist, Frauen in kurzen Röcken anzuschauen.« Ace machte ein finsteres Gesicht.

»Ich wette, es gibt da *eine* Frau, für die du Augen haben wirst ... den ... ganzen ... Abend ... lang«, mutmaßte Cooper und zog die letzten Worte in die Länge.

Alle lachten und Ace war noch verwirrter. Er nippte an seinem Bier und warf ihnen finstere Blicke zu. Vielleicht war seine Familie während der langen Zeit seiner Abwesenheit durchgedreht. Das war durchaus möglich. Außerdem war der Gedanke, eine andere Frau als Dakota anzustarren, völlig abwegig. Er steckte in größeren Schwierigkeiten, als er sich selbst eingestehen wollte.

»Dann wird es eben eine Überraschung. Das ist auch lustiger«, meinte Maverick mit einem listigen Funkeln in den Augen. Jawohl, sein Bruder sann auf Rache.

»Welche Überraschung?«, fragte Ace.

»Oh, gar nichts. Wir machen uns nur auf deine Kosten lustig«, erklärte ihm Nick.

Ace traute oder glaubte keinem von ihnen. In ihren Gesichtern spiegelte sich zu viel Vergnügen. Aber zu versuchen, aus ihnen herauszubekommen, was sie im Schilde führten, würde ihm nicht guttun. Deshalb lehnte er sich zurück und seufzte erleichtert, als sie am überfüllten Stadion ankamen. Immerhin hatte es seine Familie irgendwie geschafft, ihn von den Gefahren der Menschenmassen abzulenken.

Sie betraten das Stadion durch einen VIP-Eingang und gingen dann zu speziellen Plätzen nahe am Spielfeld. Obwohl Ace noch nie ein Spiel gesehen hatte, bei dem er einen dermaßen tollen Blick gehabt hatte, hatte er das Glück gehabt, wohlhabend aufzuwachsen, und schon auf sehr guten Plätzen im Stadion gesessen. Aber sogar er war überwältigt von dieser neuen Erfahrung, auch wenn er sich ein wenig zu ungeschützt fühlte.

»Wie habt ihr das denn hinbekommen?«, fragte er, als sie sich auf den gepolsterten Plätzen niederließen, sich die Tribünen füllten und die Mannschaften einliefen, um sich aufzuwärmen. Ace nahm an der Unterhaltung der Familienmitglieder teil, suchte jedoch mit Blicken ständig das Terrain ab.

»Ich habe Beziehungen«, antwortete Sherman mit einem Grinsen.

Ace lehnte sich zurück und beschloss, das Spektakel so gut er konnte zu genießen. Ein Kellner erschien und brachte ihnen Bier und Snacks, und Ace versuchte, sich zu entspannen. Wäre der Stress nicht gewesen, sich in einer so großen Menschenmenge zu befinden, hätte er tatsächlich das alles hier genießen können. Es machte garantiert mehr Spaß, als in seinem engen Wohnzimmer zu sitzen.

Die Frauen sprangen auf, als die Cheerleader aus den Tunneln gelaufen kamen, ihre Anfeuerungsrufe schmetterten und die Fans auf die Beine brachten. Ace warf einen Blick auf sie, bevor er sich wieder auf die Footballspieler konzentrierte. Er war entschlossen zu beweisen, dass seine Familie unrecht hatte und er nicht auf die verdammten Cheerleader schauen würde – keine einzige Sekunde.

»Du verpasst was«, sagte Mav und stupste Ace an, als die Cheerleader vor ihnen vorbeiliefen.

»Ich bin wegen des Spiels hier«, brummte Ace.

»Das ist aber schade, weil wir viel besser tanzen als die Spieler.«

Aces Kopf wirbelte herum, als Dakota vor ihnen stehen blieb. Sie trug einen lächerlich kurzen Rock und ein knappes BH-Top, das viel zu viel von ihrem herrlichen Dekolleté zeigte. Ace klappte der Mund auf, und er stellte fest, dass er sie am liebsten gepackt und ihre Blöße bedeckt hätte, aber so schnell sie aufgetaucht war, so schnell war sie auch wieder weg.

Natürlich! Sie war Cheerleaderin! Das erklärte alles. Das Freche, das Selbstbewusstsein, die Art, wie sie ihn in ihren Bann gezogen hatte. Eigentlich musste sie auch noch strohdumm sein. Waren das nicht alle Cheerleader? Aber … Verdammt! Sie hatte nicht den Anschein erweckt – überhaupt nicht, nicht wie die Cheerleader an seiner Highschool. Seine Gedanken waren so verworren, dass er sich fragte, ob er eine Gehirnerschütterung hatte.

Ace hörte seine Familie glucksen und ließ ihre neckenden Bemerkungen im Kopf Revue passieren. Kein Wunder, dass sie gesagt hatten, er würde auf die Cheerleader starren. Sie hatten recht, aber er war nicht froh darüber.

Die Gruppe von Frauen stand ungefähr sechs Meter vor ihnen, als sie ihre Show präsentierten und Ace einen unglaublichen Blick auf Dakotas knackigen Körper werfen konnte. Sie warf die Beine in die Luft, sprang hoch und ihre Brüste hüpften fast aus dem lächerlichen Top. Am liebsten wäre Ace über den Zaun gesprungen, hätte sie über die Schulter geworfen und davongeschleppt.

Seine Brüder lachten, und er war sich nicht sicher, ob es auf seine Kosten war oder nicht, aber er hatte nur noch Augen für diese eine Frau. Vermutlich würde er also doch das ganze Spiel über auf die Cheerleader schauen – oder zumindest auf eine von ihnen.

Dakotas Blick traf während der nächsten Stunden diverse Male auf seinen, und Ace spürte, wie sich sein Körper verkrampfte, als er ihr dabei zuschaute, wie sie es verstand, die riesige Menschenmenge zu unterhalten, während die Seahawks einen schönen Vorsprung gegenüber den Raiders ausbauten. Ace scherte sich einen Teufel um den Spielstand.

Seine Brüder versuchten, ihn in ein Gespräch zu verwickeln, aber er konnte sich nicht konzentrieren. Neben dem Bewusstsein, dass Dakota in der Nähe war, und der Tatsache, dass sein Blick ständig die Menschenmenge nach Gefahren absuchte, war er ein Nervenbündel, das von jetzt auf gleich ausrasten konnte.

Es war auch egal, wie kalt es hier draußen war, ihm war heiß, und er war beunruhigt, während sein Blick über Dakotas kurvenreichen Körper wanderte. Er hasste es, dass die gesamte Sportwelt denselben Anblick von ihr bekam. Ihre Vorführung sollte eigentlich nur für ihn sein, aber nicht hier im Stadion, wo die Gefahr bestand, dass sie aus dem Hinterhalt angegriffen wurde, und wo andere ihr etwas antun konnten. In Aces Kopf herrschte ein heilloses Durcheinander.

Als das Spiel vorbei war, seufzte Ace erleichtert, dass sie die Veranstaltung überlebt hatten, ohne dass jemand verletzt worden war und ohne dass er über die Absperrung gesprungen war, um ein Mädchen zu retten, das nicht gerettet werden brauchte. Er starrte Dakota nach, als sie vorbeiging und ihnen zuzwinkerte. Seine Brüder riefen ihr zu, dass sie großartig gewesen sei, und sie warf ihnen eine Kusshand zu.

Ein weiteres Mädchen aus der Cheerleadergruppe fiel Ace ins Auge. Sie lächelte ihn auf eine Art an, die ihm versicherte, dass sie überglücklich wäre, mit ihm nach Hause zu gehen. Doch er wandte sich ab und war nicht im Geringsten interessiert. Er wollte im Augenblick nur eine Frau, und das würde sich so bald nicht ändern.

»Lasst uns vorn rausgehen. Dakota wird mit uns zu Abend essen«, verkündete Chloe.

Ace sprang sofort auf. Seine Laune besserte sich merklich, als er wusste, dass er gleich mit der Frau zusammen sein würde, der er zu viele seiner Gedanken widmete. Er wartete nicht auf den Rest seiner Familie, sondern marschierte einfach durch die Menschenmenge und aus dem Stadion hinaus, wo die Stretchlimo auf sie wartete. Ace stieß einen enormen Seufzer aus, als er aus dem Tunnel trat. Verdammt, seine Muskeln taten weh. Er hatte sie den ganzen Abend furchtbar angespannt.

Seine Familie traf ein paar Minuten später bei ihm ein, und dann ging er hin und her, während die Menschen aus dem Stadion strömten. Er wartete nur auf eine einzige Person, und die ließ sich verdammt viel Zeit.

Als Dakota schließlich aus dem Privateingang trat, spürte Ace, wie sein Herz zu rasen begann. Sie hatte in ihrem Cheerleader-Outfit appetitlich ausgesehen, aber in einer engen Jeans und einem Pulli, der sich an genau die richtigen Stellen schmiegte, sah sie genauso fantastisch aus.

Ace hatte jetzt schon eine Menge von ihrem knackigen Körper gesehen, und die Kleidung verbarg nichts von dem, woran er ständig denken musste. Er hätte sie schon ganz ausziehen müssen, um sich die letzten Stellen ihres Körpers anzuschauen, die er noch nicht hatte betrachten dürfen.

Bald, versprach er sich. Sehr bald würde sie nackt und schweißbedeckt unter ihm liegen. Er befürchtete, wenn das nicht bald geschah, würden schlimme Dinge passieren. Konnte ein Mann vor Begierde verrückt werden? Ja, beschloss er. Das war durchaus möglich. Vielleicht sollte er sich einfach freiwillig binden.

»Du warst wunderbar, einfach toll«, lobte Chloe ihre Freundin. »Wie immer.«

»Danke dir, Süße. Es hat Spaß gemacht«, sagte Dakota, schaute über Chloes Schulter und begegnete Aces Blick. Sie riss ein wenig die Augen auf, und er begriff, dass er seine Gefühle wohl nicht so gut verbergen konnte, wie er gehofft hatte.

»Bist du nach dem Work-out bereit fürs Essen?«, fragte Nick.

»Ich sterbe vor Hunger. Ich glaube, ich könnte eine ganze Kuh vertilgen.« Dakota lachte.

»Hallo, Süße! Können wir dich mitnehmen?«

Ace erstarrte, als einige Vollidioten in einem höhergelegten Chevy-Pick-up vor ihnen anhielten und ihre Blicke auf Dakota richteten, wobei ihnen quasi der Speichel aus dem Mund lief. Er machte einen Schritt auf die Typen zu und war bereit, sie krankenhausreif zu prügeln.

»Mach, dass du wegkommst, Gary, und fahr zu deiner Frau!«, rief Dakota lachend.

»Wenn du darauf bestehst«, gab der Mann mit einem schelmischen Grinsen zurück, bevor er davonfuhr.

Ace zitterte und verspürte den Drang, auf etwas einzuschlagen. Er drehte sich um und schaute zu Dakota, die ihn anlächelte und seine Wut deutlich mitbekam. Ace gefiel es nicht, dass sie seine sofortige Eifersucht auf einen anderen Mann bemerkte, der sie angebaggert hatte.

»Das war nur Gary. Er ist ein lieber Freund«, erklärte Dakota. Aber Ace hatte das Gefühl, dass sie dachte, sie hätte ihn genau dort, wo sie ihn haben wollte – am Angelhaken. Und das stimmte vielleicht auch.

»Lasst uns losfahren«, schlug Cooper lachend vor.

Ace sagte kein Wort und wagte es nicht, Dakota zu berühren. Stattdessen stieg er in die Stretchlimo. Er musste einfach lernen, sich besser unter Kontrolle zu halten. Wenn nicht, würden eine Menge Enttäuschungen auf ihn warten.

Er schaute auf seine Füße, aber auch ohne Dakota zu sehen, spürte er, dass sie einstieg. Der große Innenraum nahm ihm plötzlich die Luft. Diese Frau würde er nicht überleben. Das wusste er jetzt hundertprozentig. Sie würde ihn auf einen wilden Ritt mitnehmen und er würde auf keinen Fall abspringen.

Und vielleicht war es genau das, was er wollte. Wenn die Entscheidung nicht mehr in seinen Händen lag, dann brauchte er kein schlechtes Gewissen zu haben.

Kapitel 10

Dakota war jetzt drei Jahre Cheerleaderin bei den Seahawks und noch nie war sie bei einem Auftritt so angespannt gewesen wie heute. Es war sogar schlimmer gewesen als beim ersten Mal, als sie aufs Feld gelaufen war und gehofft und gebetet hatte, sie würde vor Zehntausenden auf den Tribünen und Millionen vor den Fernsehgeräten in heimischen Wohnzimmern nicht auf dem Hintern landen.

Doch mit Aces Blick die ganze Zeit auf ihr – und sie hatte gespürt, wie er sie leidenschaftlich angestarrt hatte –, musste sie sich mehr als sonst konzentrieren, um nichts zu vermasseln. Dieser Mann brachte sie viel mehr durcheinander als sie ihn. Daran war sie gar nicht gewöhnt und jetzt noch entschlossener denn je, das zu verschmerzen.

Sie stieg in die Limousine und überlegte gar nicht lange, sondern schob sich schnell durch den geräumigen Sitzbereich und ließ sich direkt neben Ace auf die Polster fallen. Sie spürte, wie er neben ihr erstarrte, und das gab ihr ein wenig ihres Selbstbewusstseins zurück. Sie hatte definitiv eine genauso große Wirkung auf ihn wie er auf sie. Und das half sehr.

»Hat dir das Spiel gefallen?«, fragte sie so zuckersüß wie möglich.

Der intensive Blick, den er ihr zuwarf, entfachte ein loderndes Feuer in ihrem Innersten, und sie presste die Beine zusammen. Der Mann sah aus, als wollte er jeden aus dem langsam anfahrenden Auto werfen und sie gleich hier auf dem Sitz nehmen.

Dakota dachte, dass das gar keine so schlechte Idee wäre. Ihre Hormone spielten verrückt, und sie könnte die Erleichterung gebrauchen, von der sie sicher war, dass nur er sie ihr verschaffen konnte. Aber da alle Blicke auf sie gerichtet waren, war es wohl besser, sich zu benehmen – zumindest fürs Erste.

»Ja«, antwortete Ace kurz. Sie brauchte einen Moment, um sich daran zu erinnern, was sie ihn überhaupt gefragt hatte. Schnell riss sie sich zusammen und schenkte ihm ein strahlendes Lächeln.

»Gut. Ich mag glückliche Fans.«

Sein Gesichtsausdruck veränderte sich nicht, aber wenn überhaupt möglich, verdunkelten sich seine Augen noch mehr, als er näher an sie heranrutschte. Dakotas Atmung ging stoßweise, aber sie war sicher, dass sie es gut überspielte.

»Ich strebe es immer an zu gefallen«, gab Ace zurück.

»Das schätze ich an einem Mann.« Dakota achtete darauf, dass ihr heißer Atem über sein Ohr strich. Sie bemerkte den Schauder, der ihn erfasste, und fühlte sich wieder viel gefestigter. Wenn sie sich gegenseitig gleichermaßen quälten, dann konnte sie das gerade als Gewinn verbuchen.

»Du weißt schon, dass man sich normalerweise die Finger verbrennt, wenn man mit dem Feuer spielt, oder?«, fragte er, und dieses Mal strich sein Atem über *ihr* Ohr und *ihren* Nacken. Jetzt durchlief Dakota ein Schauer. Sie beschloss, noch eins obendrauf zu setzen.

»Mir gefällt Feuer, Ace. So gut müsstest du mich eigentlich mittlerweile kennen.« Und dann fuhr sie über seinen Schenkel, bevor sie die Hand in ihren Schoß legte.

Aus dem Augenwinkel warf sie ihm einen Blick zu und freute sich ungemein, als sie sah, wie er die Zähne zusammenbiss und sein Körper sich verkrampfte. Sie wusste, dass sie dafür würde bezahlen müssen, dass sie ihn so quälte, aber das war ihr egal. Ihn zu quälen, war die Sache wert – zumindest im Augenblick.

»Wenn ich dich alleine erwische …«, fing er an, und Dakota lachte, woraufhin mehrere Leute im Auto in ihre Richtung schauten.

»Was ist so lustig?«, fragte Chloe.

»Oh, Ace hat mir gerade einen grandiosen Witz erzählt. Willst du die anderen nicht daran teilhaben lassen?«, fragte Dakota, als sie sich ihm mit großen Augen zuwandte und ihm auf den Schenkel klopfte. Dann strich sie mit den Fingern genau in die Richtung, in der garantiert seine Männlichkeit pulsierte. Für jeden, der sie dabei beobachtete, sah es harmlos aus, aber Dakota wusste ganz genau, was sie ihm damit antat.

Ace schaute die anderen an, und es nahm Dakota den Atem, welche Macht sie als Frau hatte. Natürlich und unbedarft auszusehen, war nicht so einfach, wie es schien. Aber es gelang ihr, einen ungezwungenen Gesichtsausdruck aufzusetzen, als sie darauf wartete, was er sagen würde.

»Klopf, klopf«, brummte Ace.

Cooper lachte lauthals. »Ich glaube, wir haben einen Insiderwitz verpasst«, sagte er und starrte in ihre Richtung.

»Ja, Dakota hat einen ziemlichen Sinn für Humor«, gab Ace zu, und dann war es an ihm, sie zu quälen.

Er schlang ihr den Arm um die Schultern, drückte ihn ihr in den Rücken und legte die Hand seitlich an ihre Brust. Sie sog die Luft ein und saß steif da. Wenn sie jetzt zurückwich, hatte er gewonnen. Aber sie beschloss, ein kleines bisschen näher an ihn heranzurutschen und ihren Schenkel an seinem zu reiben.

»Genau das hat sie«, stimmte Chloe mit einem liebevollen Lächeln zu.

Dakota konnte immer auf ihre beste Freundin zählen. Auch wenn Chloe nicht genau wusste, was los war, würde sie sich immer auf Dakotas Seite stellen und ihr helfen, den Mann leiden zu lassen. Das taten beste Freundinnen einfach füreinander.

Sie kamen vor dem Restaurant an und Dakota entwich ein Seufzer der Erleichterung. Als die Gruppe fluchtartig die Stretchlimo verließ, strichen Aces Finger seitlich an ihrer Brust entlang. Daraufhin stellten sich Dakotas Brustspitzen schmerzhaft auf und ihre heiße Mitte pulsierte.

»Der Abend fängt erst an«, warnte Ace sie, als sie sich mit zitternden Knien erhob.

Schnell stellte sich Ace hinter sie und drängte sich an sie. Als seine mächtige Erektion gegen sie drückte, sog Dakota hörbar die Luft ein. Verdammt, am liebsten hätte sie die Türen der Limousine geschlossen und wäre mit ihm drinnen geblieben. Noch nie hätte sie sich so gerne in dieses Abenteuer gestürzt wie in diesem Augenblick.

Diesmal war es Ace, der sich im Restaurant in einer Nische sofort neben sie setzte und sein Bein gegen ihres drückte. Als sich die Gruppe entspannt plaudernd den Vorspeisen widmete, strich er mit der Hand von ihrem Knie bis hoch zum Schenkel, wobei sein kleiner Finger fast ihren Slip berührte.

Sie presste die Beine zusammen, und es gelang ihr nur mit Mühe, ein lustvolles, aber auch frustriertes Stöhnen zu unterdrücken. Auf ihrer Stirn bildete sich Schweiß. Dakota griff nach dem Wasserglas und trank es in einem einzigen Zug aus.

»Ich nehme an, dir ist bei eurer Aufführung ziemlich heiß geworden«, wandte sich Maverick an Dakota und ließ seine Bemerkung völlig unschuldig klingen, aber in diesem Moment traute sie keinem der Armstrong-Männer. Sie waren garantiert alle genauso gewandt wie Ace.

»Ja, es ist ziemlich heiß und schweißtreibend«, bestätigte sie mit vorgetäuschter Naivität, bevor sie Ace geradewegs in die Augen schaute. »Das Drehen und Winden in alle Richtungen verlangt uns einiges ab. Ich bin nach einem Spiel immer völlig ausgehungert.«

Sie blinzelte ihn an und lächelte. Dakota gefiel das lodernde Feuer in seinen Augen und wie er die Zähne noch mehr zusammenbiss. Strafend drückte er ihren Schenkel, aber sie konnte sich vorstellen, welche Art von Bildern ihm bei ihren Worten durch den Kopf gegangen waren.

»Keine Sorge, Schätzchen. Ich werde dir definitiv ein paar neue Bewegungen zeigen«, raunte er ihr ins Ohr.

»Was war das, Ace? Ich habe dich nicht verstanden«, sagte Sherman laut.

»Nichts, Onkel Sherman.« Ace schaute zu Boden und Dakota prustete los. Sie war sowohl unglaublich angeturnt, aber gleichzeitig hatte sie auch jede Menge Spaß. Um ehrlich zu sein, war das der beste Abend seit Langem.

Der Rest des Abends verging, und Dakota und Ace wetteiferten darum, wer wen am meisten quälte. Am Ende war sich Dakota nicht sicher, wer gewonnen hatte. Normalerweise war sie immer die Siegerin, deshalb wusste sie nicht, ob sie weiterhin mit Ace diese Spielchen spielen wollte.

Natürlich wollte sie das. Sie verbannte den Gedanken sofort wieder. Dakota kniff nicht, nur weil es hart auf hart kam. Oder so ähnlich, versicherte sie sich. Als das Auto vor ihrem Haus hielt, hatte sie große Mühe, das Gleichgewicht zu halten, als sie aufstand.

»Ich bringe dich bis zur Tür«, bot Chloe an.

»Keine Chance«, schaltete sich Ace ein. »Das mache ich.«

Keiner widersprach ihm, und Dakota hätte sie am liebsten alle Verräter genannt. Keinem der Armstrongs wollte sie in die Augen schauen. Sie mochten vielleicht eine Ahnung von dem haben, was den ganzen Abend über passiert war, aber es würde nur eine Vermutung sein und keine Tatsache. Dakota konnte also sicher sein, dass sie es gut kaschiert hatte.

Die Stille der Nacht war nach der Ausgelassenheit im Auto überwältigend. Ace legte Dakota die Hand auf den Rücken, als sie schnell auf die Eingangstür zuging.

Sie kramte in ihrer Tasche nach dem Schlüssel und war schockiert, als sie bemerkte, dass ihre Hände zitterten.

»Bist du wegen irgendetwas nervös, Dakota?«, fragte Ace und triefte vor Selbstgefälligkeit.

»Nein, ich habe nur zu viel Wein zum Essen getrunken«, entgegnete sie.

»Das glaube ich nicht.« Gerade als ihre Finger den Schlüssel umschlossen, drängte er sie gegen die Tür. »Ich glaube, dir hat es heute Abend Spaß gemacht zu spielen, und jetzt, wo wir alleine sind, bist du nervös«, vermutete er ganz richtig.

»Du kennst mich aber nicht sehr gut, wenn du meinst, dass ich so schnell Angst bekomme«, gab sie zurück.

»Hmm«, murmelte er und lehnte sich an sie. Die Berührung war unglaublich, und sie versuchte nicht einmal vorzugeben, dass ihr das Gefühl, sich nach ihm zu verzehren, nicht gefiel.

Seine Lippen strichen über ihren Hals, und ihr Herz hämmerte, als sie den Moment herbeisehnte, in dem seine Lippen ihre berühren würden. Am Abend der Hochzeitsfeier hatte sie ihn mehrere Male geküsst und jeder Kuss war besser gewesen als der zuvor. Gegen eine Wiederholung hatte sie nicht die geringsten Einwände.

»Wirst du jetzt vorgeben, dass du keinen Gutenachtkuss willst?«, fragte er, bevor seine Zunge ihre Halsbeuge entlangfuhr und sie den Kopf in den Nacken legte, um mehr zu bekommen.

»Nein«, sagte sie. Wozu lügen? Das würde keinem etwas bringen.

Er schaute entzückt auf. Dann schlang er die Arme um sie und zog sie eng an sich. Er hob ihr Bein, damit er sich zwischen ihre Schenkel stellen und sie seine Erregung genau dort spüren lassen konnte, wo sie es wollte.

»Ich mag Frauen, die wissen, was sie wollen«, raunte er, verstummte aber, als sein Mund in einem leidenschaftlichen Kuss, der ihr den Atem nahm, auf ihren Lippen landete. Dakota schlang ihm die Arme um den Hals, schmiegte sich eng an ihn und erwiderte seinen Kuss mit der gleichen Intensität.

Sich in seinen Armen verlierend, drängte sie sich voller Leidenschaft an ihn. Es wäre so leicht, sich gehen zu lassen und Ace zu verfallen. Genau das wollte sie eigentlich, aber sie konnte es nicht – noch nicht. Dann wäre sie nur eine weitere Kerbe in seinem Bettpfosten.

Sie ließ ihn schließlich los und war sicher, dass in ihrem Blick dasselbe Verlangen zu sehen war wie in seinem. Mit den Fingern strich sie ihm übers Gesicht.

»Du bist ein unglaublich gut aussehender Mann.« Dakota lächelte unsicher.

»Warum schicke ich die Familie nicht nach Hause und komme noch auf einen Absacker mit rein?« Seine Stimme klang flehend.

Ein paar Sekunden dachte sie tatsächlich darüber nach, bevor sie einen Seufzer ausstieß. Sie wollte so gerne einwilligen, aber sie beide wussten, dass sie es nicht tun würde.

»Gute Nacht, Ace«, sagte sie. Dann schob sie ihn von sich und er ließ es widerwillig geschehen.

»Heute Nacht mag es nicht passieren, aber es wird passieren«, versicherte Ace ihr. Dann nahm er ihr den Schlüssel aus der Hand und schloss die Tür auf. »Geh hinein, bevor ich es mir anders überlege und nicht mehr galant bin, sondern dir folge.« Bei diesen Worten stieß er die Tür auf.

Dakota schwieg und ging ins Haus, drehte sich ein letztes Mal um und schaute ihn an, bevor sie die Tür schloss, während er noch davorstand. Dann lehnte sie sich von innen dagegen und lauschte seinen Schritten, die sich entfernten.

Sie hörte, wie die Stretchlimo davonfuhr, und ging langsam in ihr Wohnzimmer, wo sie aufs Sofa sank. Sie nahm sich eine Zeitschrift vom Couchtisch und wedelte ihren geröteten Wangen Luft zu.

Heute Nacht würde Dakota nicht viel Schlaf bekommen. Und sie befürchtete, dass die ganze kommende Woche hinüber sein würde. Ihre Flugstunden begannen morgen, und dabei saß sie mit Ace ganz allein im engen Cockpit.

Sie war nicht sicher, ob sie das schaffen würde. Wahrscheinlich nicht, ohne im Bett dieses Mannes zu landen. Soviel sie wusste, war das keine gute Idee, aber sie würde nichts dagegen tun können. Sie wollte ihn so sehr, wie er sie wollte, und es war wahrscheinlich besser, es einfach hinter sich zu bringen.

Als Dakota ins Bett ging, war sie nicht schlauer als zu dem Zeitpunkt, als sie das erste Mal Ace begegnet war. Vielleicht sollte sie einfach das Denken einstellen und sich ihren Instinkten hingeben. Bei diesem Gedanken musste sie lächeln und schlief endlich ein.

KAPITEL 11

Ace lehnte an der kleinen, viersitzigen Cessna 400, die er für Dakotas Flugstunde ausgewählt hatte. Ja, er wusste, dass das kein Flugzeug war, das die meisten Schüler in der ersten Stunde flogen, aber Dakota war keine x-beliebige Schülerin. Sie würde mit dem sexy Flugzeug klarkommen und seine Verbundkonstruktion und das Fehlen unebener Nieten zu schätzen wissen. Außerdem wollte er sie beeindrucken, und Sherman hatte ihm darüber hinaus versichert, dass Dakota bereit war für ein leistungsstarkes Flugzeug.

Ace hatte die Tür genau im Blick und erwartete mit Spannung auf den Augenblick, in dem Dakota den Hangar betreten würde. Er hatte in seinem Leben schon eine Menge Jobs an vielen Orten gehabt. Nie hätte er geglaubt, dass er sich dermaßen darauf freuen würde, jemandem das Fliegen beizubringen.

Auf diesen Job war er heißer als auf jeden anderen, den er bisher gemacht hatte. Der Gedanke, zu zweit mit ihr stundenlang Seite an Seite hoch oben am Himmel zu sein, war unglaublich reizvoll. Er näherte sich immer mehr dem Moment, in dem sie ihm gehören würde. Und ihre Eroberung konnte nicht früh genug erfolgen.

Ace fürchtete zwar die Konsequenzen, aber seine Begierde nach ihr überwog die Vorbehalte. Außerdem hatte er beschlossen, ihre Beziehung nicht öffentlich zu machen. Noch dazu war Dakota mehr als fähig, das zurückzugeben, was sie bekam. Sie war garantiert die richtige Frau für ihn.

Als sich die Tür öffnete und Dakota endlich den Hangar betrat, bewegte sich Ace nicht von der Stelle, aber sein ganzer Körper spannte sich an, je näher sie kam. Genau hier wollte er sein und mit der Frau, die er begehrte. Verlor er etwa den Verstand?

»Ist das das Flugzeug?«, fragte Dakota. Sie machte einen großen Bogen um ihn, als sie die klaren Linien des traumhaften Flugzeugs betrachtete.

»So ist es. Sie ist perfekt für dich«, antwortete Ace.

»Warum ist es eine Sie?«, fragte Dakota frech, eine Hand in die Hüfte gestemmt.

Ace lachte laut und folgte ihr um das Flugzeug herum. Sie streckte die Hand aus und strich über das kalte weiße Metall, wie sie einen Liebhaber streicheln würde. Jedenfalls stellte Ace sich das vor und sofort wurde er wieder von einem unbändigen Verlangen erfasst.

»Alle Flugzeuge sind weiblich«, klärte er sie auf.

»Das musst du beweisen. Vielleicht will ich es … Bob nennen.« Dakota hob eine Augenbraue.

»Schätzchen, wenn man solche Kurven hat und so schön ist, muss man einfach einen weiblichen Namen haben«, versicherte er ihr.

Dakota lachte und erlaubte ihm, aus dem kleinen Wortwechsel als Sieger hervorzugehen. Und Ace hatte keinen Zweifel daran, dass sie ihm tatsächlich erlaubte zu gewinnen. Er hatte sich in der Tat noch keine Gedanken darüber gemacht, weshalb man Flugzeugbezeichnungen den weiblichen Artikel voranstellte. Aber die Fliegerei war schon so lange größtenteils eine Männerdomäne, und Ace war sicher, dass es damit zusammenhing.

»Das ist eine Cessna 400, ein Tiefdecker in Kohlefaserverbundkonstruktion mit, was am allerwichtigsten ist, einem sehr komfortablen Innenraum«, erklärte Ace, als er die Tür öffnete und Dakota einen Blick auf die glatten Lederpolster werfen ließ.

»Viel Platz ist da aber nicht«, bemerkte sie, schaute vom Flugzeug zu Ace und dann wieder in das Innere der Cessna.

»Stimmt. Wir werden schön eng zusammenrücken müssen«, gab er zu, und an seinem Ton erkannte man eindeutig, dass das den Reiz des Jobs ausmachte.

»Wo bezahle ich meine Flugstunden?«, fragte sie.

Ace starrte sie ratlos an. »Bezahlen?«

»Ja. Das hier ist eine Flugschule. Ich muss zahlen«, klärte sie ihn auf.

»Ich werde mit Sherman darüber reden«, bot er an und trat von einem Fuß auf den anderen. Er würde nicht mit Sherman reden, denn sie zahlte nichts. Von dieser Frau würde er kein Geld nehmen, zumal er mehr als willig war, sie dafür zu bezahlen, dass sie sich mit ihm in die Lüfte erhob.

»*Ich* werde mit Sherman reden, denn ich traue dir nicht.« Wissend lächelte sie ihn an.

Klar, aber er würde das auch tun. Ace würde auf keinen Fall Geld für diesen Job nehmen. Er plante mit Dakota Unternehmungen nach Feierabend, deshalb war Geld definitiv kein Thema.

Dakota lächelte ihn einfach nur an, und er wusste, dass sie genau wusste, was ihm durch den Kopf ging. Es würde nie einfach werden, dieser Frau etwas vorzumachen. Sie kannte sich selbst und ihr Umfeld viel zu gut.

Ace führte sie zu einem Schreibtisch, schlug ein Buch auf und lehnte sich von hinten an sie, als sie auf einem Stuhl sitzend ein paar grundlegende Techniken des Fliegens durchging. Sie legte die Stirn in Falten, während sie das Material durchlas, und schaute sich ab und zu nach ihm um.

Ace vermisste die Tage, in denen er fliegen gelernt hatte. Alles Schriftliche darüber hatte ihn fasziniert. Aber nichts war mit dem Gefühl zu vergleichen gewesen, als er das allererste Mal im Cockpit saß. Er hatte einen Nervenkitzel gespürt, der ihn auch heute noch überkam, wenn er das Steuer eines Flugzeugs übernahm. Wie ein Vogel konnte er sich über das Land in die Lüfte erheben. Zu fliegen bedeutete völlige Freiheit.

Dann war er für das Drogenkartell geflogen. Ace runzelte die Stirn. Das hatte seiner Liebe fürs Fliegen Abbruch getan, denn er hatte gewusst, was und wen er transportierte. In diesem Moment wollte er aber nicht, dass die Gedanken daran seinen Verstand vereinnahmten. Dennoch war es schwer, sich diesem dunklen Kapitel zu entziehen. Dakotas Anwesenheit machte es allerdings ein wenig leichter.

»Bist du bereit?«, fragte er und schüttelte den Kopf, um ihn freizubekommen.

Dakota schaute ihn an, als hätte er eine Schraube locker. Er wollte ihr eigentlich sagen, dass er ziemlich kopflos war, seitdem er sie getroffen hatte, aber er hielt sich zurück. Solche Worte würden nicht unbedingt Vertrauen in seiner Flugschülerin wecken.

»Bereit?«, fragte sie zögerlich. Ace gefiel es, sie aus dem Konzept zu bringen. Die Frau war so verdammt selbstbewusst. Er war es gewöhnt, mit Frauen zusammen zu sein, die wussten, dass sie schön waren und wie sie ihren Körper einsetzen mussten. Aber mit Dakota war es etwas anderes. Sie umgab eine Aura, die sowohl Kompetenz als auch Selbstbewusstsein signalisierte.

»Du hast ja auch nicht laufen gelernt, indem du auf deinem Hintern sitzen geblieben bist. Fliegen lernst du nicht durch

Bücherlesen«, meinte er und hielt ihr die Hand hin, um ihr aufzuhelfen.

Sie ergriff seine Hand, obwohl sie unsicher zu sein schien, als sie neben ihm aufstand.

»Ich hätte nicht gedacht, dass wir so bald in ein Flugzeug steigen«, gab sie zu. Ace lächelte sie an, als beide sich der Cessna näherten.

»Man braucht viele Stunden Praxis, um das Fliegen zu erlernen. Es ist wirklich nicht anders als beim Autofahren. Der größte Unterschied besteht darin, dass du dich in der Luft befindest, wenn etwas schiefgeht. Aber wie beim Autofahren muss man schnell reagieren, vorbereitet sein und die Flugstunden dazu nutzen, nicht den Kopf zu verlieren und mit Notfällen sachgemäß umzugehen.«

»Du erweckst nicht gerade Vertrauen«, bemerkte Dakota mit einem kecken Blick.

Aces Lächeln wurde noch breiter.

»Davon hast du doch selbst jede Menge. Dein Ego brauche ich nicht zu streicheln.«

Sie kletterten in das enge Cockpit, und Ace beklagte sich überhaupt nicht, dass Dakota so dicht an ihn gedrängt saß. Er musste ihr mit dem Sicherheitsgurt helfen, und das ließ ihn nur noch mehr lächeln. Dakotas Duft erfüllte das Cockpit und seine Erregung wuchs.

Normalerweise hätte ihm das überhaupt nichts ausgemacht, aber er war hier der Fluglehrer, und es würde keinem guttun, wenn er abgelenkt war. Er würde es dieser Frau nicht besorgen können, wenn er sie beide vorher umbrachte.

»Alles ist neu und aufregend, wenn du zum ersten Mal fliegst. Und die meisten Piloten sagen, dass dieses Gefühl nie wirklich vergeht. Man ist entweder zum Fliegen geboren, oder man ist einer der vielen, die es vorziehen, herumgeflogen zu werden. Ich sehe die Leidenschaft in deinen Augen. Du wirst eine perfekte Pilotin«, versicherte er ihr.

»Wenn ich ehrlich sein soll, habe ich Angst«, gab Dakota mit einem Kichern zu. »Aber du könntest auch recht haben. Ich glaube, ich bin fürs Fliegen gemacht.«

Ace hatte in seinem Leben schon viele weibliche Piloten kennengelernt, aber keine war so sexy gewesen wie Dakota. Eigentlich wollte er nie als Co-Pilot fliegen, aber bei ihr würde er eine Ausnahme machen. Nur sie beide allein hoch am Himmel kam dem Paradies schon verdammt nahe.

»Solange du offen bist für neue Erfahrungen und dich ums Lernen kümmerst, ist es so leicht wie's Bullenmelken«, sagte er.

»Das kann ich, also müsste es gehen«, sagte sie, ohne eine Miene zu verziehen, als sie auf die Instrumententafel starrte.

Ace wartete darauf, dass sie lachte, aber das tat sie nicht. »Du hast es nicht so mit Redewendungen, oder?«, fragte er nach ein paar Augenblicken. Dakota schaute ihn mit unschuldsvoller Miene an.

»Was meinst du damit?«

»Hast du schon mal einen Bullen gemolken?« Ace hob die Augenbrauen. Sie sah ihn immer noch verwirrt an. Aber er lachte nur und zog die Liste für den Preflight-Check hervor. Dakota schaute ihn mit zusammengekniffenen Augen an.

»Douglas Adams sagte: Fliegen ist, zu lernen, wie man sich auf den Boden schmeißt, aber daneben«, erklärte Ace ihr. »Also achte darauf, dass wir uns danebenschmeißen.«

»Ich versichere dir, genau das habe ich vor«, erwiderte sie.

Während der nächsten zwanzig Minuten brachte er ihr bei, wie man die Checkliste durchging, und dann zeigte er ihr, wie man das Flugzeug startete. Sie hing an seinen Lippen, und Ace war froh, dass er derjenige war, der ihr das Fliegen beibringen durfte.

Der Gedanke, sie könnte mit einem anderen Mann in diesem Flugzeug sitzen, weckte Gefühle in ihm, die er gar nicht analysieren wollte. Er begann bereits, diese Frau als sein Eigen zu betrachten. Das war ein furchterregender Gedanke, deshalb verdrängte er ihn und weigerte sich, ihm weiter nachzuhängen.

Sie rollten zur Startbahn und Ace sprach über Kopfhörer mit ihr. »Auch wenn ich derjenige bin, der steuert, solltest du nachvollziehen, wie ich die Cessna manövriere. Dadurch entwickelst du ein positives Muskelgedächtnis und gewöhnst dir erst gar keine Unarten an.«

»Alles klar«, beteuerte sie, als der Motor aufheulte. Sie erhielten die Freigabe zum Start und Ace schob mit nach vorn gerichtetem Blick den Schubhebel nach vorn. Er spürte, wie Dakota neben ihm das Steuer festhielt und aus der Frontscheibe und dann dem Seitenfenster schaute. Sie liebte jede Sekunde in diesem Flugzeug.

Mühelos erhoben sie sich in den klaren blauen Himmel. Ace vergaß sogar für eine Weile seine rasende Begierde, als er Dakota in die grundlegenden Abläufe des Fliegens einwies. Sie lernte schnell, und ihm war klar, dass sie schon nach zehn Flugstunden ihren ersten Alleinflug absolvieren würde. Fast deprimierte ihn dieser Gedanke.

»Man sollte sich nicht zu sehr auf die Fluginstrumente verlassen. Deine Ausbildung zur Pilotin erfolgt nach den Sichtflugregeln. Das bedeutet, dass du beim Fliegen die meiste Zeit aus dem Fenster schaust. Viele Schüler verlassen sich zu sehr auf die Instrumente, und wenn etwas schiefgeht, reagieren sie nicht schnell genug«, erklärte Ace.

»Der Blick aus dem Fenster ist sowieso viel besser«, schwärmte Dakota.

Er beschloss, ihr diese Bemerkung nicht krummzunehmen. Ace wusste, wie es war, zu fliegen. Flugschüler waren am

Anfang völlig verliebt in jeden Aspekt des Fliegens und hatten den Eindruck, als würde niemand anderer existieren.

»Genau. Man braucht nicht auf den künstlichen Horizont auf der Instrumententafel zu schauen, wenn man jenseits des Fensters die Realität sieht. Natürlich werden die Instrumente gebraucht und sind unglaublich hilfreich, aber sie sind da, um zu bestätigen, was man wirklich sieht. Die Sichtflugregeln empfehlen, dass die Piloten neunzig Prozent der Zeit vom Cockpit nach draußen schauen.«

Ace sah, dass Dakota als Passagierin einfach zu entspannt war. Das wollte er auf gar keinen Fall. Sie war die geborene Pilotin und keine Passagierin.

»Übernimm mal«, wies er sie an und nahm die Hände vom Steuerknüppel.

»Was machst du da?«, rief sie und umklammerte ihr Steuer, dass die Fingerknöchel weiß hervortraten.

»Learning by doing.« Er sagte ihr nicht, dass er jeden Moment eingreifen konnte. Sie musste an sich selbst glauben. Also lehnte er sich zurück und verschränkte entspannt die Hände hinter dem Kopf.

Schnell warf sie ihm einen Blick zu, schaute dann aber wieder geradeaus. Den Steuerknüppel fest umklammernd, hielt sie die Maschine in perfekter Horizontale. Ace war beeindruckt.

»Ich möchte, dass du eine Linkskurve fliegst«, forderte er sie auf.

»Das kann ich nicht!« Die Cessna änderte ihre Flugbahn keinen Zentimeter.

»Natürlich kannst du das, Dakota«, beharrte Ace mit ruhiger Stimme.

Er spürte, wie ein Schaudern ihren Körper erfasste und sie sich noch mehr verkrampfte. Aber dann holte sie tief Luft, und das Flugzeug ging in eine Linkskurve. Ace hatte Mühe, den Blick von ihrem strahlenden Gesicht abzuwenden, als sie erlebte, wie es sich anfühlte, wenn man ein Flugzeug genau das tun ließ, was man wollte.

»Ich kann's!«, jubelte sie, und ihre aufgeregte Stimme, die durch die Kopfhörer klang, war Musik in seinen Ohren.

»Du machst das ganz toll«, lobte er sie. »Jetzt möchte ich, dass du eine 360-Grad-Kurve fliegst.«

Dieses Mal hatte sie keine Einwände. Sie zog einen viel weiteren Kreis als erforderlich, aber als sie ihn vollendet hatte, wusste Ace, dass sie die Flugleidenschaft wirklich gepackt hatte. Nie wieder würde sie ein ähnliches Gefühl auf dem Boden haben. Ace gefiel es sehr, dass er bei Dakotas erster praktischer Flugstunde mitgewirkt hatte.

Ungefähr zwei Stunden blieben sie in der Luft, und trotzdem schmollte Dakota, als es Zeit wurde, zum Flughafen zurückzukehren. Er überließ ihr den Landeanflug und lachte, als sie zweimal die Landebahn verpasste.

Schließlich hatte er Mitleid mit ihr, übernahm das Steuer und brachte die Cessna sanft zu Boden. Als sie zurück im Hangar waren und Ace das Flugzeug stoppte, drehte er sich zu ihr und lobte sie. »Gut gemacht.«

Das strahlende Lächeln, das er dafür erntete, nahm ihm den Atem.

»Du bist so atemberaubend«, bekannte Ace voller Ehrfurcht.

»Danke.« Er wusste, dass sie sich nicht für das Kompliment bedankte, das er ihr gemacht hatte, sondern für die gerade gemeinsam erlebte Erfahrung. Sie war in einem regelrechten Rausch. Nichts ging doch über die erste Flugstunde.

Dakota schlang in der Enge des Cockpits die Arme um Aces Hals und drückte ihn fest. Immer wieder bedankte sie sich. Er zögerte nicht, als er die Arme um sie legte und sie ebenfalls an sich drückte.

Ihr Duft hüllte ihn ein und weckte in ihm den Wunsch, an einem privateren Ort zu sein als in diesem öffentlichen Hangar.

Dakota ließ los und dann waren ihre Lippen nur ein paar Zentimeter von seinen entfernt. Ace würde der Versuchung ihres süßen Mundes nicht widerstehen. Ohne ihr eine Möglichkeit zu geben, zu protestieren, zog er sie zu sich heran. Sein Mund bedeckte ihren in süßer Erleichterung.

Dakota öffnete die Lippen für seine begierige Zunge. Sie umfing sie sehnsüchtig. Ihre Finger fuhren in sein Haar, und sie schmiegte sich noch fester an ihn, während sie den Kuss voller Sehnsucht erwiderte.

Als sie sich voneinander lösten, konnte Ace sich kaum noch zurückhalten. Diese Frau machte ihn fertig, aber es war ihm völlig egal.

»Lass uns zu mir fahren und deinen ersten Flug feiern«, schlug er mit dem Versuch eines Lächelns vor.

Dakota schaute ihn an, als würde sie darüber nachdenken. Aces Herz begann schneller zu schlagen, als er auf eine Antwort wartete. Wenn sie Nein sagte, würde es ihn vielleicht umbringen. Aber wenn sie Ja sagte, zerriss es ihn wahrscheinlich vor Aufregung.

Sie leckte sich auf verführerischste Art über die Lippen und seine Erregung wuchs. Dann biss sie sich auf die Unterlippe, und er dachte darüber nach, ihr die Kleider vom Leib zu reißen und sofort hier und jetzt zur Sache zu kommen. Zum Teufel mit jedem, der hereinkommen mochte.

»Noch nicht.«

Es dauerte einen Moment, bis Dakotas Worte seinen benebelten Verstand erreicht hatten. Sie hatte Nein gesagt, aber nicht niemals. Heiliger Bimbam!

»Jederzeit, überall«, stieß er mit heiserer Stimme hervor.

Dakota lächelte ihn an und wieder fuhr sie sich mit der Zunge über die Lippen.

»Ich merke es mir«, sagte sie.

Er dachte ernsthaft darüber nach, sie wieder an sich zu ziehen, als sie ihn losließ, die Tür öffnete und schnell aus der Cessna sprang. Ace lehnte sich im Sitz zurück und konzentrierte sich ein paar Augenblicke auf seine Atemtechniken. Sein Körper pulsierte so schmerzhaft, dass er sich gar nicht zu bewegen traute.

»Ich muss los, Ace. Nochmals vielen Dank für den schönen Tag!«, rief Dakota.

Er drehte sich gerade noch rechtzeitig um, um ihren knackigen Po aus dem Hangar stolzieren zu sehen. Dann lehnte er sich wieder zurück und schloss die Augen. Mit Dakota an seiner Seite würde es niemals langweilig werden. Das war klar. Er hätte auch keine Zeit, gestresst zu sein. Sie war ein Lichtstrahl in einer dunklen Welt und er verfiel ihr von Sekunde zu Sekunde mehr.

KAPITEL 12

Dakota lief in ihrem Haus hin und her und wedelte ihren geröteten Wangen Luft zu. Sie konnte einfach nicht aufhören zu lächeln. Ihre erste Flugstunde war so aufregend gewesen, ganz davon zu schweigen, dass sie den ganzen Nachmittag eng neben Ace gesessen hatte. Das war auf vielerlei Art ein Kick gewesen.

Dieser Mann ging ihr unter die Haut wie keiner zuvor und sie hatte kein bisschen Angst mehr davor. Zuerst hatte sie sich ein wenig gefürchtet, aber das war längst vorüber, und jetzt war sie sogar begeistert und freute sich auf ihr nächstes Treffen mit ihm.

Sie konnte sich den ganzen Tag einreden, dass es nur mit ihrem Wunsch zusammenhing, ihm zu helfen, dass ihre Instinkte sie dazu getrieben hatten, und sie wusste, dass er die Therapie brauchte, für deren Verabreichung sie bekannt war, aber ihre Verbindung mit ihm ging weit darüber hinaus.

Dakota fühlte sich sehr von Ace angezogen. Ihre Instinkte sagten ihr, dieser Anziehungskraft nachzugeben. Als er sie eingeladen hatte, privat Zeit mit ihm zu verbringen, war sie mehr als willig gewesen, »Ja!« zu rufen ... mit einem großen Ausrufezeichen dahinter.

Aber Teil des Spaßes war die Vorfreude. Sie hatte so lange gewartet, bis sie an diesem Punkt angekommen war, und hatte Angst davor, enttäuscht zu werden, wenn sich die Sache nicht so entwickelte, wie sie erwartete. Dennoch war Dakota nicht sicher, wie lange sie das noch durchhalten würde. Sie wollte diesen Mann, und sie wusste, dass sie ihn bekommen würde.

Voller Energie putzte Dakota das Haus von oben bis unten. Die Musik dröhnte, und während sie durchs Haus tanzte, kam sie mächtig ins Schwitzen. Ein Leben ohne Musik wäre eine Tragödie. Es war egal, welche Arbeit man zu erledigen hatte, wenn Musik dazu lief, ging alles leichter von der Hand.

Als es am späten Abend an der Tür klingelte, hätte Dakota es fast nicht gehört. Doch dann klingelte es erneut, und sie seufzte und musste sich entscheiden, ob sie öffnen sollte oder nicht. Eigentlich war sie so schön in Schwung und hatte keine Lust aufzuhören. Beim dritten Klingeln war klar, dass die Person vor der Tür nicht wieder gehen würde.

Sie drosselte die Lautstärke der Musik nicht, als sie durchs Haus tänzelte und die Tür aufriss. Chloe machte es wahnsinnig, dass Dakota niemals nachschaute, wer auf der anderen Seite der Tür stand, bevor sie öffnete. Aber Dakota war der Meinung, dass sie jeden, der ihr Böses wollte, einfach mit einem Dropkick außer Gefecht setzen konnte.

Als sie das schelmische Lächeln und das sexy Grübchen im Gesicht von Ace Armstrong sah, merkte sie, wie ihr Herz zu rasen und die Knie zu zittern begannen. Er stand vor ihrer Tür mit einer Flasche Wein und einem Dutzend Rosen in der Hand. Sie grinste ihn an, als *Pour Some Sugar on Me* laut im Hintergrund erklang.

»Netter Musikgeschmack«, lobte er und lehnte sich an den Türrahmen.

»Das ist meine Motivationsmusik.« Dakota konnte sich ein Grinsen nicht verkneifen.

»Ich habe Wein mitgebracht.«

»Das sehe ich.« Ihr Grinsen wurde noch breiter. »Ich nehme an, du hoffst, dass ich dich hereinbitte.«

»Das ist der Plan«, gab er zurück. Sie musste anerkennen, dass der Mann sich nicht einfach durch die Tür drängte, bevor sie ihm die Erlaubnis dazu gab.

»Ich könnte auch einfach den Wein nehmen und dir die Tür vor der Nase zuschlagen«, gab sie zu bedenken.

»Ich habe aber auch Blumen dabei.«

»Ich stehe mehr auf Lilien.« Sie versuchte, unbeeindruckt zu klingen.

»Das werde ich in Zukunft berücksichtigen«, gab er zurück.

»Für ein paar Minuten kannst du reinkommen«, gab sie nach und öffnete die Tür weit. Ace wartete nicht, bis sie es sich wieder anders überlegte. Selbstbewusst trat er ein, und ihr Haus kam ihr sofort viel kleiner vor, als es eigentlich war.

Wenn Dakota putzte, herrschte ein heilloses Durcheinander. Bevor sie Ordnung machte, sah es immer so aus, als wäre ein Tornado durchs Zimmer gefegt. Genau in dieser Tornadophase befand sie sich gerade.

»Das gefällt mir«, sagte er, schaute sich um und lachte.

Dakota ging zur Stereoanlage und drehte die Lautstärke herunter, damit sie sich nicht weiter anschreien mussten. Dann führte sie Ace in die kleine Küche und nahm zwei Weingläser aus dem Schrank.

Er entkorkte die Flasche und wartete, bis Dakota beide Gläser großzügig gefüllt hatte. Der erste Schluck schmeckte köstlich. Der spritzige Weißwein war kalt und erfrischend. Höchstwahrscheinlich sah sie unmöglich aus, aber er ließ sie das nicht spüren. Obwohl sie sicher war, dass ihre Haare in alle Richtungen vom Kopf abstanden und Schweiß auf ihrer Stirn perlte, schaute er sie an, als wäre sie die schönste Frau auf diesem Planeten. Er tat ganz sicher ihrem Ego gut.

»Was machst du eigentlich in dieser Ecke?«, fragte sie ihn.

»Ich habe den ganzen Tag an dich gedacht und beschlossen, dich lieber von Angesicht zu Angesicht zu sehen, als dich mir vorzustellen.« Ace kam einen Schritt näher.

Dakota wusste, dass sie zurückweichen konnte, aber alles in ihr sträubte sich dagegen. Stattdessen kam sie ihm auf halbem Wege entgegen. Aces Augen leuchteten vor Entzücken, als er ihr das Weinglas aus der Hand nahm, es auf den Frühstückstresen stellte und seine Arme um sie schlang.

»Du bist keine Frau, die man so schnell vergisst«, sagte er, und es klang fast, als würde ihn das ärgern.

»Also nicht aus den Augen, aus dem … Verstand?«

Ace lachte. »Ja, vom Verstand her könnte man das sagen.« Dann beugte er sich vor, küsste sie auf den Mundwinkel und strich mit der Zunge über ihre Unterlippe.

»Du weißt aber schon, dass das keine so gute Idee ist, oder?«, meinte Dakota mit bereits heiserer Stimme.

»Ja, ich weiß«, antwortete er.

»Okaaay.« Sie zog das Wort in die Länge. »Da wir das nun geklärt haben, gib mir einen richtigen Kuss.«

In Aces Augen loderte die Leidenschaft, und Dakota spürte, wie auch sie von Kopf bis Fuß davon erfasst wurde. Er umklammerte fest ihre Hüften, zog sie eng an sich, und schon landete sein Mund auf ihrem. Von zartem Erkunden keine Spur. Das hier war purer Besitzanspruch. Dakota verlor sich sofort in seiner Umarmung.

Ace drängte sie gegen den Tresen, setzte sie mühelos darauf und zog sie so weit vor, dass sie seine Erregung spürte und am liebsten danach gegriffen hätte. Sie war sicher, dass er sie nicht enttäuschen würde.

Ace stöhnte in ihren Mund, ließ dann aber von ihm ab, strich mit den Lippen über den Kiefer und sog an ihrem Hals. Dakota drückte den Rücken durch, als seine Hände von ihrem

Hals zum Po wanderten und wieder hinauf, während er immer noch an ihrer Haut sog.

Ihre Hand schob sich zwischen ihren und seinen Körper zu der Ausbuchtung in seiner Hose. Ace erstarrte und schauderte in ihren Armen.

»So darfst du mich nicht berühren, sonst werde ich womöglich zum Raubtier«, warnte er sie mit zusammengebissenen Zähnen.

»Ooh«, hauchte sie voller Begierde und wich nicht zurück, sondern drückte die verräterische Stelle in seinen Jeans. Ein warnender Biss in ihre Schulter steigerte nur noch ihre Leidenschaft.

Sie griff nach den Knöpfen seiner Hose und hatte Schwierigkeiten, sie zu öffnen. Über seiner unübersehbaren Erektion spannte der Stoff. Doch auch diese Herausforderung meisterte sie nach ein bisschen Herumgefummel und schon war die Hose geöffnet.

Sie ließ die Hand in seine Boxershorts gleiten und umfasste den samtglatten Schaft. Ihr Innerstes pulsierte vor Lust, und ihr Körper wusste genau, wo das hier enden sollte. Ihre Finger fuhren über die Spitze seiner Erektion und entlockten ihr die ersten Lusttropfen. Dakota wand sich auf dem Frühstückstresen.

Ace lehnte sich zurück und sie wimmerte. Dann trafen sich ihre Blicke, und sie hätte schwören können, ein loderndes Feuer in seinen Augen zu erkennen, was ihre Erregung nur noch steigerte. Sie beugte sich vor und legte eine Spur von Küssen entlang seines Kiefers bis hin zum Ohr, an dem sie sog.

Er zerrte an ihrem T-Shirt, dessen Vorderseite innerhalb von Sekunden in zwei Teile zerrissen war. Dakota fragte sich, ob sie, nur durch die Erregung, die er in ihr entfachte, zum Höhepunkt kommen würde.

»Verdammt, Dakota«, stöhnte er voller Ehrfurcht, als er sich zurückbeugte und sein Blick sich auf ihre knapp bedeckten Brüste konzentrierte, die der BH kaum zu verbergen vermochte.

Ihre Brustwarzen schmerzten von der Reibung an dem Dessous aus Spitze.

Ace befreite Dakota von dem BH und warf ihn hinter sich. Ihr war es völlig egal, wo er landete. Dann sog er die erregte Brustspitze in den Mund und ließ Dakota aufschreien. Sie vergrub die Hände in seinen Haaren und hielt ihn fest.

Dann wechselte er zur anderen Brust, bis Dakota vor Begierde fast dahinschmolz und sich auf dem Frühstückstresen kaum mehr aufrecht halten konnte. Als er zurückwich, versuchte sie, ihn wieder an sich zu ziehen, aber er schüttelte den Kopf. Dann hob er sie vom Tresen und sie schlang die Beine um ihn.

»Schlafzimmer«, presste er kaum hörbar hervor.

»Den Flur hinunter rechts.« Auch ihre Stimme klang heiser und schwach.

Ace trug sie die kurze Entfernung bis zum Schlafzimmer. Ihr Bett sah mit zerknüllten Laken und halb herunterhängenden Kissen unordentlich aus. Ace setzte Dakota auf der Bettkante ab und warf alles zu Boden, bevor er sie behutsam nach hinten stieß und dann über sie kletterte.

Wieder fand sein Mund den ihren und war noch begieriger als zuvor. Während seine pochende Erektion zwischen ihren Schenkeln lag, küsste er sie ungestüm.

»Ich brauche dich jetzt«, stieß er hervor.

»Dann nimm mich«, hauchte sie.

Nur um sich seiner Kleidung zu entledigen und ein Kondom überzustreifen, löste er sich von ihr. Sie war dankbar, denn an Verhütung hatte sie nicht einen einzigen Moment gedacht. Sie kannten sich noch nicht wirklich und waren schnell im Bett gelandet. Doch Dakota hatte keine Zeit für Reue – wollte auch gar nichts bereuen.

Ace zog ihr die Hose aus, und dann war er wieder auf ihr. Seine Erektion war auf ihre heiße Mitte gerichtet, sein Herz hämmerte gegen ihres und seine Hände umfassten ihr Gesicht. Er bewegte sich kein bisschen, als er ihr in die Augen schaute. Sein Blick war von einer solchen Intensität, dass sie sich unter ihm ungeschützt fühlte und sich abzuwenden versuchte.

»Tu das nicht. Schau mich an«, forderte er.

Sie zwang ihren Blick zurück zu ihm und spürte Tränen in den Augen brennen. Das hier war einfach zu viel für sie. Es sollte doch nur Sex sein – nicht mehr. Aber Ace erlaubte ihr diese Freiheit nicht.

»Ace«, sagte sie, und ihr Ton klang warnend.

Sein Blick löste sich nicht von ihrem, als er in sie eindrang und sie vollkommen ausfüllte. Nur kurz durchzuckte sie ein Schmerz und dann konnte sie an nichts anderes mehr denken.

Doch dann hielt Ace inne und riss die Augen auf. Er zog sich aus ihr zurück und Dakota geriet in Panik. Sie hatte gehofft, er würde nicht merken, dass sie noch nie mit einem Mann so weit gegangen war und es einfach so passierte. Eigentlich war sie zu alt, um noch Jungfrau zu sein, zu selbstbewusst. Sie war Cheerleaderin. Jeder nahm einfach an, dass sie schon seit Jahren mit jedem schlief. Ihr war egal, was die Leute dachten.

»Es tut mir leid.« Aces Stimme klang erstickt.

»Lass mich nicht so zurück, Ace«, warnte sie ihn und hob die Hüften, was sie eine ganz neue Art von Brennen spüren ließ. »Ich bin natürlich nicht ganz unerfahren, hatte aber niemals das Bedürfnis, den Akt zu vollenden«, sagte sie und zögerte. »Bis jetzt.«

Ace stöhnte und umklammerte ihre Hüften.

»Wir können das nicht tun«, beharrte Ace, obwohl Dakota sehen konnte, dass ihn ihre Bewegung an den Rand des Wahnsinns trieb. Gut so!

»Wir tun es aber schon«, hielt sie dagegen, verschränkte die Füße hinter seinem Rücken und drängte sich gegen ihn.

Offensichtlich war das mehr, als er ertragen konnte, denn er beugte den Kopf und eroberte erneut ihre Lippen, während er in ihre feuchte Mitte drang. Er füllte sie vollkommen aus, und sie umschloss ihn pulsierend, während seine Zunge herrlichste Dinge in ihrem Mund vollführte.

Immer schneller bewegte er sich in ihr und baute einen köstlichen Druck auf. Sie begann zu zittern, je näher sie dem Höhepunkt kam.

»Fester, bitte«, bettelte sie.

Ace verlor die Kontrolle, griff nach ihren Hüften und stieß heftig in sie. Mehr brauchte es nicht. Seine Männlichkeit tief in sich, ließ Dakota in seinen Armen beben. Der zusätzliche Druck um seine Erektion ließ Ace aufschreien, und dann spürte sie, wie er sich in sie ergoss, während sie sich fest an ihn klammerte.

Der Genuss hielt ewig an – und war doch viel zu früh vorbei. Ace ließ sich auf Dakota sinken. Ihre Körper waren schweißbedeckt und ihr Atem ging stoßweise. Dakota war nicht bereit, ihn loszulassen, als er sich von ihr zu lösen versuchte. Also drehte er sich mit ihr auf die Seite, und sie schauten sich an. Als er sich aus ihr zurückzog, fühlte sie sich fast seiner beraubt.

»Du hättest mir das sagen müssen«, begann er, und diesmal hatte er seine Stimme viel mehr unter Kontrolle. Er sah verärgert aus.

»Dann hättest du aber nicht getan, was ich wollte«, verteidigte sie sich.

Immerhin versuchte er nicht, sie zu belügen. »Du hättest mir das sagen müssen«, wiederholte er noch ein paarmal.

»Du zerstörst meinen Glückskick«, beschwerte sie sich mit wütendem Blick. »Wenn du weiter rumnörgelst, dann kannst du gehen.«

»Willst du mich veräppeln?«, fragte er und war langsam genauso genervt wie sie.

»Nein. Aber dass du gehst, ist in der Tat eine großartige Idee. Dann kann ich hier liegen und diesen Moment der Ekstase noch einmal durchleben, natürlich ohne diesen After-Sex-Talk.«

Er starrte sie an und sie starrte mit genauso ernster Miene zurück. Einige Momente lieferten sie sich auf diese Weise eine Machtprobe, bis Ace einen entnervten Laut von sich gab, aus dem Bett sprang, seine Kleidungsstücke schnappte und davonmarschierte.

Dakota hangelte aus dem Bett heraus nach den Laken und bedeckte sich damit, als sie sich aufsetzte. Sie fragte sich, ob er sich wohl bequemen würde, sich von ihr zu verabschieden. Um seinetwillen wäre es besser, er täte es.

Als er wieder in der Tür erschien, war er vollkommen angezogen. Dakota versuchte, ihre Enttäuschung zu verbergen. Wenn er nicht zuließ, dass sie diesen Moment genoss, dann war es besser für sie beide, dass er ging.

»Ich nehme an, das bedeutet, dass es keine zweite Runde geben wird«, mutmaßte sie mit einem unschuldigen Lächeln.

Wieder schaute er sie an, als wäre sie nicht ganz bei Trost. Vielleicht war sie das auch. Schließlich hatte sie ewig gewartet, bis sie zum ersten Mal Sex gehabt hatte. Eine Frau, die bei klarem Verstand war, würde das nicht tun.

»Nein«, erwiderte er. Dann drehte er sich um und wollte gehen, wandte sich jedoch noch einmal zu ihr um. »Zumindest nicht heute Abend.«

Danach sagte er nichts mehr und ging. Eigentlich hätte Dakota fuchsteufelswild sein müssen, aber sie konnte nicht verhindern, dass sich ein Grinsen auf ihrem Gesicht breitmachte. Das war also der unglaublichste Moment in ihrem Leben gewesen. Und sie wollte ihn immer und immer wieder erleben.

Es klopfte an ihrer Tür und sie lächelte. Ace war noch keine Stunde weg. Sie vermutete, er wollte nun doch noch eine zweite Runde, und überlegte, ob sie nackt zur Tür gehen sollte. Doch obwohl es ihr an Selbstbewusstsein nicht mangelte, gingen vielleicht gerade die Nachbarn vorbei, und so viel wollte sie der Welt nun doch nicht von sich preisgeben.

Sie streifte sich ihren seidenen Morgenmantel über und nahm sich kaum die Zeit, den Gürtel locker zu verknoten. Dakota hätte Ace warten lassen können, aber sie war zu aufgeregt. Schwungvoll öffnete sie die Tür mit einem breiten Grinsen, das ihr sofort verging.

Vielleicht hätte sie doch lieber nachschauen sollen, ob es tatsächlich Ace war, der spätabends auf der anderen Seite der Tür stand.

KAPITEL 13

Ace war nie jemand gewesen, der sich selbst in den Hintern beißen wollte. Er glaubte nicht an falsche oder zu bedauernde Entscheidungen. Alles geschah aus einem Grund. Was er allerdings nicht kapierte, als er von Dakotas Haus wegfuhr, war, dass er nicht geahnt hatte, wie unschuldig sie tatsächlich war.

Er fühlte sich, als hätte er sie missbraucht, und dieses Gefühl gefiel ihm nicht. Er war kein Mann, der mit Frauen schlief, die nicht Bescheid wussten. Sex war so natürlich für den Körper wie Essen und Trinken. Ihm gefiel es nicht, zu lange ohne Sex zu sein. Aber deshalb war er auch immer mit Frauen zusammen, die das genauso empfanden.

Niemals hätte er vermutet, dass Dakota noch mit keinem Mann geschlafen hatte. Und obwohl er sich dafür schämte, sie so schnell und hart genommen zu haben, spürte er einen unermesslichen Besitzanspruch ihr gegenüber, der ihn die Stirn runzeln ließ. Sie gehörte jetzt ihm – ihm ganz allein.

Ace wollte diese Gefühle beiseitedrängen, wollte Dakota nur mit einer schönen Zeit in Verbindung bringen, aber egal, wie sehr er auch versuchte, seinen Verstand in eine andere Richtung zu lenken, es gelang ihm nicht. Diese Frau war ihm nicht egal. Sie hatte ihm gerade ein Geschenk gemacht, wie er noch nie eines bekommen hatte. Darüber konnte er nicht einfach hinweggehen. Aber da gab es immer noch das Problem, dass er nicht bleiben konnte, sondern zurück zur Arbeit musste. Wie sollte sie ihm gehören, wenn er nicht da sein konnte, um ihr zu gehören. Seit wann zum Teufel hatte er ein Gewissen?

Als sein Handy klingelte, ignorierte er es. Es gab nicht viele Leute, die ihn anriefen, besonders nicht nachts, und obwohl es nett sein könnte, eine Weile auf andere Gedanken zu kommen, nahm er nicht ab.

Ihn beschäftigten Gedanken an diese Frau, die in seinem Leben aufgetaucht war, Gedanken, die er nicht mehr verdrängen konnte. Es spielte auch keine Rolle, dass er sich einredete, er müsse sich, um bei Verstand zu bleiben und sie zu schützen, von ihr zurückziehen. Das schien einfach nicht möglich zu sein.

Kurz darauf klingelte sein Handy erneut und er starrte auf die dunkle Straße vor sich. Dann verstummte das Klingeln, und er dachte, die Person am anderen Ende hätte wohl endlich den Wink verstanden. Warum er das verdammte Ding nicht ausschaltete, wusste er nicht.

Vielleicht waren es das jahrelange Training und die Notwendigkeit, immer wachsam zu sein, die es ihm unmöglich machten, sämtliche Kommunikation zur Außenwelt abzustellen. Er wusste es nicht. Nichts würde Ace besser gefallen, als auf einer einsamen Insel zu stranden und keine Gelegenheit zu haben, mit jemandem zu reden. Aber auch das ging nicht. Was wäre, wenn irgendetwas passierte, wenn zum Beispiel einer seiner Brüder in einen weiteren Flugzeugabsturz verwickelt wäre? Seine Familie musste ihn kontaktieren können, auch wenn ihm die Informationen nicht gefielen, die er bekam.

Als sein Handy erneut klingelte, fluchte er, bevor er es in die Hand nahm und die Anruferkennung ignorierte. Er dachte kurz daran, das Teil aus dem Autofenster zu werfen, und lächelte, aber dann nahm er das Gespräch doch entgegen und brummte ein sehr verärgertes Hallo.

»Ace, wir müssen uns treffen.«

Der Sprecher musste sich nicht mit Namen melden. Es war Bill Hammond, sein Chef beim CIA.

»Ich hab Urlaub«, gab Ace verärgert zurück. Er hatte seit Jahren keinen einzigen Tag Urlaub genommen und den Überblick verloren. Er verdiente diese dringend benötigte Auszeit. Das musste Bill doch verstehen.

»Nicht mehr. Dein Urlaub ist vorbei. Wir treffen uns unter dieser Adresse.« Bill ratterte die Adresse eines noblen Hotels im Stadtzentrum von Seattle herunter.

Dann war die Verbindung abgebrochen. Kurz überlegte Ace, Bill zurückzurufen und seinem Chef zu raten, zur Hölle zu fahren. Er hatte in den letzten acht Jahren genug zu tun gehabt und er schuldete niemandem etwas.

Doch dann verließ er die Seitenstraße, auf der er sich befunden hatte, und wendete. Das Hotel, in dem ihn sein Chef treffen wollte, war nicht weit entfernt. Ace wäre nicht überrascht, wenn er überwacht würde und die Leute vom CIA jederzeit genau wüssten, wo er sich aufhielt. Es war ihr Job, informiert zu sein.

Ace hielt vor dem belebten Hotel und blieb kurz im Auto sitzen. Er beobachtete die Leute vor dem Hotel. Einige kamen gerade an, andere traten in formeller Kleidung aus der Tür, um den Abend in der Stadt zu verbringen. Keiner sah verdächtig aus. Die Lage war sicher.

Er gab den Autoschlüssel dem Hotelpagen, nachdem er ihn eingehend unter die Lupe genommen und der junge Mann sich unter seinem Blick gewunden hatte. Ace wusste, dass er unerbittlich sein konnte, aber das hielt die Leute auf Trab. Er hoffte, dass er diese Strenge nicht verlor.

Nachdem er das Hotel durch die hohen Glastüren betreten hatte, ging er durch die Lobby zur Bar im hinteren Bereich. Lange brauchte er nicht, um Bill zu finden. Er setzte sich ohne ein Wort, aber er hatte keinen Zweifel, dass Bill den Ausdruck in seinen Augen klar und deutlich lesen konnte.

»Ich bin froh, dass du so schnell kommen konntest«, begann Bill. Der Mann setzte ein routiniertes Pokerface auf, das alles ausstach, das Ace je gesehen hatte. Man fand nie heraus, was der Mann dachte oder fühlte. Allerdings gefiel das Ace. Im Laufe der Jahre hatte er versucht, den gleichen Gesichtsausdruck zu perfektionieren.

»Wir wissen doch beide, dass ich keine andere Wahl hatte, als herzukommen«, gab Ace zurück. Er versuchte nicht einmal, die Tatsache zu verbergen, dass er nicht hier sein wollte.

Ace hatte gedacht, dass er für eine Weile Ruhe haben würde. Sein letzter Undercover-Einsatz hatte zu lange gedauert und er brauchte eine längere Pause. Er war sich noch nicht einmal sicher, ob er je wieder an seinen alten Arbeitsplatz zurückkehren wollte. Aber das ging Bill im Moment noch nichts an. Sollte sich Ace dafür entscheiden, den CIA zu verlassen, wäre es nicht aus Angst, und er würde es nicht bereuen. Er würde es tun, weil es für ihn der richtige Schritt wäre.

Bill lächelte ihn auf seine spezielle Art an, und das hieß, er hob leicht den rechten Mundwinkel. Das glich allerdings mehr einem mürrischen Gesichtsausdruck. Ace veränderte seinen nicht.

»Warum hast du mich herzitiert?«, fragte er schließlich. Er hatte keine Lust, herumzusitzen und gemütlich mit Bill zu plaudern.

Bill zog einen Umschlag hervor und schob ihn über den Tisch Ace zu. Der wusste nicht warum, aber ihm gefror das Blut in den Adern, als er auf den bedeutsamen gelben versiegelten Umschlag schaute. Er griff nicht danach und bezweifelte, dass er wissen wollte, was sich darin befand. Ganz sicher wusste er aber, dass die Uhr tickte. Eigentlich war ihm klar, dass er abreisen würde, aber dieser Umschlag vor ihm sorgte dafür, dass es schneller sein würde, als ihm lieb war. Er versuchte, sich einzureden, dass er es abwenden könnte, wenn er ihn nicht öffnete.

Nach einiger Zeit seufzte er. Ace war nie vor Problemen davongerannt oder hatte den Kopf in den Sand gesteckt. Aber je länger er die Augen vor der Wahrheit verschloss, desto länger konnte er versuchen, normal weiterzuleben.

»Was ist das?«, wollte er wissen.

»Wir haben Monate gebraucht, die Teile zusammenzufügen«, war Bills einzige Antwort.

Ace wusste, dass er nicht einfach aufstehen und gehen konnte, wie er es eigentlich wollte. Was es auch immer war, er musste sich der Sache stellen. Er öffnete widerstrebend die Lasche und zog das darin befindliche Material heraus.

»Wann?«, fragte Ace. Sein Gesichtsausdruck war regungslos. Das ist das Leben, das ich gewählt habe und das ich will, dachte er entschlossen. Er ignorierte die Stimme in seinem Kopf, die ihm sagte, dass das nicht mehr stimmte.

»Zwei Wochen. Dann geht's los«, antwortete Bill.

»Wenn man in die Luft geflogen ist, bekommt man wohl nicht lange frei«, brummte Ace.

Bill versuchte sich an seinem besten Lächeln. »Du bist nicht in die Luft geflogen. Nur zu Boden. Und du hast schon Schlimmeres durchgemacht. Wir können uns nicht allzu viel Zeit lassen.«

Ace war kaum richtig zu Hause angekommen. Und jetzt sollte er bereits wieder abreisen. Würde seine Familie ihn wieder vergessen? Und Dakota? Warum machte ihm das überhaupt etwas aus?

»Und was ist, wenn ich diesen Fall gar nicht übernehmen will?«, fragte Ace.

Bill sah überrascht aus. So etwas hatte Ace noch nie gesagt. Bill hatte seinen Gesichtsausdruck unter Kontrolle und lehnte sich zurück, als er Ace prüfend anschaute.

»Du bist mein bester Ermittler«, erklärte Bill. Das war keine Antwort.

»Ich habe nur …« Ace verstummte. Was sollte er machen? Das war sein Beruf. Er konnte Bill nicht sagen, dass er noch nicht bereit war abzureisen, dass er bei seiner Familie bleiben wollte … und bei Dakota.

»In dieser Branche ist nicht alles schwarz und weiß. Das weißt du doch, Ace. Deshalb warst du auch so lange von deiner Familie getrennt. Vielleicht ist es sicherer, wenn du besser früher als später zur Arbeit zurückkehrst«, fuhr Bill fort.

Ace wusste, dass Bill recht hatte. Er sprach nur laut aus, was Ace in den letzten Wochen gedacht hatte. Aber die Worte zu hören, verstärkte nur das Schuldgefühl, dass er die, die er liebte, in Gefahr brachte.

»Ich werde da sein«, gab Ace schließlich nach und akzeptierte das Unumgängliche. Bill nickte. »Ich wusste es.«

»Ich muss jetzt gehen.«

Ace stand auf und ging schnell durch eine Gruppe von Cheerleadern, die gerade im Hotel eincheckte. Eine Hand strich über seinen Arm, aber er ignorierte sie. Seine Zeit mit Dakota lief langsam ab, und wie er vorhin von ihr fortgegangen war, ärgerte ihn. Er verspürte plötzlich den Drang, zu ihr zurückzufahren – und zwar schnell. Ja, er war wahrscheinlich die gefährlichste Person in ihrem Leben, aber er musste ihr Lebewohl sagen, auch wenn sie nicht wissen würde, dass er es tat.

Ace wartete am Stand des Mitarbeiters vom Parkdienst ungeduldig darauf, dass sein Auto vorgefahren wurde. Warum zum Teufel hatte er seinen Wagen parken lassen? Er musste jetzt sofort weg von hier. Aber der Bursche am Stand hatte offensichtlich die Dringlichkeit in Aces Blick gesehen, denn er war eilig davongeeilt.

Schließlich fuhr er vor, und Ace sprang in sein Auto und warf ihm ein saftiges Trinkgeld zu, um sein unfreundliches Auftreten wiedergutzumachen. Das Bedürfnis, zurück zu Dakota zu fahren, trieb ihm den kalten Schweiß auf die Stirn. Eigentlich sollte er gegen den Drang ankämpfen und sich zwingen, nicht zu Dakota, sondern in die entgegengesetzte Richtung zu fahren. Doch das tat er nicht.

Die Fahrt zu ihrem Haus schien eine Ewigkeit zu dauern. Als er sich ihrer Gegend näherte, schien irgendetwas nicht zu stimmen, und seine geschärften Sinne waren sofort in Alarmbereitschaft. Seit seiner Heimkehr war er zu entspannt gewesen, hatte nicht genug auf seine Umgebung geachtet, wie er es eigentlich hätte tun sollen. Das musste sich ändern.

Er hielt in der Nähe von Dakotas Zuhause und alles schien von außen betrachtet in Ordnung zu sein. Ace war jedoch außergewöhnlich sensibel gegenüber Dingen, die ungewöhnlich waren. Eine schwarze Limousine parkte einen halben Block weiter. Ace wusste, dass etwas nicht stimmte. Schon vor langer Zeit hatte er gelernt, seine Instinkte nicht zu ignorieren.

Aus ein paar Häusern, die Dakotas gegenüber lagen, drang gedämpftes Licht. Ace konnte das Flackern eines Fernsehbildschirms hinter Spitzengardinen sehen und ein Paar, das auf dem Sofa entspannte.

Alles schien wie immer zu sein, aber Ace wusste, dass das nicht stimmte. Dakota steckte in Schwierigkeiten. Und wer auch immer es gewagt hatte, sie in Gefahr zu bringen, würde gleich mit der Überraschung seines Lebens konfrontiert werden. Ein mörderischer Ausdruck von Beschützerinstinkt spiegelte sich in seinem Blick, als Ace zum Kofferraum seines Wagens ging, das Geheimfach öffnete und seine Waffe herausnahm.

Seit ein paar Wochen hatte er ihr Gewicht nicht mehr gespürt, aber sie lag perfekt in der Hand. Es fühlte sich richtig an. Er war in höchster Alarmbereitschaft, als er sich in der ruhigen Nachbarschaft umschaute und den Schalldämpfer aufschraubte.

Dann machte er sich auf den Weg und wurde schnell von den Schatten von Dakotas Haus verschluckt. Er schlich um die Ecke und überprüfte alle Stellen, an denen sich jemand verstecken konnte. Keine Menschenseele war zu sehen.

Obwohl er nichts hörte, wusste er, dass eine oder mehrere Personen drinnen bei Dakota waren. Er wusste auch, dass er vielleicht zu spät kam. Sämtliche Gefühle unterdrückend, schlich er zur Hintertür. Jeder, der versuchte, jemandem wehzutun, für den Ace etwas empfand, würde dafür den höchsten Preis bezahlen.

KAPITEL 14

Dakota stand in der Tür und schaute auf die beiden stoischen Männer in Anzügen. Ein kalter Schauer lief ihr über den Rücken, und sie wusste nicht, warum. Allerdings wusste sie sehr wohl, dass es besser war, dieses Gefühl nicht zu ignorieren.

»Kann ich Ihnen helfen?«, fragte sie mit leicht zittriger Stimme, die sie ärgerte.

Jede Faser ihres Körpers sagte ihr, dass sie in Gefahr war, obwohl die Männer nicht besonders bedrohlich aussahen. Sie zwang sich zu einem Lächeln und wusste, dass ihr Gefühl absolut lächerlich war. Die beiden sahen eher wie Bibelverkäufer und nicht wie Straßenräuber aus. Dennoch wich sie nicht von der Türschwelle und versuchte, irgendwie zu verhindern, dass sie eintraten, obwohl sie diesbezüglich keinen Versuch unternahmen.

Dakotas Körper hatte das dringende Bedürfnis, sich zu schützen, aber sie verstand nicht, warum. Sie wusste nicht, ob sie einfach die Tür zuschlagen und verriegeln sollte oder ob sie herausfinden sollte, warum diese Fremden so spät am Abend vor ihrer Tür standen.

Sie sagten nichts und das machte Dakota noch nervöser. Warum starrten sie sie nur an? Gerade, als sie kurz davorstand, in absolute Panik zu verfallen, machte einer der Männer einen kleinen Schritt auf sie zu. Er blockierte nicht direkt die Tür, war aber näher gekommen.

»Sind Sie Dakota Forbes?«

Die Stimme des Mannes klang beruhigend, fast therapeutisch. Eigentlich hätte sie Dakotas wild pochendes Herz beruhigen sollen, aber der Typ neben ihm erweckte nicht gerade ihr Vertrauen, deshalb behielt sie ihren Kampf-oder-Flucht-Modus bei.

»Ja, ich bin Dakota.« Die Worte hörten sich fast wie eine Frage an. Natürlich wusste sie, wer sie war, aber sie wusste nicht, woher die beiden ihren Namen hatten und was sie von ihr wollten.

»Wir glauben, Sie sind in Gefahr«, sagte der Mann.

»In Gefahr? Weshalb sollte ich in Gefahr sein?«, fragte Dakota und kniff misstrauisch die Augen zusammen. Die beiden sahen offiziell aus, aber das bedeutete nichts. Sie war mit Brüdern aufgewachsen, und die hatten ihr beigebracht, nicht leichtgläubig zu sein. Nur weil jemand einen schönen Anzug trug, hieß das noch lange nicht, dass er nett war.

»In Ihrer Nachbarschaft gab es Vandalismus, und wir glauben, dass man es auf Sie abgesehen hat«, teilte der Mann ihr mit. »Können wir reinkommen?« Wieder machte er einen Schritt auf Dakota zu, deren Herz noch heftiger schlug.

Wenn er die Wahrheit sagte, wollte sie auf jeden Fall wissen, was los war, aber wenn er log, dann waren *diese* Männer die Gefahr. Dakota war hin- und hergerissen. Außerdem wünschte sie sich, Ace wäre nicht gegangen. Nie zuvor hatte sie einen Mann gebraucht, der sie beschützte, aber gerade jetzt hätte sie nichts dagegen, wenn noch jemand im Haus wäre, der ihr beistand.

»Wo haben Sie das gehört?«, hakte sie nach. Je mehr sich ihr Drang verstärkte, die Tür zu schließen, desto fester

127

umklammerte Dakota sie. Sie musste diese Männer unbedingt loswerden. Was auch immer sie im Schilde führten, es war nichts Gutes. Das war sicher.

»Dürfen wir reinkommen?« Der zweite Mann wiederholte die Frage des ersten Mannes und seine Stimme war so bedrohlich wie sein Aussehen.

»Nein, ich glaube, das ist keine gute Idee. Sie können mir auch hier sagen, was los ist«, entgegnete Dakota und achtete darauf, die beiden Männer anzuschauen. Sie würde sich nicht anmerken lassen, wie sehr sie sich eigentlich fürchtete.

»Nein, es ist sicherer für uns, wenn wir reinkommen«, beharrte der erste Mann.

»Ich glaube, Sie sollten jetzt gehen«, forderte Dakota die beiden Männer auf. Hier stimmte etwas ganz und gar nicht. Daran hatte sie mittlerweile keinen Zweifel mehr. Sie traute diesen Männern nicht und musste unbedingt auf ihre sich lauthals bemerkbar machenden Instinkte hören.

»Auf gar keinen Fall«, knurrte der zweite Mann und machte einen Schritt auf sie zu.

Dakota beschloss, dass es jetzt genug war. Sie wollte die Tür schließen, aber es war zu spät. Beide Männer schoben Dakota mit Leichtigkeit aus dem Weg und verschafften sich Zutritt zu ihrem Haus. Voller Angst wich sie zurück und wusste nun sicher, dass sie in Gefahr war.

»Ich weiß nicht, ob Sie wissen, was Sie da gerade tun, aber das ist mein Haus, und ich will Sie hier nicht haben!«, rief Dakota mit fiepsender Stimme.

»Vielleicht sollten Sie zweimal nachdenken, bevor Sie Fremden die Tür öffnen«, knurrte der erste Mann, und der anfängliche Charme war plötzlich verschwunden. Offensichtlich war er der Ansicht, er bräuchte nicht mehr vorzutäuschen, ein netter Typ zu sein.

Dakota wich zurück und überlegte, wohin sie fliehen konnte, als die beiden die Tür hinter sich schlossen. Wer waren sie? Und was würden sie mit ihr machen?

»Wenn Sie mit uns kooperieren, wird alles reibungsloser gehen«, fuhr der erste Mann fort.

»Ich will das alles nicht«, protestierte Dakota und wich immer weiter vor den sie bedrängenden Männern in die entlegenste Ecke des Hauses zurück. So würde sie zur Küche gelangen, wo sie vielleicht aus der Hintertür fliehen, sich hinter den Büschen verstecken oder zu einem Nachbarhaus rennen konnte.

»Es ist zu spät, Ms Forbes«, sagte einer der Männer.

Sie erreichten die Küche. Die Männer versuchten nicht, nach ihr zu greifen, aber sie hatte keinen Zweifel, dass sie sich auf sie stürzen würden, wenn sie zu fliehen versuchte. Sie warteten einfach nur auf den richtigen Moment, während sie Dakota einkeilten. Die wollte den Blick nicht von ihnen abwenden, aber ihr war auch klar, dass sie eine Waffe brauchte. Wenn die beiden glaubten, sie wäre eine hilflose Frau, die sich geschlagen gab und sie tun ließ, was auch immer sie mit ihr vorhatten, dann hatten sie sich ganz sicher getäuscht.

Ihr war heiß, und Schweiß lief ihr den Rücken hinunter. Dakota wusste nicht, was sie machen sollte. Als hinter ihr ein lautes Krachen ertönte, war sie vor Angst zu sehr erstarrt, um sich umzudrehen und zu sehen, welche neue Bedrohung auf sie zukam.

Aber was sie sah, war, dass sich die beiden Männer vor ihr nun auf etwas anderes konzentrierten. Ihre Hände griffen nach den Waffen in Holstern, die sie auf der Brust trugen. Dakota wurde kreidebleich.

»Dakota, auf den Boden!«

Erleichterung, aber auch Ungläubigkeit erfassten sie beim Klang von Aces Stimme. Sofort ließ sie sich zu Boden fallen. Ace stürzte über sie hinweg und raste auf einen der Männer zu. Ein abscheuliches Geräusch hallte durch die Küche, als der Kopf des Mannes auf dem Fliesenboden aufkam.

Ein Schuss ertönte und dann ein zweiter. Dakotas Trommelfell klingelte und Fliesensplitter trafen sie im Arm und seitlich am Hals. Aber darauf konnte sie jetzt nicht achten. Sie versuchte mitzubekommen, was gerade passierte.

Grunzlaute waren zu hören, als Ace sich umdrehte und seine Faust in den Kiefer des zweiten Mannes rammte, woraufhin der große Typ zurücktaumelte. All das geschah in Sekundenschnelle, obwohl es schien, als hätte die Zeit jegliche Bedeutung verloren. Der zweite Mann fiel und dann herrschte in Dakotas Küche eine unerträgliche Stille.

Ihre Augen mussten die Größe von Untertassen haben, als sie Ace anschaute und ihn fast nicht erkannte. Er sah wütend aus. Mit der einen Hand umklammerte er eine Waffe und mit der anderen griff er nach ihr. Instinktiv zuckte sie vor ihm zurück, als sie merkte, dass Blut von seinen Fingern lief. Sie konzentrierte sich ganz auf die roten Tropfen, die auf dem Boden landeten. Das Geräusch war in ihren Ohren so laut, obwohl sie sicher war, dass man überhaupt nichts hören konnte.

»Dakota?« Aces Stimme versuchte, das eindringliche Geräusch in ihren Ohren zu durchbrechen. Aber sie schüttelte nur den Kopf, während sie diesen Mann anstarrte, den sie eigentlich überhaupt nicht kannte.

»Ich … Was … Wer …« Dakota war nicht in der Lage, einen Satz zu beenden, geschweige denn Fragen zu stellen.

»Schon gut, Dakota«, beruhigte Ace sie und streckte wieder die Hand nach ihr aus. Sie wich einen Schritt zurück. Wenn er sie jetzt berührte, würde sie womöglich zusammenbrechen, und mit zwei auf ihrem Boden stöhnenden Männern wäre das garantiert nicht der richtige Zeitpunkt.

»Ich rufe nur die Polizei.« Aces Stimme klang streng. Er zog sein Handy hervor und telefonierte. Noch immer hatte Dakota das Klingeln im Ohr. Sie zitterte, als sie versuchte, sich noch einmal ins Gedächtnis zu rufen, was gerade passiert war. Ace beendete das Gespräch und griff nach ihrer Hand.

»Lass mich los«, piepste sie und hasste es, wie schwach ihre Stimme klang.

»Das kann ich nicht«, gab er zurück. »Du stehst unter Schock und hast Schnittwunden. Ich muss sie mir anschauen.«

»Schnittwunden?«, fragte sie. Ace hob die Hand und zog einen Splitter aus ihrem Hals. Er hielt ihr das blutige Fliesenstück hin.

»Eine der Kugeln hat deinen Tresen getroffen. Dadurch sind Splitter durch die Luft geflogen«, erklärte er ihr.

Endlich schaute sie ihm in die Augen. Und genau in dem Moment bemerkte sie den Schmerz in seinem Gesicht. Sie sah, dass sein Arm seitlich herunterhing und Blut von seinen Fingern rann.

»Wurdest du angeschossen?«, fragte sie und war nun noch schockierter.

»Das ist egal.« In der Ferne waren Sirenen zu hören. Hilfe war unterwegs.

»Das ist nicht egal!« Sie schüttelte den Schrecken ab, umfasste mit festem Griff seine unverletzte Hand und zog ihn zu einem Hocker. Er setzte sich nicht. »Zieh deine Jacke aus!«, forderte sie ihn auf.

»Ich kann warten«, beharrte er.

»Verdammt!«, rief sie, und er riss schockiert die Augen auf. »Zieh die verdammte Jacke aus!«

Ace lächelte sie an, und in ihr wuchs der Wunsch, ihm eine Ohrfeige zu geben. Aber dann zog er die Jacke aus. Auf seinem Arm waren zwei klaffende Wunden zu sehen, aus denen das Blut tropfte. Der Anblick drehte Dakota den Magen um.

Ein lautes Geräusch war an der Haustür zu hören, und gerade als Dakota sich umschaute, wurde sie aufgebrochen.

Zwei uniformierte Männer schoben sich mit gezogenen Waffen herein. Dakota und Ace hoben beide die Hände.

»Wir sind hier! Mein Name ist Ace Armstrong. Ich bin vom CIA. Die Täter sind kaltgestellt.« Ace klang so ruhig, so professionell, als er die Polizeibeamten, die mit immer noch gezogenen Waffen näher kamen, über alles informierte.

Sie schauten auf die beiden Männer am Boden und dann zu Ace und Dakota.

»Meine Waffe liegt hier auf dem Tresen«, erklärte Ace ihnen. »Und meine Dienstmarke daneben.« Dakota war erstaunt, dass er daran gedacht hatte, die Marke aus der Tasche zu nehmen, damit die Polizisten sie sahen.

Eine weitere Sirene verstummte, als einer der Polizisten Aces Dienstmarke kontrollierte und dann seine Waffe beiseiteschob. Erst dann steckten sie ihre eigenen Waffen zurück in die Holster. Einer der Polizisten sprach in sein Mikrofon, und dann kamen Sanitäter herein.

»Sie sind angeschossen«, stellte einer der Polizisten mit dem Namensschild *R. Johnson* fest.

»Ich werde das nachschauen lassen«, versprach Ace.

»Wir müssen Sie ins Krankenhaus bringen«, erklärte einer der Sanitäter.

»Ich sagte doch, ich werde das nachschauen lassen«, wiederholte Ace. Der Sanitäter gab sofort nach. In Aces Stimme hatte so viel Autorität gelegen, und Dakota verstand, dass der Mann sich fügte.

»Können Sie uns sagen, was passiert ist?«, fragte der Polizeibeamte Johnson.

Jetzt meldete sich Dakota zu Wort. »Ich war hier in meinem Haus, als die beiden Männer auftauchten und sich Zutritt verschafften«, erzählte sie verärgert.

In den nächsten zwanzig Minuten gingen sie und Ace noch einmal die Geschehnisse durch und die Polizisten machten sich

Notizen. Sie überprüften, ob Ace auch derjenige war, für den er sich ausgab, und der Sanitäter verband seinen Arm, war aber offensichtlich frustriert darüber, dass Ace sich weigerte, zum Krankenwagen zu gehen.

Die ganze Zeit über beobachtete Dakota Ace. Er war so dermaßen beherrscht, und sie lernte eine Seite an ihm kennen, die sie bisher noch nicht kannte. Die Polizisten hatten allergrößten Respekt vor ihm.

Sicher, er war der Bruder des Ehemannes ihrer besten Freundin, aber das besagte nicht, dass er verlässlich oder gar aufrichtig war. Dakota wusste eigentlich nicht viel über die Armstrong-Männer, obwohl sie zumindest bis jetzt geglaubt hatte, dass sie eine nette Familie waren – und eine verlässliche.

Das Adrenalin der letzten Stunde ließ nach. Dakota stand da in nicht mehr als ihrem seidenen Morgenmantel und wurde immer mehr von einem Zittern erfasst. Ace versuchte, den Arm um sie zu legen, aber sie rutschte von ihm weg und schlang die Arme um sich. Sie verstand das hier alles nicht.

»Es sieht so aus, als hätte es in Ihrer Nachbarschaft diverse Einbrüche gegeben«, informierte der Polizist sie. »Einige Leute hatten nicht so viel Glück wie Sie.«

Der Ausdruck in seinen Augen jagte Dakota einen noch größeren Schrecken ein. Bei diesen Nachbarn war keine Actionfigur durch die Hintertür hereingeplatzt und über den Tresen gesprungen, um sie zu retten.

Der Polizeibeamte blieb noch eine Weile und dann begann sich das Haus endlich zu leeren. Alle gingen, außer Ace. Dakota stand mit ihm und einer kaputten Tür da. Ace sagte nichts, als er sich den Schaden anschaute. Sie konnte nicht mehr abgeschlossen werden.

»Hast du einen Hammer und ein paar Nägel?«, fragte er.

Dakota brauchte einen Moment, bis sie die Frage verstanden hatte. »Ja, in der Garage.«

Er ließ sie stehen und kam dann mit Hammer, Nägeln und einem Kantholz zurück, das in der Garage gelegen hatte, seitdem Dakota das Projekt, Pflanzgefäße zu bauen, irgendwann aufgegeben hatte. Ace brauchte nicht lange, bis er die Tür vernagelt hatte und sie damit unbrauchbar war. Luft kam immer noch durch sie herein, aber immerhin konnte sie niemand mehr aufdrücken.

»Ich weiß, dass du gerade ein bisschen verschreckt bist, aber ich glaube, das Beste ist, wenn wir hier eine Weile rauskommen und du dich beruhigen kannst«, schlug Ace vor.

Dass er ihr sagte, sie solle sich beruhigen, nervte Dakota wieder ungemein. Sie starrte ihn an und versuchte, ihre Atmung unter Kontrolle zu bekommen, damit sie nichts sagte, was sie später bereuen würde. Er war hier nicht der Bösewicht. Sie war sich nur nicht sicher, wer er war.

»Dadurch, dass du mir sagst, ich solle mich beruhigen, wird es nicht besser«, sagte sie schließlich.

»Tut mir leid«, entschuldigte er sich. »Bitte lass uns jetzt gehen.«

Dakota schaute wieder zu dem Schlachtfeld in ihrer Küche. Die Bösewichte waren gefangen genommen worden, deshalb verstand sie nicht, weshalb sie immer noch dermaßen Angst hatte. Sie hatte jedoch das Gefühl, dass jederzeit jemand durch ihre Tür marschieren konnte, und fühlte sich wie eine Zielscheibe.

»Wohin?«, fragte sie.

»Wir werden zum Haus meines Bruders fahren.«

»Okay.« Dakota war einverstanden, bevor sie sich die Zeit genommen hatte, darüber nachzudenken.

Beide gingen sie in den Flur. Dakota griff nach einer Jacke, schlüpfte in ein Paar Schuhe und folgte Ace durch die Hintertür. Keiner von beiden sagte ein Wort, als er ihr auf den Beifahrersitz seines Autos half und dann ebenfalls einstieg.

Schnell bewegte sich der Wagen durch den Verkehr und Dakota hielt sich mit zitternden Händen am Sicherheitsgurt fest. Dann nahm Ace eine Kurve viel zu schnell und Dakota wurde gegen die verriegelte Beifahrertür gedrückt. Ace hatte zwar die Heizung voll aufgedreht, aber Dakota zitterte noch immer unkontrolliert.

»Ace, ich … ich verstehe nicht, wie du einfach so in mein Haus gekommen bist«, sagte sie, als die Stille sich so lange hinzog, dass sie das Gefühl hatte, den Verstand zu verlieren.

Sie hörte, wie er Luft holte, und obwohl er sich nicht zu ihr drehte, wusste sie, dass er jede ihrer Bewegungen ganz genau wahrnahm. Das war eine Seite an Ace, die ihr noch nicht aufgefallen war. Ja, sie hatte gewusst, dass er anders war, aber dieser Mann neben ihr, dieser Mann, mit dem sie vor wenigen Stunden geschlafen hatte, war ein völlig Fremder.

»Es scheint, als sei mir die Gefahr immer auf den Fersen«, gestand er mit ruhiger Stimme. Dakota konnte ihn in der Dunkelheit nicht gut sehen, aber sie hatte das Gefühl, dass sein Gesichtsausdruck nichts preisgeben würde, auch wenn sie ihn erkennen könnte.

»Wie kommst du darauf? Diese Männer hatten nichts mit dir zu tun«, sagte sie. »Ich verstehe noch nicht mal, warum sie hinter mir her waren.«

Ace seufzte und fuhr sich mit der Hand übers Gesicht, bevor er ihr kurz in die Augen schaute. Dakota gefiel die Bestimmtheit nicht, die sie in seinem Gesichtsausdruck wahrnahm. Sie prophezeite nichts Gutes. Dakota hatte das Gefühl, dass ihr einfaches Leben gleich eine drastische Kehrtwende machen und sich nicht zum Besseren wenden würde.

»Ich bin lange nicht nach Hause gekommen, weil ich bei den Fällen, an denen ich für den CIA gearbeitet habe, extreme Undercover-Einsätze hatte. Vor ein paar Monaten haben wir einen Drogendeal auffliegen lassen und der Kopf des Clans wurde dabei getötet. Ich glaube nicht an Zufälle. Es macht mir Angst, dass du heute Abend ins Visier genommen wurdest.«

»Glaubst du, dass diese Männer hinter dir her waren? Das ergibt keinen Sinn. Der Polizist hat doch gesagt, dass es eine Einbruchsserie gab«, erinnerte sie ihn.

»Ja, ich hoffe, dass es nur das war. Aber in meiner Branche traue ich nicht vielen Leuten.«

»Verdammt, in was bin ich da nur reingeraten?« Dakota stöhnte.

Ace lachte freudlos auf. »Ich wette, dieselbe Frage wirst du dir in den nächsten Wochen noch sehr oft stellen.«

»Wochen? Wovon redest du?«

»Ich denke, du solltest eine Weile nicht zurück nach Hause gehen. Jedenfalls nicht so lange, bis wir herausgefunden haben, was vor sich geht.«

»Die Bösewichte sind doch gefasst. Also kann mir zu Hause garantiert nichts mehr passieren«, gab sie zurück.

Er seufzte, und sie konnte sehen, dass er überhaupt nicht ihrer Meinung war. Sie hatte keine Ahnung, was das für sie bedeutete. Aber eines wusste sie genau, nämlich dass sie sich auf ein Abenteuer gefasst machen konnte, auch wenn sie nicht scharf darauf war.

Kapitel 15

Ace wusste nicht, was mit ihm los war, aber er wusste ganz sicher, dass er in ernsthaften Schwierigkeiten steckte, was diese Frau anging. Er schaute hinüber zu Dakota, die im Sitz neben ihm ein Nickerchen machte. Und er wusste auch, dass er ein kranker Mistkerl war, weil er die sanfte Rundung ihres Schenkels registrierte, denn ihr Morgenrock hatte sich nach oben geschoben.

Er konnte das Gefühl nicht abschütteln, dass er derjenige gewesen war, der sie in Gefahr gebracht hatte. Trotzdem begehrte er sie noch immer. Das Beste, was er für sie tun konnte, war, sie in einem sicheren Haus unterzubringen und sich von ihr fernzuhalten. Aber der Gedanke daran versetzte ihn in ... Panik. Das war ein Gefühl, das Ace eigentlich nie hatte – oder sich nicht erlaubte zu haben.

Was machte Dakota mit ihm? Er wusste es nicht. Aber egal, wie sehr er dieses Gefühl auch bekämpfen wollte, er konnte es nicht. Dieser Hitzkopf von einer Frau bedeutete ihm etwas und er wollte sie nicht aus den Augen verlieren. Nicht nur, weil er wusste, dass er sie besser beschützen konnte als jeder andere, sondern auch, weil es so schien, als könnte er sie nicht gehen lassen.

Je länger er mit Dakota zusammen war, desto verwirrter wurde sein Verstand, und sein Körper geriet außer Kontrolle. Noch nie war er so vernarrt in eine Frau gewesen, seitdem er als Teenager versucht hatte, bei der Schulbandverrückten Erfolg zu haben, die eine wilde Seite hatte.

Dakota übertraf all seine Vorstellungen. Sie war wunderschön, loyal, und es machte Spaß, sie um sich zu haben. Sie fürchtete wenige Dinge im Leben, und es würde mit ihr an seiner Seite nie langweilig werden.

Aber mit Haus, Garten, Kindern und ein paar Hunden sesshaft zu werden, war kein Thema für Ace. Er hatte sich für ein einzelgängerisches Leben entschieden und es akzeptiert. Doch wieder zu Hause zu sein und seine sehr glücklich verheirateten Brüder zu sehen, brachte ihn durcheinander. Und mit Dakota zusammen zu sein, machte es noch viel schlimmer.

Ace war so lange in höchster Alarmbereitschaft gewesen, dass er vergessen hatte, wie es war, es nicht zu sein. In diesen paar Wochen war er jedoch unachtsam geworden – jedenfalls ab und an. Er hatte seine Umgebung nicht im Auge gehabt und deshalb war die Hölle losgebrochen. Die Polizei sagte zwar, es sei ein Raubüberfall gewesen, aber er konnte das nicht so ganz glauben.

Was wäre, wenn er sich zu zwanglos in dieser Scheinwelt niederließ, in der er lebte? Wenn der Durchschnittsbürger nur die leiseste Ahnung von dem Schlechten hätte, das ihn umgab, würde er nachts nicht mehr so ruhig in seinem gemütlichen Zuhause schlafen. Ace war sich der Gefahr sehr wohl bewusst und sogar er war irgendwie nachlässig geworden.

Sein Arm schmerzte und erinnerte ihn daran, dass er angeschossen worden war. Die Sanitäter hatten ihn zwar verbunden, aber wenn er die Kugeln nicht bald entfernen ließ, bekäme er Probleme. Seine Schwägerin war Krankenschwester. Sie würde sich um ihn kümmern. Aber jetzt musste er erst einmal einen Anruf tätigen.

Er drosselte die Autolautsprecher, wählte Bills Nummer und wartete.

»Hallo.« Die Begrüßung war so barsch wie immer.

Dakota regte sich im Sitz neben ihm, als die schroffe Stimme aus den Lautsprechern erklang, fiel dann aber offensichtlich erschöpft wieder in einen tiefen Schlaf.

»Meine Freundin Dakota wurde heute Abend angegriffen«, informierte Ace seinen Chef und kam sofort auf den Punkt. »Könnte das etwas mit mir zu tun haben?« Er bemühte sich angestrengt, seine Wut im Zaum zu halten, was ihm jedoch nicht ganz gelang.

»Ich habe nichts gehört«, antwortete Bill langsam, aber in seiner Stimme war ein leiser Verdacht zu hören. Auch er glaubte nicht an Zufälle. »Willkürliche Überfälle kommen vor«, fügte er hinzu.

»Ich traue niemandem«, brummte Ace. »Zwei Männer waren in Dakotas Haus, beide bewaffnet. Ich habe keinen Zweifel daran, dass sie ihr etwas antun wollten. War gut, dass ich aufgetaucht bin.«

»Tut mir leid, Ace. Vielleicht sollten wir uns treffen und prüfen, ob das Ganze etwas mit dir zu tun hat. Aber ehrlich gesagt, glaube ich es nicht«, meinte Bill.

»Nicht jetzt. Kannst du ein bisschen ohne mich recherchieren? Ich habe Dakota bei mir und bringe sie in Sicherheit.«

»Du weißt doch, dass du das nicht alleine machen musst«, beruhigte Bill ihn. »Du kannst immer auf mich zählen.«

»Ich kümmere mich um meine eigenen Probleme«, versicherte ihm Ace und ließ keine Einwände zu.

»Ace ...« Ace unterbrach die Verbindung. Er respektierte Bill, wusste, dass er nicht Teil dieser ganzen Sache war, aber er hatte sich auch schon zuvor geirrt. Ace würde nicht zulassen, dass Dakota etwas passierte, und das bedeutete, er würde sie zum Haus seines Bruders bringen. Auch nach all den Jahren wusste er, wo man sicher war, und er wusste auch, dass er vor allen anderen auf seine Familie zählen konnte.

Ace fuhr weiter zu Cooper. Sein Haus war mit den Jahren zum Treffpunkt geworden. Er wusste, dass der Rest der Familie alles stehen und liegen lassen würde, um ihn dort zu treffen. Weshalb, wusste er nicht genau. Er hatte sehr lange Zeit keinem seiner Brüder einen Grund dafür gegeben, ihm zu vertrauen.

Wieder wählte Ace eine Nummer. Cooper nahm beim zweiten Läuten ab. »Ich habe ein Problem«, sagte Ace und verzichtete auf die Begrüßung.

»Bist du auf dem Weg hierher?«, fragte Cooper ruhig, aber alarmiert.

Ace wusste nicht, warum, aber die Worte seines Bruders ließen eine Welle von Gefühlen durch ihn branden, und er war nicht fähig, sofort zu antworten. Ja, er hatte gewusst, dass er auf seine Familie zählen konnte, aber es gab immer noch einen kleinen Teil in ihm, der sich fragte, wann sie aufhören würden, seinen Bockmist zu tolerieren.

»Ja. Kannst du die anderen anrufen?«, fragte Ace schließlich. »Und vielleicht Babysitter für die Kinder besorgen?«

»Sind wir in Gefahr?«, wollte Cooper wissen.

Ace machte eine Pause. »Ich glaube nicht … mache mir aber trotzdem Sorgen.«

Jetzt schwieg Cooper einen Moment und erklärte dann schließlich: »Wenn du meinst, dass Gefahr droht, dann werden wir natürlich zusammenkommen und sicherstellen, dass den Kinder nichts passiert.«

Ace war immer noch beunruhigt, aber er brauchte seine Familie. »Gut«, sagte er.

»Wann bist du voraussichtlich hier?«, fragte Cooper.

»In einer Stunde.«

»Dann ist der Kaffee fertig.«

Ace beendete das Gespräch und gab Gas. Er musste zurück nach Hause. Nicht nur, weil er die Hilfe seiner Familie brauchte, sondern auch, weil sein Arm furchtbar wehtat. Die Kugeln mussten entfernt werden. Und wenn der Angriff auf Dakota nicht zufällig gewesen war, dann musste er seine Familie warnen, denn sie konnten die Nächsten sein.

Mit diesem Gedanken spürte Ace die Dringlichkeit, zum Haus seines Bruders zu gelangen und für seine Brüder da zu sein, wie sie es für ihn waren. Er würde sich viel besser fühlen, wenn Dakota inmitten von Leuten war, von denen er wusste, dass sie sie beschützen würden. Nicht nur, weil sie mit Ace zusammen war, würden sie das tun, sondern auch, weil sie Chloes beste Freundin war.

KAPITEL 16

Als sie vor Coopers Haus ankamen und Dakota Aces drei Brüder und ihre Frauen sah, die alle auf sie warteten, war sie so erleichtert wie noch nie in ihrem Leben.

Noch bevor der Hebel in Parkposition geschoben war, umschwärmte die Armstrong-Familie sie, und alle sahen besorgt aus, als sie die Fahrer- und die Beifahrertür aufrissen.

»Du hast länger hierher gebraucht, als du gesagt hattest. Wir haben uns schon Sorgen gemacht«, beschwerte sich Cooper, als er ins Auto schaute.

»Ist das Blut?«, fragte Maverick, sah sich um, ob irgendwo im Garten Gefahr lauerte, und wandte sich dann wieder Ace zu.

»Was zum Teufel ist los?«, meldete sich nun auch Nick zu Wort und half Dakota aus dem Wagen.

Cooper und Maverick wollten Ace helfen, aber er wehrte sie ab, brummte vor sich hin, dass er durchaus in der Lage sei, allein auszusteigen, und schwankte, als er schließlich auf den Füßen stand.

Dakota eilte ums Auto herum an seine Seite und legte den Arm um ihn. Als das alles in ihrem Haus geschehen war, hatte sie Angst gehabt und jemanden gebraucht, dem sie die Schuld zuschieben konnte. Dann war sie für ein paar Minuten im Auto eingeschlafen, und als sie aufgewacht war, hatte sie sich sofort dafür geschämt, Ace angeschrien zu haben. Er hatte sie davor bewahrt, angegriffen und vielleicht sogar getötet zu werden. Sie hatte während der Fahrt gemerkt, dass der Blutfleck auf seinem Arm immer größer geworden war und er selbst immer blasser. Dafür hatte sie sich verantwortlich gefühlt und folgte jetzt ihrem Beschützerinstinkt. Sie war zu Beginn dieser traumatischen Nacht nicht sicher gewesen, ob sie diesen Mann überhaupt noch einmal wiedersehen wollte, aber jetzt konnte sie sich nicht mehr vorstellen, von seiner Seite zu weichen.

»Warum bist du nicht im Krankenhaus?«, wollte Lindsey, Mavs Frau, wissen und stieß Ace leicht von der anderen Seite an. Als Krankenschwester, die in der Notaufnahme arbeitete, war Lindsey natürlich besorgt wegen der offensichtlich frischen Wunde.

»Ich hatte einfach das Gefühl, dass es das Beste wäre, hierherzukommen«, antwortete er. »Außerdem wusste ich, dass eine Krankenschwester vor Ort sein würde.« Ace schnitt eine Grimasse, von der Dakota sicher war, dass es ein Lächeln sein sollte.

»Ich habe aber nicht alles hier, was ich brauche, Ace«, schimpfte Lindsey.

»Doch, das hast du. Du musst nur die verdammte Kugel rausholen und mich wieder zunähen.« Sein Gesicht war kreidebleich, und Dakota fragte sich, wie er noch so lange hatte fahren können, nachdem er angeschossen worden war. Es musste das Adrenalin gewesen sein, das seinen Körper durchflutet hatte. Das war die einzige Erklärung, die einen Sinn ergab.

»Ich habe nichts da, um dich zu betäuben«, beharrte Lindsey.

»Ich bin ein Armstrong. Ein bisschen Schmerz wird mich nicht umbringen«, behauptete Ace.

»Wir müssen ihn reinbringen«, schaltete sich Chloe ein. Sie hatte zwar seit einiger Zeit nicht mehr als Krankenschwester gearbeitet, würde aber eine gute Assistentin für Lindsey abgeben. Die war Krankenschwester gewesen, bevor sie beschlossen hatte, Physiotherapeutin zu werden. So hatte sie auch Nick kennengelernt. Dakota machte sich keine Sorgen darüber, dass die beiden nicht in der Lage sein könnten, Ace zusammenzuflicken.

»Ja, lasst sie uns reinbringen. Ich weiß zwar nicht, was los ist, aber ich mag nicht hier draußen rumstehen«, meldete sich nun auch wieder Maverick zu Wort. Durch seine Jahre beim Militär war er nervöser als die anderen.

Langsam gingen alle zur vorderen Veranda. Es kostete Ace ein paar Anläufe, bis er die Treppe meisterte. Dakota entging nicht, wie seine Brüder ihm nicht von der Seite wichen. Sie versuchten, es ihn nicht merken zu lassen, aber würden sofort zur Stelle sein, falls er fiel. Von Sekunde zu Sekunde wuchs Dakotas Respekt vor dieser Familie.

»Wie geht's dir?«, fragte Chloe Dakota, als sie sicher im Haus waren und ins Esszimmer gingen.

»Mir geht's gut. Heute Nacht ist viel passiert, aber mir geht's gut«, beteuerte Dakota, und ihre Stimme zitterte nur ein klein wenig.

»Du lügst, aber da Ace offensichtlich gerade die meiste Aufmerksamkeit braucht, werden wir uns zuerst um ihn kümmern. Aber dann schuldest du uns auch eine Erklärung, zum Beispiel, weshalb du hier in nichts als einem seidenen Morgenmantel und einer Jacke stehst und Schnittwunden deine normalerweise makellose Haut verunzieren.«

Dakota spürte, wie sie rot wurde, als ihre beste Freundin Bezug auf ihre Kleidung nahm. Sie hatte völlig vergessen, dass sie kaum etwas anhatte. Bei all der Hektik, die von dem Moment an geherrscht hatte, als die Männer vor ihrer Tür aufgetaucht waren, hatte sie keine Zeit gehabt, auch nur ansatzweise darüber nachzudenken, wie sie aussah.

Sie musste ein schreckliches Bild abgeben mit Haaren, die signalisierten, dass sie vor Kurzem Sex gehabt hatte, und Make-up, das jetzt wahrscheinlich völlig verschmiert war. Noch dazu war ihr Morgenmantel für ein Familientreffen kaum angemessen und die Jacke zu dünn, aber keinem, außer ihrer besten Freundin, fiel das auf. Die anderen konzentrierten sich voll und ganz auf Ace.

Dakota schaute ihn an, als er sich kreidebleich, mit zitternder Hand und fest zusammengepressten Lippen auf den Stuhl setzte. Die Nachwirkungen des Überfalls und ihrer Flucht mit Ace durch die Stadt hierher machten sich langsam bemerkbar, aber Dakota verdrängte sie. Es war noch nicht an der Zeit zusammenzubrechen – noch nicht. Zuerst musste sie dafür sorgen, dass es Ace wieder besser ging. Er schien einer der stärksten Männer zu sein, die sie kannte, und das sagte angesichts der Tatsache, dass sie einen Haufen Alpha-Männchen als Brüder hatte, eine Menge.

Lindsey und Chloe untersuchten Ace, und er lächelte sie an, bevor er seinen Brüdern zuzwinkerte und die vor sich hin murrten.

»Ihr beide habt mit euren Frauen eine gute Wahl getroffen«, lobte Ace, als Lindsey sich über ihn beugte und Chloe seinen Arm berührte.

»Ja, ja«, knurrte Maverick. »Denk dran, dass du Schmerzen hast, und hör auf, mit meiner Frau zu flirten oder ihr in die Bluse zu schauen.«

»Ich kann einfach nicht anders, wenn ich die Hände schöner Frauen überall auf mir habe«, konterte Ace.

»Du bist so ein Mistkerl«, schimpfte Nick, lächelte aber dabei.

»Ganz meine Meinung«, unterstützte Dakota ihn und lehnte sich gegen die Wand. Sie hatte Angst, sie würde gleich zu Ace laufen und ihre Hände über seinen Körper wandern lassen. Keiner brauchte zu sehen oder zu bemerken, welch starke Bindung sie zu diesem Mann verspürte.

»Du bist zweimal getroffen worden, Ace«, stellte Lindsey fest und runzelte die Stirn. Dann wandte sie sich an ihren Mann. »Bring mir ein sauberes Tuch und heißes Wasser. Ich hole meinen Verbandskasten aus dem Auto. Er hat verdammtes Glück, dass ich einen besser ausgestatteten habe als andere Leute.«

Jeder besorgte, was gebraucht wurde. Dakota ging zu Ace und beugte sich zu ihm. Ace lächelte sie an. Verdammt, dieser Blick versetzte sie an einen Ort, an dem sie nichts zu suchen hatte.

»Das wird wehtun. Wir sollten einfach ins Krankenhaus fahren«, schlug sie vor.

»Ich habe bereits Schlimmeres durchgemacht«, versicherte Ace ihr.

»Nicht vor mir«, gab sie zurück.

»Machst du dir Sorgen um mich, Dakota?«, fragte er und schien die Vorstellung zu mögen.

»Du wurdest angeschossen. Ich glaube, da kann ich mir schon ein bisschen Sorgen machen«, gab sie zu.

»Das gefällt mir«, sagte er. Die Ernsthaftigkeit seiner Worte machte sie nervös. Was auch immer sie miteinander hatten, es ging viel zu schnell. Sie traute der Sache nicht und es gefiel ihr auch nicht. Aber obwohl sie das wusste, schien sie es nicht unterbinden zu können. Vielleicht hingen Ace und sie an einem Felsbrocken, der mit Höchstgeschwindigkeit einen steilen Berg hinunterrollte.

»Bist du bereit, Ace?«, fragte Lindsey.

Chloe und sie waren zurück, und ihre Blicke gingen wissend zwischen Ace und Dakota hin und her. Dakota musste ihre beste Freundin aufklären, bevor Chloes Fantasie mit ihr durchging. Verdammt, Dakota war sich ihrer Gefühle ja selbst nicht sicher, wie sollte sie da jemanden aufklären?

»Dazu bin ich geboren«, prahlte Ace.

»Die Kugeln sitzen tiefer, als mir lieb wäre. Ich werde sie herausschälen müssen«, klärte Lindsey Ace auf. »Mach dich darauf gefasst, ohnmächtig zu werden.«

»Ich bin zäher als dein Mann.« Ace grinste Maverick an.

»Angesichts deines Zustandes lasse ich dir das durchgehen«, gab Maverick zurück.

Dakota nahm sich einen Moment Zeit, Aces drei Brüder anzuschauen. Sie mochten zwar untereinander Witze reißen und Kommentare abgeben, aber sie konnte die Besorgnis in ihren Augen erkennen, wusste, dass sie ihren Bruder liebten und die Lage überhaupt nicht mochten, in der er sich befand. Das verursachte bei ihr selbst ein wenig Heimweh nach ihrer eigenen Familie. Die hatte genauso einen starken Beschützerinstinkt ihr gegenüber, was manchmal ziemlich frustrierend war, aber ihr ab und zu auch das Gefühl gab, geliebt und beschützt zu sein.

»Zeit, mich loszulassen«, sagte Ace, und Dakota merkte, dass sie immer noch seine Hand umklammerte.

Sie versuchte zurückzuweichen, aber Ace zog sie wieder an sich. Genau dort, vor seiner ganzen Familie, küsste er sie. Es war ein kurzer, ein süßer Kuss, und sie fühlte sich wackelig auf den Beinen, als sie zurückwich.

Ja, das war definitiv so viel mehr, als sie erwartet hatte. Sie vermied es, seine Familie anzuschauen, denn sie wusste nicht, was sie über sie beide dachten – besonders angesichts Dakotas Kleidung. Normalerweise war es ihr egal, was andere über sie dachten, aber bei dieser Familie, bei Ace, war es etwas anderes. Sie wusste, wer sie war, und machte sich in heiklen Situationen nicht aus dem Staub, aber von dem Moment an, als sie den Blick auf Ace Armstrong gerichtet hatte, war die Welt aus den Angeln gehoben worden. Je länger sie mit dem Mann zusammen war, desto mehr wirbelten ihre Gefühle durcheinander.

Eigentlich wollte sie das Zimmer verlassen, als Lindsey und Chloe begannen, Aces Wunde zu säubern, aber sie konnte den Blick nicht von seinem Gesicht losreißen. Er schaute auf, ihre Blicke trafen sich und Dakota spürte das Brennen von Tränen in den Augen.

Er gab keinen Laut von sich, aber sie konnte sehen, welche Schmerzen er hatte, als seine Wunde versorgt wurde. Am liebsten hätte sie die Prozedur gestoppt, aber sie war notwendig. Ace biss in einen Holzlöffel aus der Küche, als Lindsey eine sterile Pinzette in eines der kleinen Löcher in seinem Arm schob. Maverick stand neben ihm und hielt den Arm fest. Schweißperlen tropften von Aces Stirn. Immer noch gab er keinen Laut von sich, aber er biss mit aller Kraft auf den Löffel. Jetzt war er sogar noch blasser als bei ihrer Ankunft.

Blut strömte aus der Wunde, als Lindsey Aces Arm von einer Kugel befreit hatte. Sie ließ sie in eine Tasse auf dem Tisch fallen. Das Geräusch war ungewöhnlich laut.

»Ich weiß, dass das ätzend war, Ace«, entschuldigte sich Lindsey. »Aber das war die einfachere der beiden«, fügte sie hinzu. »Die nächste wird noch schlimmer.«

»Danke für die aufmunternden Worte, Doc«, gab Ace mit leiser Stimme zurück und versuchte, den Schmerz zu verbergen.

»Können wir ihm nicht eine Pause gönnen?«, fragte Dakota.

»Wir müssen das so schnell wie möglich erledigen«, erklärte ihr Chloe, während sie über die Wunde wischte und mehr Desinfektionsmittel auftrug. »Je mehr wir es in die Länge ziehen, desto schlimmer wird es für ihn.«

»Macht es einfach«, wies Ace sie an.

Dakota zitterte, als Lindsey über die andere Wunde wischte und dann die Pinzette hineinschob. Obwohl sie wusste, dass Ace verzweifelt versuchte, sich nichts anmerken zu lassen, entwich ihm ein Stöhnen durch die fest zusammengebissenen Zähne.

Dakota wollte zwar nicht im Weg stehen, ging aber trotzdem zu ihm und musste ihn einfach trösten. Ohne nachzudenken, wischte sie ihm den Schweiß von der Stirn. Er war noch nicht einmal in der Lage aufzuschauen, doch Dakota spendete ihm Trost, so gut sie konnte.

»Es ist fast vorbei«, versprach Lindsey. Sie begann, die Pinzette langsam herauszuziehen, und Dakota betete, dass sie die Kugel erwischt hatte, damit diese Tortur endlich ein Ende hatte. Lange würde Ace sie nicht mehr durchstehen, egal, wie stark er auch war.

Die Zeit zog sich endlos hin, doch dann erschien die Pinzette mit der Kugel, die Ace so viel Schmerzen bereitet hatte. Nachdem nun auch die zweite Kugel entfernt war, strömte auch aus dieser Wunde das Blut. Geschafft schaute Ace auf die kleine Bleikugel, bevor Lindsey sie in die Tasse zur ersten warf.

Jetzt übernahm Chloe und reinigte die Wunde. Dakota war von den beiden Frauen tief beeindruckt. Sie waren die ganze Zeit über gelassen geblieben, hatten getröstet und ruhig gearbeitet. Dakota hatte ihre beste Freundin schon immer als Heldin gesehen, schätzte sie in diesen Momenten jedoch noch viel mehr.

Chloe wusch das Blut ab, reinigte die Wunden noch einmal und legte dann einen Verband an. Ace gab keinen Laut mehr von sich, aber Dakota wusste, dass die Stellen höllisch empfindlich waren. Die Frauen hatten ihm eine beträchtliche Dosis Schmerzmittel verabreicht, aber die war trotzdem nicht mit dem zu vergleichen, was er im Krankenhaus bekommen hätte.

»Wir sind fertig, Ace. Bevor wir reden, musst du dich ausruhen«, ordnete Lindsey an.

»Fürs Ausruhen ist jetzt keine Zeit«, widersprach Ace. Sein Körper zitterte, und Dakota war mit dem, was er sagte, überhaupt nicht einverstanden.

»Wenn du es schon nicht für dich selbst willst, dann schau Dakota an. Sie steht kurz vor einem Zusammenbruch«, wies Maverick ihn zurecht.

»Mir geht's gut«, behauptete Dakota.

»Nein, das tut es nicht. Du brauchst eine Dusche und musst deine Kleidung wechseln«, schaltete sich nun auch Chloe ein.

»Na gut, dann machen wir eine Stunde Pause«, gab Ace nach, und sein Blick traf auf Dakotas. »Ich lege mich aufs Sofa und du lässt dir Zeit.«

»Gut, das ist ein Plan«, stimmte Chloe zu und ließ nicht zu, dass Dakota widersprach. Sie griff nach ihrem Arm und zog sie weg, während Aces Brüder ihm auf die Beine halfen und ihn ins Wohnzimmer führten.

Chloe versuchte erst gar nicht, mit Dakota zu reden, als sie sie direkt ins Bad des Gästezimmers brachte. Sie schaute ihre beste Freundin mit Tränen in den Augen an. Jetzt, da die Gefahr gebannt war, stand Dakota tatsächlich kurz davor zusammenzubrechen.

»Nimm dir Zeit. Wenn du im Bad fertig bist, habe ich dir Kleidung aufs Bett gelegt«, sagte Chloe. »Und dann reden wir.«

Dakota nickte und Chloe ließ sie allein. Sie stand unter Schock. Das wusste sie, und dennoch wusste sie nicht, was sie als Nächstes tun sollte. Sie hatte schon oft davon gehört, dass ein Paar, das sich in einer äußerst stressigen Lage befand, gewisse Gefühle missdeutete und glaubte, sie wären echt. Das konnte vielleicht auch bei ihr der Fall sein, denn ihr sehnlichster Wunsch war es, zurück zu Ace zu gehen. Sie spürte eine Bindung mit dem Mann, die sie niemals geplant hatte.

Sie steckte in ernsthaften Schwierigkeiten – und garantiert nicht, weil Leute auf sie schossen.

KAPITEL 17

Im Badezimmer schaute Dakota in den Spiegel und erkannte sich fast nicht. Kein Wunder, dass Chloe dermaßen besorgt um sie war. Dakota lächelte immer und konnte an fast allem Freude finden. Aber die Person, die jetzt zurückstarrte, als sie ihr Aussehen überprüfen wollte, war ihr fremd.

Sie sah erschöpft aus und hatte Blutflecken auf den hohlen Wangen. Ihre Augen waren trüb und die Lippen zusammengekniffen. Als sie so dastand, begann sie zu zittern. Der Schock übermannte sie, als sie an die Geschehnisse der Nacht dachte.

Noch nie zuvor hatte sie auch nur annähernd etwas Ähnliches erlebt. Angst und ein Fluchtimpuls hatten sie vom Augenblick des Eindringens der Männer in ihr Haus bis zu Aces Eingreifen und ihrer Rettung beherrscht.

In Aces Auto war es ihr gelungen, sich eine Weile auszuruhen, aber er hatte telefoniert und sie damit aufgeweckt. Jetzt wusste sie, wie gefährlich Aces Job sein konnte. Allerdings konnte sie nicht verstehen, warum er sich selbst die Schuld dafür gab. Was ihr passiert war, hatte nichts mit ihm zu tun.

Aber Ace war angeschossen worden. Dakota war noch nie dabei gewesen, wenn jemand angeschossen wurde. In Filmen hatte sie das bereits tausendmal gesehen, hatte darüber in

Büchern gelesen, die Realität jedoch war so viel schlimmer, als sie es sich je hätte vorstellen können. Es war so unwirklich gewesen. Es kam ihr immer noch vor, als wäre sie Teil eines Drehbuchs gewesen oder auch einer Parallelwelt.

Doch alles, was sie tun musste, war in den Spiegel zu schauen, um zu wissen, dass es sehr real war. Sie hielt es nicht mehr aus, sich selbst anzustarren, und ihre Beine wurden immer schwächer. Sie sank auf den Wannenrand und umfasste ihr Gesicht mit beiden Händen, als die ersten Tränen liefen.

Dakota hasste Schwäche und war stolz auf ihre Stärke, entschied aber, dass sie sich diesen kleinen Zusammenbruch verzeihen konnte. Heute Nacht hatte sie eine Menge durchgemacht und es war noch nicht einmal vorbei. Sie musste ein wenig die Angst herauslassen, bevor sie wieder eine Maske aufsetzen und sich zur Armstrong-Familie gesellen konnte, um ihnen von den Geschehnissen zu erzählen, die in Wirklichkeit gar nicht so schlimm gewesen waren. Jeder war relativ glimpflich davongekommen. Na ja, jeder, außer Ace.

Dakota weinte leise, aber sie drehte trotzdem den Wasserhahn der Badewanne auf, falls dennoch jemand auf der anderen Seite der Tür ihr Weinen hören sollte. Sie wollte nicht, dass sie sahen, wie sie zusammenbrach. Chloe war sowieso schon beunruhigt genug. Wenn ihre eigene Familie auch nur eine Ahnung hätte, was passiert war, kämen sie durch das Tor von Coopers Grundstück gestürmt, würden es, falls nötig, sogar niederreißen, um zu ihr zu gelangen. Das brauchte sie jetzt nicht auch noch.

Seitdem sie Ace getroffen hatte, wusste Dakota, dass es mit ihm schwierig – und zwar mit großem S – werden würde. Trotzdem hatte sie sich dafür entschieden, mit ihm zusammen zu sein. Vielleicht mochte sie den Reiz der Gefahr. Sie hatte dabei zwar nicht im Sinn gehabt, dass auf sie geschossen wurde, aber manchmal war ihr Leben einfach zu vorhersebar und langweilig. Nach dieser Nacht war das etwas, was sie nie wieder behaupten konnte.

Sie schlüpfte aus dem ruinierten Morgenmantel, stieg in die Wanne und ließ sich in das viel zu heiße Wasser gleiten. Ein schmerzendes Prickeln durchfuhr ihren Körper, aber sie wollte die Erinnerung daran, dass sie ausgesprochen lebendig und unverletzt war. Außerdem musste sie das an ihr klebende Blut und den Schmutz abschrubben.

Als sie sich an die Wassertemperatur gewöhnt hatte, zog sie die Knie fest vor die Brust und wippte in der tiefen Wanne vor und zurück. Sie spürte, wie der Schrecken der Nacht langsam nachließ und auch sie sich wieder fangen würde. So war sie erzogen worden, und es gab jetzt keinen Grund mehr zusammenzubrechen.

Sie streckte sich und entdeckte Blutergüsse hier und da auf Armen und Beinen. Die würde sie Ace nicht zeigen. Er war so besorgt gewesen, dass sie verletzt worden war, dass er überhaupt nicht auf seine eigenen Verletzungen geachtet hatte. Als sie daran dachte, lächelte sie. Ace war nicht so hart, wie er aller Welt weismachen wollte.

Er hatte ein beschützendes Wesen, das in Dakota den Wunsch weckte, immer an seiner Seite zu bleiben. War es möglich, dass man sich verliebte, obwohl man den Menschen erst so kurz kannte? Bei dem Gedanken schüttelte Dakota den Kopf. Das konnte sie nicht glauben.

Um sich zu verlieben, musste man den anderen in- und auswendig kennen. Jeder konnte Begierde mit Liebe verwechseln. Das war einfach. Der Körper reagierte auf den eines anderen und sofort war da diese Anziehungskraft. Aber um sich in einen Mann zu verlieben, musste man ihn kennen, musste man wissen, was ihm gefiel, und verstehen, wer er tatsächlich war hinter den in vielen Jahren um sich errichteten Mauern.

Sie war noch nicht lange genug mit Ace zusammen, um mehr zu spüren als eine Anziehungskraft, aber der Gedanke, dass ihm noch mehr wehgetan werden könnte als ohnehin schon, brach ihr fast das Herz. Sie fühlte etwas viel Stärkeres für den Mann als Anziehungskraft, aber sie wollte einfach nicht darüber nachdenken, was es war.

Als das Badewasser abgekühlt war, stand Dakota auf und merkte, dass ihre Beine viel schwächer waren, als ihr lieb gewesen wäre. Vorsichtig stieg sie über den Wannenrand und griff nach einem flauschigen Handtuch aus dem Regal. Als sie aus dem Badezimmer kam, lag frische Kleidung auf dem Bett, und ihre beste Freundin saß auf einem Stuhl in der Ecke.

»Mach dir keine Sorgen. Das ist neue Unterwäsche«, sagte Chloe mit einem Lächeln.

»Ich bin so froh, dass wir dieselbe Größe haben.« Dakota zog die Unterwäsche unter dem warmen Handtuch an. Sie fühlte sich in ihre Zeit im Studentenwohnheim zurückversetzt. Als machte sie sich für den Tag fertig, während sie sich mit ihrer Mitbewohnerin unterhielt.

»Die Sachen sind von Stormy, aber sie hat ebenfalls unsere Größe. Das ist heute Abend von Vorteil, denn du bist hier in einem knappen Morgenmantel aufgetaucht. Dir ist doch wohl klar, dass ich dafür eine Erklärung möchte, oder?«, hakte Chloe nach.

»Ace wird nach einer kurzen Ruhepause alle darüber informieren, was passiert ist.« Dakota drehte sich um und zog den BH an, bevor sie in einen Pullover schlüpfte. Ihr war so kalt. Sie war sicher, dass das auch mit dem Adrenalinschub zusammenhing. Ihr Körper hatte all seine Energie verbraucht und ließ sie jetzt frösteln.

»Das weiß ich, aber ich möchte das wissen, was er nicht erzählen wird«, beharrte Chloe.

Dakota könnte sich mit ihrer besten Freundin streiten, doch sie wusste, dass sie den Kürzeren ziehen würde. Als Chloe Nicks Physiotherapeutin gewesen war, hatte sie erfolglos versucht, Dinge vor Dakota geheim zu halten. Das war aber nicht gut für sie ausgegangen. Sie hatten sich schon ihr ganzes Leben lang alles erzählt. Das taten beste Freundinnen einfach.

»Wir sind heute zusammen geflogen, obwohl es sich anfühlt, als wäre es schon eine Million Jahre her. Wir haben uns unglaublich leidenschaftlich geküsst, und ich wollte, dass dieser Kuss nie endet, aber dann bin ich gegangen«, berichtete Dakota und fragte sich, ob sie mit der Hälfte der Geschichte durchkam.

»Und dann?«, bohrte Chloe weiter. Dakota hätte wissen müssen, dass diese Kurzfassung niemals funktionieren würde.

»Und dann ist er vor meiner Tür aufgetaucht …« Dakota hielt inne. »Und wir sind im Schlafzimmer gelandet.«

»Jetzt kommen wir endlich vorwärts«, stellte Chloe fest. Dakota schaute ihre beste Freundin an und die grinste. Nach allem, was sie heute Nacht durchgemacht hatte, war es so seltsam, ein Lächeln zu sehen, aber es war auch eine Befreiung.

»Es war unglaublich«, gestand Dakota, setzte sich auf die Bettkante und schaute Chloe an. »Ich habe mich allen Ernstes gefragt, weshalb ich so lange damit gewartet habe.«

»Das ist eine große Sache«, sagte Chloe. »Du hast so lange gewartet, bis du mit einem Mann geschlafen hast, und als du es dann getan hast, ist viel mehr passiert als ein Feuerwerk. Man hat danach auf dich geschossen!«

Die Worte ihrer besten Freundin weckten Dakotas lustige Seite. Sie schaute in Chloes ernstes Gesicht, und plötzlich konnte sie das Lachen nicht mehr unterdrücken, das sich seinen Weg durch ihre Kehle bahnte.

»Wirklich«, stieß sie zwischen Gelächter hervor, »wer zum Teufel verabschiedet sich schon von seiner Jungfräulichkeit und wird dann von bewaffneten Killern gejagt?«

Chloe schaute sie an, als hätte Dakota den Verstand verloren. Doch dann zuckten ihre Mundwinkel und schon bald lachten sie gemeinsam. Es dauerte eine Weile, bis sie sich wieder beruhigt hatten.

Dakota stand auf und kämmte sich. Dabei schauten sich die beiden eine Weile schweigend an.

»War der Sex gut?«

Dakota konnte sich ein Lächeln nicht verkneifen. »Ja, er war besser, als ich es je für möglich gehalten habe. Ace war es wert, dass ich gewartet habe.«

»Einerseits ist es sehr seltsam für mich, mir vorzustellen, dass mein Schwager mit dir Sex hatte, aber andererseits möchte ich jede noch so kleine Kleinigkeit wissen«, sagte Chloe.

»Als er herausgefunden hatte, dass ich noch Jungfrau war, hat er fast einen Herzinfarkt bekommen. Er hatte die Frechheit, mich zu belehren und meinen Glücksrausch zu ruinieren. Deshalb habe ich ihn rausgeschmissen.«

Chloe riss die Augen auf. »Du hattest Sex mit dem Mann und hast ihn dann aus deinem Bett geworfen?« Wieder zuckten ihre Mundwinkel. »Wie toll ist das denn?«

»Na ja, aber es dauerte nicht lange und es klingelte an der Tür. Ich dachte, es sei Ace, der zurückkam und es vielleicht noch einmal tun wollte, aber dann brach die Hölle los.«

»Du hast wieder die Tür geöffnet, ohne zu schauen, wer davorsteht, oder?«, tadelte Chloe sie.

»Ich wohne in einer sicheren Gegend und habe nicht erwartet, dass Verbrecher vor meiner Tür stehen«, verteidigte sich Dakota.

»Ich mache mir so viele Sorgen um dich.« Chloe seufzte.

»Du solltest dir Sorgen um dich machen. Ich bin durchaus in der Lage, selbst auf mich aufzupassen«, gab Dakota zurück.

»Ich bin nur froh, dass Ace zurückgekommen ist«, meinte Chloe.

»Ja, ich auch. Aber es stinkt mir auch gewaltig, dass diese Männer mein Glücksgefühl ruiniert haben«, maulte Dakota.

»Männer sind in dein Haus eingedrungen, haben dich mit Waffen bedroht, auf dich geschossen, und du machst dir Gedanken darum, dass dein Glücksgefühl nach dem Sex Schaden genommen hat?« Chloe verdrehte die Augen.

»Es war mein erstes Mal. Das Glücksgefühl hätte nicht so früh vorbei sein dürfen. Wenn ich diese Männer je in die Finger bekommen sollte, verpasse ich ihnen einen Arschtritt«, versicherte Dakota ihrer Freundin.

»Okay, ich muss die ganze Geschichte erfahren. Hör auf, dich herzurichten, damit wir runtergehen können. Ace hat sich ein wenig ausgeruht, aber er konnte nicht schlafen. Ich glaube, es stört ihn, dass er dich, nach allem, was geschehen ist, nicht im Blick hat.«

»Kann es sein, dass er ein bisschen überfürsorglich ist?«, fragte Dakota. Normalerweise sollte sie das wütend machen, nachdem sie mit Brüdern aufgewachsen war, die ihr die Luft zum Atmen genommen hatten. Aber bei Ace gefiel ihr das irgendwie.

»Ja, ich glaube, er hat es mächtig auf dich abgesehen«, antwortete Chloe.

»Das ist nur, weil wir tollen Sex hatten, oder zumindest war er toll für mich«, mutmaßte Dakota und fuchtelte mit der Hand in der Luft herum.

»Du bist doch sonst nicht so bescheiden, Dakota. Versuch nicht, es zu entschuldigen. Er mag dich.«

»Ja, und ich mag ihn auch, aber das ist nur vorübergehend. Um eine Beziehung weiterführen zu können, war das kein guter Start«, gab Dakota zu bedenken.

»Es wird dich überraschen, aber Männer mögen Sex und Schießereien. Wahrscheinlich denkt er, er ist in seinem eigenen persönlichen Himmel«, klärte Chloe sie auf und konnte ihre Belustigung nicht verbergen.

»Du bist so ein Schwachkopf. Habe ich dir das eigentlich in letzter Zeit mal gesagt?«, fragte Dakota.

»Das tust du immer.«

Sie verließen zusammen das Zimmer, und erstaunlicherweise fühlte sich Dakota stärker und bereit für alles, was noch kommen würde … mit Ace.

157

KAPITEL 18

Noch bevor Dakota um die Ecke bog, um das Wohnzimmer zu betreten, spürte Ace ihre Gegenwart. In seinem Beruf musste er aufmerksam sein, aber seine Sinne waren noch geschärfter, wenn es um diese besondere Frau ging.

Er hatte sich nicht ausruhen können. Das hatte zum Teil daran gelegen, dass sein Adrenalin immer noch auf Hochtouren durch die Adern pumpte, aber zum Teil auch daran, dass er sich um Dakotas Sicherheit sorgte. Fast hatte er sich selbst davon überzeugt, dass diese Männer wirklich Einbrecher waren, aber dennoch … sicherheitshalber wollte er Dakota im Blick haben. Natürlich machte er sich auch Sorgen um seine Familie, aber er wusste, dass seine Brüder auf sich selbst aufpassen konnten und sie eher sterben würden, als zuzulassen, dass ihren Frauen oder Kindern etwas zustieß.

Dakota brachte ihn dazu, dass er auf sie achtgab. Allerdings stellte er fest, dass er gar nicht viel über sie wusste. Hatte sie eine große Familie? Würden sie ihm den Kopf abreißen, weil er fast nicht mehr rechtzeitig gekommen war, um Dakota zu retten? Wäre sie lieber mit jemand anderem zusammen als mit ihm? Ace war es nicht gewohnt, sich über solche Dinge Gedanken zu machen.

Dennoch seufzte er erleichtert, als sie das Zimmer betrat. Sie entdeckte ihn sofort und ihre Blicke trafen sich. Sein Magen schlug Purzelbäume – ein Gefühl, an das er sich gewöhnt hatte und das sich immer einstellte, wenn sie ihn anschaute. Das war eigentlich ein Zeichen, das ihm sagte, er sollte sich so schnell wie möglich davonmachen. Und genau das würde er in zwei Wochen auch tun. Wahrscheinlich verzieh sie ihm nicht, dass er ihr die Jungfräulichkeit genommen hatte und sie dann im Stich ließ.

»Du siehst besser aus«, sagte Ace zu ihr.

»Das solltest du niemals zu einer Frau sagen«, riet ihm Chloe.

»Was?« Er war verwirrt.

»Wir sehen *immer* toll aus«, erklärte ihm Chloe mit einem Augenzwinkern.

»Natürlich tust du das, Liebling«, meldete sich Nick zu Wort.

»Alter Schleimer«, kam es von Ace.

»Du wirst das früher verstehen, als ich mir wahrscheinlich vorstellen kann«, entgegnete Nick.

Ace wollte das nicht weiter vertiefen, wandte sich von Nick ab und schaute Cooper an. »Ich nehme an, ihr wollt wissen, was los ist.«

»Ja, auf jeden Fall«, stimmte Cooper zu.

Alle setzten sich, und Ace freute sich ungemein, als Dakota sich neben ihm niederließ. Sie hielt ein paar Zentimeter Abstand, was seiner Meinung nach zu viel war, aber ihre bloße Gegenwart hatte eine beruhigende Wirkung auf ihn.

»Ich glaube, ich habe überreagiert. Jetzt, wo der Adrenalinrausch nachgelassen hat, sehe ich das ganz klar. Die Folge meiner verdeckten Ermittlungen für den CIA in den letzten Jahren ist, dass ich bei Gefahr sofort denke, jemand ist hinter denen her, die mir etwas bedeuten, um an mich heranzukommen«, begann Ace.

»Erklär das mal«, bat Mav.

Er erzählte ihnen, dass er ein mulmiges Gefühl gehabt hatte, als er zu Dakotas Haus zurückgekehrt war, dass er dort bewaffnete Männer vorgefunden hatte, die nichts Gutes im Sinn gehabt hatten, dass es zu einer Schießerei gekommen war und die Polizei die Eindringlinge festgenommen hatte. Als er zum Ende gekommen war, spürte er, wie beim Gedanken daran, was Dakota alles hätte passieren können, sein Blutdruck wieder in die Höhe schoss.

»Verdammt!« Cooper stieß einen langen Seufzer aus. »Es tut mir so leid, Dakota.«

»Mir geht's dank deines Bruders gut«, versicherte sie ihm.

»Glaubst du wirklich, dass das irgendetwas mit dir zu tun haben kann?«, hakte Mav nach.

Ace schwieg einen Augenblick. »Nein«, sagte er. »Ich hatte nur Angst um Dakota. Und mein erster Gedanke galt meinem Zuhause. Ich habe mit Bill, meinem Chef, gesprochen, und er hat mir versichert, nichts darüber gehört zu haben, dass jemand hinter mir her wäre.«

»Aber Vorsicht ist die Mutter der Porzellankiste«, sagte Nick. »Hierherzukommen war genau richtig.«

»Danke.« Ace stellte fest, dass es egal war, wie lange er weg gewesen war. Sie waren immer noch eine Familie, und er war stets willkommen, besonders in Krisenzeiten.

»Du kannst dich immer darauf verlassen, dass wir für dich da sind«, versprach Cooper ihm.

»Ich weiß das. Ich hätte einiges über die Jahre anders machen sollen. Es tut mir leid«, bekannte er gegenüber seiner Familie, und diese Entschuldigung war schon lange überfällig.

»Es ist alles vergeben. Wir sind einfach nur froh, dass du jetzt wieder zu Hause bist, wo wir füreinander da sein können«, beruhigte Nick ihn. Er klopfte Ace auf die unverletzte Schulter. Ace schaute hinüber zu Maverick, der von einem Fuß auf den anderen trat.

»Es tut mir leid, Mav«, sagte er und wusste, dass zumindest einer seiner Brüder ihm noch nicht völlig vergeben hatte.

»Alles ist gut, Ace.«

»Nein, ist es nicht, aber ich hoffe, das wird es eines Tages sein.« Mav schaute zu Boden. Aber er hielt nicht mehr dagegen. Vielleicht sollten sie beide einmal unter vier Augen reden.

»Ich glaube kaum, dass jemand hinter mir her ist, aber vielleicht sollte ich Dakota sicherheitshalber mit in einen Urlaub nehmen«, fuhr Ace fort.

»Das ist überhaupt keine gute Idee«, protestierte Maverick und starrte Ace eindringlich an. Ace konnte die Gedanken seines Bruders fast hören – dass er glaubte, alles, was sein Bruder konnte, war weglaufen. Ace wollte diese Meinung, die sie von ihm hatten, korrigieren, aber schon bald würde er ihnen sagen müssen, dass er für eine weitere Mission abreisen musste. Aber er musste ihnen auch versichern, dass er dieses Mal nicht so lange weg sein würde.

»Aber was, wenn …« Ace vollendete den Satz nicht.

»Du bist jetzt wieder zu Hause und wir halten in guten wie in schlechten Zeiten zusammen«, versicherte ihm Cooper.

»Ich will euch aber nicht in Gefahr bringen.«

»Und glaubst du wirklich, dass wir sicherer wären, wenn du weg bist?«, fragte Nick. »Wenn wirklich jemand hinter dir her wäre, was nicht der Fall ist, glaubst du nicht, dass du die Anzeichen dafür eher erkennen würdest als wir?«

»Mav könnte es. Er hat militärische Erfahrung. Und wenn ich das Ziel irgendeiner Fehde wäre, würden sie mir folgen«, hielt Ace dagegen.

»Und wir kneifen nicht vor einem Kampf«, konterte Maverick.

»Aber das verlange ich nicht von euch. Ich sage nur, dass das nicht eure Schlacht ist.« Ace war verärgert.

»Was erzählst du da für einen Mist?« Mav erhob die Stimme. »Jahrelang haben wir nicht gewusst, ob du dich auf die dunkle Seite geschlagen hattest oder nicht. Uns wieder außen vor zu lassen, ist wie ein Schlag ins Gesicht.«

Das war es also. Ace sollte von der Wut in der Stimme seines Bruders eigentlich nicht schockiert sein. Was er dazu sagen sollte, wusste er nicht. Er hatte gewusst, dass er seiner Familie die ganzen Jahre über wehgetan hatte, aber er hatte es getan, weil es getan werden musste.

»Du warst lange Zeit weg, Ace, und vielleicht ist dein Instinkt, beim ersten Anzeichen von Gefahr davonzurennen, alles allein zu tun, aber jetzt bist du wieder zurück zu Hause, und wir sind alle für dich da«, schaltete sich Chloe ein. »Außerdem ist Dakota wie eine Schwester für mich. Es gibt nichts, was ich nicht für sie tun würde. Bleib einfach hier.«

Ace drehte sich um und schaute Dakota an, die die ganze Zeit über geschwiegen hatte. Er war bereit, sie dorthin zu schaffen, wo die Gefahr ihnen folgen konnte, wollte sie aber nicht im sicheren Schoß seiner Familie lassen. Wie blöd war er eigentlich?

»Und was möchtest du?«, fragte er sie.

Dakota seufzte, bevor sie antwortete. »Ich bin erschöpft und kann nicht mehr klar denken. Aber ich lasse mich von diesen ekelhaften Mistkerlen nicht aus meiner Stadt vertreiben. Ich habe Verpflichtungen, und außerdem sind sie sowieso hinter Schloss und Riegel.«

Ace hatte so viel Respekt vor dieser Frau neben sich. Sie war nicht nur wunderschön, liebenswürdig, mitfühlend und geistreich, sondern auch mutig und eine ernst zu nehmende Person. Dass er sie getroffen hatte, war ein großes Glück für ihn.

»Ich finde den Gedanken nur unerträglich, dass du fast umgebracht worden bist.« Ace seufzte frustriert.

»Du bist derjenige, der angeschossen wurde«, gab Dakota zurück.

»Das war nicht das erste Mal.« Er wischte ihre Worte beiseite, was Dakota nur noch mehr aufregte.

»Das ist kein Argument«, widersprach sie.

»Jeder ist müde und wir drehen uns nur im Kreis. Ace, du und Dakota, ihr bleibt über Nacht hier. Ihr könnt das Gästehäuschen haben. Da habt ihr Privatsphäre und könnt ganz ruhig schlafen«, schlug Cooper vor.

»Ich habe nur reagiert und wollte weg von Dakotas Haus. Wir brauchen nicht hierzubleiben«, beteuerte Ace.

»Ich habe ein Haus, in das ich zurückkann«, warf Dakota ein.

»Darüber wird nicht mehr länger diskutiert. Wir bleiben heute alle hier. Ich bin sicher, dass das Ganze morgen eher nach einem Albtraum aussehen wird«, sagte Cooper.

Ace wollte mit seinem Bruder nicht mehr darüber diskutieren. Außerdem hatte er sofort nach der Auseinandersetzung mit den beiden Einbrechern beschlossen, zum Haus seines Bruders zu fahren, um die Familie um sich zu haben. Also weshalb wollte er jetzt eigentlich wieder weg? Weil er ein Idiot war.

»Das ist auch meine Meinung. Es ist spät und ihr braucht Ruhe. Lindsey hat gerade zwei Kugeln aus deinem Arm geholt«, erinnerte ihn Mav.

»Wir bleiben heute Nacht alle hier. Die Kinder schlafen bereits«, fügte Nick hinzu.

Ace schaute sich im Zimmer um und sah bei jedem einen entschlossenen Gesichtsausdruck. Er wusste, dass er sich zumindest heute Nacht geschlagen geben musste. Außerdem war er es gewesen, der nach Hause zurückgewollt hatte. Vielleicht war das Angebot, über Nacht zu bleiben, genau das, was er brauchte und wollte.

»Für heute Nacht ist das wahrscheinlich okay«, gab er schließlich nach.

»Gut. Dann ist alles geklärt. Ich bringe euch zum Gästehaus«, bot Stormy an.

»Du bleibst bei den Kindern. Mav und ich bringen sie hin«, entschied Cooper.

Stormy lächelte ihren Mann an und nickte.

»Gut, dann lasst uns zur Ruhe kommen«, sagte Nick. »Keine Heldentaten mehr, zumindest nicht heute Nacht.«

Er legte Chloe den Arm um die Taille und zog sie mit sich aus dem Zimmer. Doch kurz vor der Tür riss Chloe sich los und rannte zurück zu Dakota. Sie warf ihr die Arme um den Hals und sagte: »Bitte mach mir nie wieder solche Angst!«

»Ich werde es versuchen«, versprach Dakota.

Nick und Chloe waren die Ersten, die die Treppen hinaufgingen.

»Komm schon, Ace. Ihr müsst zur Ruhe kommen«, drängte Cooper.

Dakota versuchte nicht mehr, sich dagegen zu sträuben. Sie war genauso müde wie Ace. Zwar war sie nicht angeschossen worden, aber ihr Leben war in Aufruhr. Jetzt brauchte sie einen sicheren Platz, damit sie sich entspannen und von den Strapazen erholen konnte. Das war mehr als nötig.

Ace hatte noch nie eine ganze Nacht neben einer Frau geschlafen, aber er wusste, dass er genau das heute tun würde. Er würde nicht zur Ruhe kommen, bis Dakota sicher in seinen Armen lag. Ansonsten befürchtete er, dass sie ihm entwischen könnte und die bösen Jungs ihr wieder auflauern würden. Er traute den Sicherheitsvorkehrungen im Gefängnis nicht. Verdammt, er traute im Moment nichts und niemandem!

Schweigend gingen sie zu Coopers abgeschieden gelegenem Gästehäuschen. Dakota blieb dicht an Aces Seite. Maverick und

Cooper waren genauso in Alarmbereitschaft wie Ace, als sie den Pfad entlangliefen.

Sie erreichten das Häuschen, und Cooper schloss auf und schaute hinein. Niemand war da, aber da Dakota in ihrem eigenen Haus überfallen worden war, schien jeder äußerst sensibilisiert zu sein.

»Die Luft ist rein«, stellte Cooper fest und trat zurück. Ace wollte nicht zugeben, wie schwach er sich eigentlich fühlte, aber ein Bett klang wie das Paradies auf Erden.

»Danke«, sagte Ace. »Ich glaube, du hast recht. Ein wenig Ruhe wird mir guttun.«

»Du solltest auf deine älteren Brüder hören«, scherzte Mav und grinste. »Und Cooper ist bereits ziemlich alt.«

»Du kannst mich mal«, brummte Cooper.

»Ich wünsche euch beiden eine gute Nacht«, verabschiedete sich Mav kichernd. Er griff nach Coopers Arm und sie gingen zurück zum Haus. Vielleicht hatte die kleine Kraftprobe geholfen und Mav konnte ihm doch noch vergeben.

»Ich nehme an, jetzt sind wir unter uns«, sagte Ace und konnte dem Drang nicht widerstehen, die Hand auszustrecken, um Dakotas Wange zu berühren. Mit dem Daumen strich er zärtlich über ihre Unterlippe.

»Das könnte gefährlich werden«, gab sie zu bedenken und biss ihn leicht in den Daumen, was Ace sofort elektrisierte.

»Du nimmst mir den Atem und lässt mich die Gefahren der Nacht vergessen.« Ace war völlig gebannt von ihr.

Sie schauderte unter seiner Berührung, und obwohl er wusste, dass sie beide in den letzten Stunden viel zu viel durchgemacht hatten, stellte er fest, dass er sie begehrte. Ihre gegenseitige Anziehung war stärker als alles, was er bisher erlebt hatte.

»Wir sollten das Haus erkunden«, schlug Dakota vor.

Widerwillig ließ Ace sie los, und sie machte einen Schritt nach vorn, achtete jedoch nicht darauf, wohin sie trat. Bevor

Ace sie davor bewahren konnte, stolperte sie, stürzte und landete mit einem Stöhnen auf ihrem perfekten Hinterteil.

Ächzend strich sie mit der Hand über die Hüfte zum Po. »Autsch«, entfuhr es ihr, und dann schaute sie mit einem verlegenen Lächeln zu Ace auf.

Die geliehene Yogahose und der eng anliegende Pullover betonten perfekt ihre wunderschönen Kurven. Sein Verlangen nach Dakota wuchs, als er sich vorstellte, dass es seine Hände wären, die ihren lädierten Po liebkosten. Die Schmerzen in seinem Arm waren fast vergessen und er starrte Dakota an.

Dakota rappelte sich wieder auf, rieb noch immer über den Po und betrat das Gästehäuschen. Ace konnte den Blick nicht von ihrem fantastischen Hinterteil losreißen. Was zum Teufel war los mit ihm? Das sollte nach den heutigen Vorkommnissen das Letzte sein, was seinen Verstand beschäftigte.

Dakota verschwand im Flur und Ace hatte sie nicht mehr im Blick. Er wusste, dass die Panik, die ihn überkam, mit dem Stress zusammenhing, dem er ausgesetzt gewesen war. Wenn heute ein normaler Tag gewesen wäre, dann wäre es ihm egal, dass er sie nicht mehr sah. Normalerweise war Ace gerne allein.

Wie automatisch trugen ihn seine Füße zu ihr. Zumindest heute Nacht würde er sich nicht dafür schelten, dass er sie so sehr brauchte. Schon bald würde er wieder normal sein. Nicht heute Nacht, aber bald.

KAPITEL 19

Als er das Schlafzimmer betrat, saß Dakota mit übereinander-
geschlagenen Beinen auf einem Stuhl in der Ecke und beobachtete ihn aufmerksam. In den tiefgrünen Augen war Verwirrung,
Begierde und so viel mehr zu erkennen. Ace wusste nicht, was
er davon halten sollte.

»Wir sollten es heute Nacht nicht tun«, sagte er und war
überrascht über seine eigenen Worte. »Es ist viel passiert und
du bist erschöpft.«

Lächelnd griff sie nach dem Saum ihres Pullovers und zog
ihn über den Kopf. Dabei blieb sie auf dem Stuhl sitzen. Der
Schmerz in seinem Arm war fast vergessen, als er ihre Schönheit
bewunderte.

»Und du wurdest angeschossen.« Dakota öffnete den
Verschluss ihres BHs, und ihr Blick blieb auf Aces gerichtet.
Ace wurde von einem Zittern erfasst, als er sie beobachtete. Sie
lächelte und schaute schließlich zu Boden.

Ace ließ den Blick über ihren Oberkörper wandern und
schaute voller Begehren auf ihre wunderschönen Brüste. Er
blieb stehen, wo er war, aber es kostete ihn unendlich viel Kraft.
Es war zwecklos, sie oder sich selbst zu verweigern, wenn es das

war, was sie wirklich wollte. Aber er blieb standhaft. Er wusste, dass sie Ruhe brauchte.

Dakota stand auf. Er hielt den Atem an, als er darauf wartete, was sie als Nächstes tun würde. Völlig selbstbewusst ging sie auf ihn zu – noch etwas, was er an dieser Frau liebte. Sie schlang ihm die Arme um den Hals, drückte sich an ihn und schaute ihm direkt in die Augen.

»Ich brauche dich.« Ihre Stimme klang heiser.

Davonzulaufen war das Letzte, was ihm in den Sinn kam, als sie die Lippen zärtlich auf seine drückte. Eine unerträgliche Hitze erfasste seinen Körper und auch er schlang die Arme um sie und vertiefte den Kuss. Dakota öffnete die Lippen, und dann wanden sich ihre Zungen umeinander, während seine Hände über ihren Rücken strichen und im Bund ihrer Hose verschwanden.

Er schob sie rückwärts vor sich her und war bereit, sie jetzt und hier zu nehmen, wobei er viel Zeit damit verbringen würde, sich jeden Quadratzentimeter ihres Körpers einzuprägen. Mit allen Fasern seines Körpers war er ihrer Faszination erlegen. Er drehte sich, und sie fielen zusammen aufs Bett. Im selben Moment fuhr ein unbändiger Schmerz durch seinen Arm, denn das Gewicht von ihnen beiden lastete darauf.

Dakota zuckte zusammen und ließ ihn los, als sie seinen schmerzerfüllten Gesichtsausdruck sah. Sie lag auf ihm, und ihre nackten Brüste waren eine große Versuchung. Sein Schmerz war nichts gegen das Gefühl, das sie in ihm auslöste.

»Vielleicht sollten wir es tatsächlich nicht tun«, sagte sie und versuchte, sich von ihm zu lösen. Das verstärkte nur noch seine Begierde nach ihr.

»Ich denke noch nicht mal an meinen Arm, wenn es das ist, worüber du dir Sorgen machst.«

Dakota schaute ihn ängstlich an und versuchte, die Situation einzuschätzen. Doch dann drehte er sich mit ihr und schon lastete kein Gewicht mehr auf seinem verletzten Arm. Jetzt streichelte er sanft ihre Brüste.

»Ich brauche dich, Ace. Bitte schlaf mit mir«, bettelte sie, und schon war ihr Begehren größer als ihre Sorge.

Als er mit dem Finger ihre wunderschöne Brust liebkoste, drückte sie den Rücken durch. Der Anblick ihrer dunklen Haare, hellen Haut und harten Brustspitzen ließen ihn fast den Verstand verlieren.

Wieder drehte er sich mit ihr und zog sie über sich. Mühelos spreizte sie die Beine über seinen Schenkeln und die glühende Hitze ihrer Erregung drang durch die Kleidung hindurch. Von Sekunde zu Sekunde nahm seine Erregung zu.

Dakota setzte sich auf und straffte die Schultern, rieb sich an ihm, als er mit beiden Händen nach ihren Brüsten griff. Sie stöhnte und warf den Kopf in den Nacken. Ace wünschte, die Kleider wären ihm nicht im Wege.

»Dakota«, stöhnte er.

»Mmm, ich mag es, wenn du meinen Namen so aussprichst«, säuselte sie.

»Die Kleidung stört«, beschwerte er sich.

Dakota beugte sich vor und küsste ihn, klemmte seine Hände zwischen seinem und ihrem Körper ein. Ihr Mund war heiß und begierig, und er verlor sich augenblicklich in ihr. Als sie zurückwich, war er es, der diesmal protestierte. Sie kletterte von ihm herunter, und fast wäre er hinter ihr her gekrabbelt, aber dann sah er, dass sie die Hose auszog.

Ace verschlug es die Sprache, als sie den Rest ihrer Kleidung auszog und vollkommen nackt vor ihm stand. Worte waren nicht genug, um zu beschreiben, wie er sich fühlte. Noch nie hatte er solche Schönheit gesehen.

Er stand auf, denn er hielt es keinen Moment länger aus, sie nicht in den Armen zu halten. Das Hemd von sich schleudernd, griff er von hinten nach ihr und zog ihr perfektes Hinterteil gegen seine pulsierende Erektion. Seine Hände glitten von hinten über ihren weichen Bauch und hinauf zu den wohlgeformten Brüsten.

Als er in ihre Brustspitzen kniff, drängte sie sich an ihn. Eigentlich hätte er sich die Zeit nehmen sollen, seine Hose auszuziehen, aber da hätte er Dakota wieder loslassen müssen, und das widerstrebte ihm.

Er beugte sich herunter und sog an der weichen Haut ihres Halses, spürte ihren Puls unkontrolliert gegen seine Lippen pochen. Er drückte sie fester an sich, sog noch stärker an ihrer Haut und kniff sie in die Brustwarzen. Dann trat er zurück und drehte sie zu sich.

Ihre Haut war gerötet, der Brustkorb hob und senkte sich schnell, und sie stand zitternd vor ihm.

»Du bist so unglaublich sexy«, raunte er ihr zu. »Leg dich aufs Bett«, sagte er fast fordernd.

Ihre Augen leuchteten auf, und seine Erektion pulsierte noch schmerzhafter. Dann ging sie zum Bett, legte sich darauf und bot ihm einen perfekten Anblick ihres herrlichen Körpers. Ace war nicht sicher, ob er diese Nacht überleben würde.

Schnell entledigte er sich seiner letzten Kleidungsstücke. Als er sah, dass ihr Blick zu seinem härtesten Körperteil schnellte, konnte er seine Freude nicht verhehlen. Mit der Zunge fuhr sie sich über die Lippen. Diese Frau war so sexy, so sinnlich. Er hatte keine Ahnung, weshalb sie so lange gewartet hatte, sich einem Mann hinzugeben, aber er war dankbar, dass sie gewartet hatte. Denn sie gehörte ihm – nur ihm.

Nur kurze Zeit ohne sie zu sein, war eine Qual für ihn, und deshalb legte er sich zu ihr, zog sie an sich und küsste sie leidenschaftlich. Mit der Zunge fuhr er ihren Mund nach, knabberte an der Lippe, und an Sanftheit war längst nicht mehr zu denken.

Sie umfasste seine pulsierende Erektion und rieb mit dem Daumen über die Spitze. Dann verteilte sie den Lusttropfen über die gesamte Länge, bevor sie ihre Hand wieder nach oben gleiten ließ und dabei fest zudrückte.

»Du fühlst dich unglaublich an«, hauchte Dakota.

»Gleich werde ich explodieren«, warnte er sie.

»Hör auf zu reden und küss mich.«

Das ließ er sich nicht zweimal sagen. Er zog ihr Bein über seines. Dann presste er seine Erektion gegen ihre feuchte Mitte und vertiefte seinen Kuss. Während er sich an ihr rieb, vollführten ihre Zungen einen wilden Tanz.

Dakota stöhnte, stieß ihn um, damit er auf dem Rücken landete, und kletterte auf ihn. Dann griff sie nach seiner Männlichkeit, ließ sich auf ihn sinken, wobei ihre enge Mitte ihn mit dem ersten Stoß fast explodieren ließ.

Dakota nahm schnell den perfekten Rhythmus auf und beschleunigte ihn allmählich. Ace konnte seinen Blick nicht von ihrem schönen Gesicht losreißen. Schweißtropfen bildeten sich auf ihrer Stirn. Sie biss sich auf die Unterlippe, stöhnte und genoss es, mit einem Mann zu schlafen, der sie unendlich begehrte.

Ace hob die Hände, umfasste ihre Brüste und kniff in die Brustspitzen. Und dann verlor er sich in dem Gefühl der vollkommensten Lust, die sie beide alles um sich herum vergessen ließ. Jedes Mal, wenn sie sich auf ihn sinken ließ, kam er der Erlösung näher. Das ging zu schnell.

Ace zog Dakota an sich und eroberte erneut ihren Mund. Er hob die Hüften und kam ihren Stößen entgegen, während sie aufschrie, ihm in die Lippe biss und dann daran sog. Ace spürte, wie sich der Druck in ihm weiter aufbaute.

Fest umschloss ihre heiße Mitte ihn, und er wusste, dass sie sich dem Höhepunkt näherte, den er zusammen mit ihr erleben würde. Seine Hände griffen nach ihrem Po, ließen ihn noch fester zustoßen und ihren Rhythmus erhöhen.

Fest hielt er sie an sich gedrückt, als seine Lippen zu ihrem Hals wanderten und daran sogen. Sie schrie auf und steigerte das Tempo ihrer stoßenden Hüften. Und dann verkrampfte sich ihr ganzer Körper, und ihr entfuhr ein Schrei, der im Zimmer widerhallte. Pulsierend umklammerte sie ihn, während sie sich zitternd aufbäumte.

Ace versuchte nicht, sich länger zurückzuhalten. Kräftig stieß er zu und ergoss sich in sie. Ein Beben erfasste beide, als eine Woge der Erlösung durch ihre Körper brandete, die sie noch enger verband, als sie es ohnehin bereits waren.

Es verging einige Zeit, bis sie in der Lage waren, sich zu bewegen. Dennoch spürte Ace einen noch nie dagewesenen Moment der Einsamkeit, als Dakota sich von ihm löste. Schnell griff er nach ihr, bevor sie sich zu weit von ihm entfernte, zog sie an sich und breitete die Laken über sie beide. Nun waren sie in einen schützenden Kokon gehüllt.

Ace war erschöpft, aber als Dakota in seinen Armen einschlief, lag er noch eine Weile wach und strich ihr mit geschlossenen Augen und völlig entspannt über den Rücken. Hierher hatte er immer gehört.

Was ihm jedoch Angst machte, war die Tatsache, dass es nicht von Dauer sein würde. Wie auch? Er reiste in zwei Wochen ab. Außerdem kannten sie sich kaum – weder das Gute noch das Schlechte noch das Hässliche am jeweils anderen. Sie wussten überhaupt nicht viel voneinander. Das Ganze hatte mit glühender Leidenschaft begonnen und sich buchstäblich zu einem Kugelhagel entwickelt. Doch in diesem Moment wollte er das alles vergessen. Nichts wollte er sehnlicher, als sie in den Armen halten, ihr Gesicht an sein Herz gedrückt.

Mit diesem Gedanken schloss er die Augen und ließ zu, dass ihn der Schlaf übermannte. Ein neuer Tag würde anbrechen und dann konnte er sich wieder Sorgen machen. Jetzt aber war er sicher und zufrieden.

KAPITEL 20

Ein Lächeln umspielte Dakotas Mund, als sie langsam aufwachte. Sie streckte die Arme über den Kopf, und als ein träger Schmerz ihren Körper erfasste, verstärkte sich das Lächeln. Sie öffnete die Augen in Richtung des Sonnenlichtes, das durch die Fenster drang. So hätte sie eigentlich aufwachen sollen, nachdem sie das erste Mal Sex mit Ace gehabt hatte.

Ob ihre Entscheidung, mit ihm zu schlafen, nun dumm gewesen war oder nicht, es war eine Entscheidung gewesen, die sie bewusst getroffen hatte. Nie würde sie sich oder Ace erlauben, sie als Fehler anzusehen. Nicht, wenn es so verdammt wunderbar zwischen ihnen war.

Das Bett neben ihr war kalt und verriet ihr, dass Ace schon eine Weile aufgestanden sein musste. Darüber machte sie sich keine Gedanken. Gestern hatte sie nicht gewollt, dass er aus ihrem Blickfeld verschwand, aber nach der letzten Nacht fühlte sie sich immer noch, als würde sie sicher in seinen Armen liegen – zumindest vorerst.

Der Duft von Kaffee und gebratenem Speck drang durch die Tür und ihr knurrte der Magen. Letzte Nacht hatte sie überhaupt nicht an Essen gedacht, aber jetzt schienen sie sich nicht mehr in unmittelbarer Gefahr zu befinden, und ihr Körper verlangte danach.

Dakota stieß die Bettdecke zur Seite, stand auf und ging ins Badezimmer. Sie hatte ordentlich Muskelkater in den Beinen. Kein Wunder, denn in der Nacht zuvor hatten sie ganze Arbeit geleistet und erinnerten Dakota jetzt daran. Es war magisch gewesen.

Unter dem heißen Wasser der Dusche seufzte sie erleichtert. Sie verspürte Schmerzen an Stellen ihres Körpers, die schon lange nicht mehr wehgetan hatten. Und das sagte eine Menge, angesichts der Tatsache, dass sie Cheerleaderin bei den Seattle Seahawks war und während des Trainings und an den Spieltagen alle möglichen akrobatischen Kunststücke vollführte. Verdammt, wenn ich genug Sex mit Ace habe, brauche ich kein Krafttraining mehr, dachte sie und lachte.

Schnell verließ sie die Dusche und trocknete sich ab, denn sie war zu hungrig und musste Ace ausfindig machen. Ein flauschiges Handtuch um sich gewickelt, ging sie zurück ins Schlafzimmer und schaute sich im Raum um. Gestern Abend hatte sie vergessen, sich noch einmal Kleidung von Chloe auszuleihen.

Sie fand einen dicken Morgenmantel im Schrank und zog ihn an. Eigentlich hätte sie noch einmal die Kleidung von gestern anziehen können, aber sie war hungrig und verschwendete deshalb keinen Gedanken daran.

Dakota war schon immer eine Frühaufsteherin gewesen und konnte nicht nachvollziehen, dass es Menschen gab, die nicht von einem neuen Tag begeistert waren, besonders wenn die Sonne schien und so viel Neues in der Luft lag. Es gab so viel, auf das man gespannt sein durfte.

Als sie aus dem Schlafzimmer trat, hörte sie Musik mit einem leisen Beat, der Dakota automatisch die Hüften schwingen ließ, während sie sich geräuschlos durch das erstaunlich große »Häuschen« bewegte. Als sie um eine Ecke bog, sah sie

Ace, der am Herd einen Pfannkuchen wendete. Allerdings blieb sie nicht deshalb wie angewurzelt stehen.

Ein Lied von Garth Brooks war in der Küche zu hören und Ace sang dazu in einem überraschend schönen Bariton. Dakota war völlig verzaubert. Ihr Herz raste und sie schloss die Augen. Sie verliebte sich gerade ein kleines bisschen in diesen Mann.

I'm shameless ... shameless as a man can be ...

Aces Stimme mischte sich perfekt mit Garths satter, gefühlvoller. Es war ein Lied über die Liebe und wie es dem Mann egal war, was die Welt darüber dachte. Er kniete vor ihr und würde für die Frau, die er liebte, alles tun.

... but I can't walk away from you ...

Ihr Herz hämmerte, als sie sich Ace näherte und ihm keine Sekunde weiter fernbleiben konnte. Hinter ihm blieb sie stehen und schlang die Arme um ihn, ließ die Hände über seinen flachen Bauch zum Herzen wandern.

»Guten Morgen«, begrüßte sie ihn, lehnte sich an ihn und küsste seinen Nacken.

Er erstarrte, und seine schöne Stimme verstummte, was Dakota ein wenig traurig machte. Vielleicht hätte sie weiter im Hintergrund bleiben und diese Ein-Mann-Show genießen sollen. Aber diesen Körper an ihren gedrückt zu halten, war verlockender als sämtliches Bedauern.

»Morgen«, murmelte er, und seine tiefe Stimme verursachte einen Funkenregen in ihrem Bauch und weiter unten. Sie hatten vor dem Überfall miteinander geschlafen, bevor sie eingeschlafen waren und dann noch einmal mitten in der Nacht. Eigentlich hätte ihr Körper mehr als gesättigt sein müssen, aber Ace hatte einen Teil von ihr geweckt, der lange Zeit geschlafen hatte, und sie glaubte kaum, dass sie je genug bekommen würde.

»Wie geht's deinem Arm?«, fragte sie und schmiegte ihre Wange an seinen Rücken.

»Tut heute wahnsinnig weh, aber ich komme klar«, gab er zu.

Er ließ den Pfannkuchen aus der Pfanne gleiten, stellte den Herd aus und drehte sich um. Schnell schlang er die Arme um Dakota, die jetzt ihre Wange gegen seine Brust drückte und das stetige Schlagen seines Herzens als perfekten Trost empfand.

»Tut mir leid«, sagte sie und ließ die Hände unter sein Hemd und über die heiße Haut seines Rückens gleiten.

»Ich wüsste, was wir tun könnten, um mich davon abzulenken«, raunte er und drückte ihre wunden Pobacken.

»Ich glaube, ich muss erst mal auftanken«, erwiderte Dakota lachend. »Und du hast eine wunderschöne Stimme, wenn du singst.«

»Ich habe nicht gemerkt, dass du wach bist.«

Er klang verlegen, was Dakota so verblüffte, dass sie ihn losließ und anschaute. War das Schamesröte auf seinen Wangen? Das hätte sie niemals für möglich gehalten.

»Ich habe dich nie für einen bescheidenen Mann gehalten.« Dakota kicherte.

»Glaub mir, das bin ich auch nicht.«

Er beugte sich vor und drückte seine Lippen auf ihre. Ein heftiges Verlangen überkam Dakota, aber auch ein merkwürdiges Gefühl der Ruhe. Ace nahm sich Zeit, fuhr ihre Lippen behutsam liebkosend nach, wobei die Begierde wuchs, je länger der Kuss dauerte. Als er zurückwich, atmeten beide schwer, und Dakotas Herz schlug wild.

»Vielleicht wird Essen überbewertet«, räumte sie ein und schmiegte sich fest an ihn.

Seine Augen weiteten sich, bevor er ihr einen weiteren ungestümen Kuss gab und sie dann von sich schob. Sofort erfasste sie ein Gefühl der Enttäuschung.

»Meine Brüder warten auf uns, und du siehst aus, als könnte dich bereits eine leichte Brise umpusten. Deshalb werde ich meine unendliche Sehnsucht nach dir zügeln und dir den Treibstoff geben, den du brauchst«, sagte Ace mit einem Lächeln.

»Du hast für mich gekocht, also wäre es unhöflich, nichts davon zu essen.« Ace nahm ein paar Teller aus dem Schrank, und Dakota schaute auf das Essen, das auf dem Herd stand. »Damit kannst du deine gesamte Familie satt bekommen.« Sie lachte.

»Du hast mich noch nicht Selbstgekochtes essen sehen.«

Sie verteilten das Essen und Dakota schaute ungläubig auf seinen Teller. »Das kannst du doch unmöglich alles aufessen!«

»Ich sehe das als eine Herausforderung an«, gab Ace zurück.

Nach dem ersten Bissen wurde Dakota vom Hunger übermannt. Jeder Gedanke in ihrem Kopf verblasste, als sie einige Pfannkuchen viel zu schnell herunterschlang. Ace aß, als hätte er eine ganze Woche lang nichts zwischen die Zähne bekommen, was ihr das Gefühl nahm, unersättlich zu sein.

»Ich muss heute zurück nach Hause, Ace. Ich brauche Kleidung«, teilte sie ihm mit, als sie ihr Mahl beendet hatte, ihr Bauch voll war und der andere Hunger sich wieder meldete.

Ace hatte tatsächlich alles aufgegessen und sich noch Nachschlag genommen. An dem Mann war kein einziges Gramm Fett. Dakota wusste nicht, wohin das ganze Essen ging. Allerdings hatte sie auch gesehen, dass Footballspieler nach einem harten Training für zehn essen konnten, deshalb wusste sie, wie viel Energie diese Männer verbrennen konnten.

»Um die Kleidung wurde sich bereits gekümmert. Stormy hat heute Morgen, als ich das Frühstück vorbereitet habe, eine Tasche vorbeigebracht.«

»Deine Familie ist sehr gut zu mir«, stellte Dakota fest.

»Ich war so lange weg, dass ich fast vergessen habe, was Familie bedeutet. Ich verdiene ihre Großzügigkeit nicht nach allem, was ich ihnen in den letzten acht Jahren zugemutet habe.«

Dakota trank ihren Kaffee und starrte Ace an. Er glaubte tatsächlich, was er sagte. Sie stellte fest, dass deutlich mehr in

Ace steckte, als sie ursprünglich angenommen hatte. Über den Tisch hinweg griff sie nach seiner Hand.

»Meinetwegen ist meine Familie viele Jahre durch die Hölle gegangen. Ich bin mit vier Brüdern aufgewachsen, die alle beschlossen hatten, mich auch als Teenager wie ein Kleinkind behandeln zu müssen, weil ich das Baby war. Ich hatte meine rebellische Phase und dann noch viele andere Phasen. Und egal, wie ekelhaft ich über die Jahre gewesen bin, sie haben mir immer vergeben«, erzählte Dakota ihm.

»Aber ich war ein Monster«, beharrte Ace. »Ich war egoistisch und wütend, als mein Vater starb, und habe mich nur um mich selbst gekümmert.« Ace sah so beschämt aus, als er das sagte, dass es Dakota ein wenig das Herz brach.

»Etwas, was ich auf meinem Lebensweg gelernt habe, ist, dass es okay ist, sich selbst genug zu lieben, um zu wissen, dass man es verdient, mit Respekt und Würde behandelt zu werden, egal, in welcher Situation man sich befindet. Auch wenn man Fehler macht, bestimmt das nicht, *wer* man ist. Man kann immer wieder alles geradebiegen und nach Hause zurückkehren«, erklärte sie ihm.

»Du bist eine einzigartige Frau, Dakota Forbes.« Ace lächelte sie an.

»Ich musste mich selbst definieren. Wenn man in einem Haus voller Alphamännchen aufwächst, lernt man einiges darüber, ein einzigartiges Individuum zu werden. Ich wurde geliebt und wusste das immer. Das hat es mir viel leichter gemacht, selbstbewusst zu werden.«

»Es gibt nicht viele Leute, die der gleichen Überzeugung sind. Ich habe im Leben wirklich viel Schlimmes gesehen. Auch furchtbare Dinge, die Menschen denen antun, von denen sie sagen, dass sie sie lieben. Das ändert die Sichtweise auf Menschen und Situationen«, entgegnete Ace.

»Ich habe für mich beschlossen, den Schatz am Ende des Regenbogens zu sehen. Man schläft viel ruhiger, wenn der Verstand nicht mit Negativem vollgestopft ist.«

»Ich müsste dich eigentlich bei mir behalten, damit du mich immer wieder an all das erinnerst.« Ace lächelte sie an. Die Ernsthaftigkeit in seinem Blick machte ihr ein kleines bisschen Angst. Das hier ging alles mit Schallgeschwindigkeit voran, und Dakota wusste nicht, was sie davon halten sollte.

»Wenn das Leben dir Zitronen gibt, mach Tee daraus«, sagte sie.

Ace schaute sie einen Augenblick verwirrt an und brach dann in Lachen aus.

Sie blickte ihn finster an. »Lachst du mich aus?«

»Überhaupt nicht!« Er lachte noch immer. »Ich weiß nur nie, was dir über die hübschen Lippen kommt.«

»Über die Lippen solltest du dir keine Gedanken machen, eher über die Zähne«, warnte ihn Dakota und fletschte dieselben. »Die sind scharf.«

»Hmm, vielleicht sollte ich das mal testen.«

»Ooh, da ist dieses Selbstvertrauen, das so verdammt sexy ist!«, rief sie aus.

»Meine Familie kann warten.« Aces Augen weiteten sich, als sein Blick auf den Ausschnitt ihres Morgenmantels fiel.

Dakota kicherte, stand auf und trat einen Schritt zurück. In weniger als einer Sekunde war auch Ace auf den Beinen. »Zuerst musst du mich fangen!«, rief sie und rannte davon.

Ace hatte sie nach wenigen Schritten eingeholt, umklammerte sie mit dem unverletzten Arm und schleppte sie ins Schlafzimmer. Ein Hunger war gestillt, und jetzt war es an der Zeit, sich um das andere brennende Verlangen zu kümmern, das sie beide spürten.

Seine Familie würden sie erst sehr spät treffen und das machte Dakota überhaupt nichts aus.

KAPITEL 21

Dakota und Ace befanden sich in einer verfahrenen Situation und Dakota würde auf keinen Fall nachgeben. Ace lief vor ihr hin und her, blieb ab und zu stehen und warf ihr einen vernichtenden Blick zu. Sie lehnte am Frühstückstresen und warf ihm ebenfalls einen Blick zu, der alles andere als liebevoll war.

»Das ist nicht vertretbar«, entfuhr es Ace schließlich, und ein dramatischer Seufzer entschlüpfte seinen zusammengepressten Lippen.

»Finde ich auch. Du bist ein Kontrollfreak und das lasse ich nicht zu. Und wenn du glaubst, du könntest mich wieder weichklopfen, indem du mich ins Bett zerrst, dann bist du auf dem Holzweg. Ich habe für die Flugstunden bezahlt und ich werde sie bekommen. Entweder kommst du mit mir oder ich gehe alleine. Sherman wird sicherlich einen anderen Fluglehrer für mich finden.«

Dakota wollte keinen neuen Lehrer. Sie wollte in dem winzigen Flugzeug mit Ace sitzen, und zwar nur mit Ace. Aber sie würde nicht tatenlos bleiben, wenn er sich weigerte, sie zu begleiten. Sie hatte sich zwei Tage lang im Haus seines Bruders einsperren lassen und hatte jetzt die Nase voll.

»Und was ist, wenn es nicht sicher ist?«, fragte Ace.

»Das haben wir doch schon x-mal durchgekaut«, schnaubte sie. »Überfälle passieren. Es ist sicherlich nicht etwas, was ich noch einmal erleben möchte, aber ich lebe in einer der größten Städte der Vereinigten Staaten, und manchmal passieren solche Dinge. Meinen Brüdern wäre es recht, ich würde auf dem Familienanwesen leben, weg von den Arbeitstieren und Großstadtbewohnern, wie sie sich ausdrücken, aber dort könnte ich während eines Spaziergangs von einem Berglöwen angefallen werden. Einen wirklich sicheren Ort gibt es einfach nicht«, beharrte sie.

»Wie oft wird jemand von einem Berglöwen angefallen?«, fragte Ace und verdrehte die Augen.

»Ich bin nicht das Internet. Wie zum Teufel soll ich das wissen?«

»Gefahren gibt es überall. Es ist wichtig, sich dessen bewusst zu sein. Ich möchte, dass du sicher bist«, ließ er sich nicht beirren.

Sein Blick war dermaßen flehend, dass Dakotas Wut sofort besänftigt wurde. Sie stieß sich vom Frühstückstresen ab und ging langsam auf ihn zu. Er war angespannt, als sie die Arme um ihn schlang.

»Ich weiß, dass die Gefahr existiert, Ace. Ich weiß, dass du die Augen nicht davor verschließen kannst, aber dir muss auch klar sein, dass du mich einschränkst, wenn du mich übermäßig beschützt. Wenn ich dir tatsächlich etwas bedeute, tust du das nicht«, erklärte sie ihm.

Sie stellte sich auf die nackten Zehenspitzen und gab ihm einen Kuss auf den angespannten Kiefer. Nach einer Weile entspannte er sich, schlang die Arme um sie und zog sie so fest an sich, als wollte er sie nie wieder loslassen. Einerseits wollte sie, dass er sie vor so vielem beschützte, andererseits konnte sie in dieser Angelegenheit nicht nachgeben, weil sie ansonsten befürchtete, damit den Rest ihrer gemeinsamen Zeit festzulegen.

Sie würde ihn nach und nach hassen, wenn sie sich jetzt nicht durchsetzte.

»Logisch betrachtet, weiß ich, dass du recht hast«, gab Ace schließlich zu. »Aber mein Bauch sagt mir, dass etwas nicht richtig ist.«

»Das hängt sicher mit deinem Job zusammen«, beruhigte Dakota ihn. »Du rechnest immer mit dem Schlimmsten und nicht mit dem Besten.«

»Da kannst du recht haben«, gestand er, und ein weiterer Seufzer entfuhr ihm, während seine Hände über Dakotas Rücken strichen.

Sie spürte, wie sich auf ihrem Körper eine Gänsehaut ausbreitete, und wusste, wie einfach es sein würde, dem Verlangen nachzugeben. Aber sie begann, diese merkwürdige Beziehung zu Ace als etwas anzusehen, das möglicherweise eine Weile Bestand haben könnte. Und wenn das der Fall wäre, dann musste wirklich mehr dahinterstecken als großartiger Sex. Nachdem sie allerdings die Freuden entdeckt hatte, von einem Mann so vollkommen begehrt zu werden, wusste sie, dass sie keine Beziehung mehr eingehen würde, in der der Sex nicht spektakulär wäre.

»Wirst du mir dann eine weitere Flugstunde geben?«, fragte sie und schmiegte sich an seine muskulöse Brust.

»Ja«, stimmte er zu. »Aber es gefällt mir nicht.«

»Fliegst du denn nicht gerne?«, hakte sie nach und gab vor, ihn misszuverstehen.

»Ich liebe die Fliegerei. Dabei kann ich mich völlig frei fühlen«, antwortete er.

»Dann ist es gut für uns beide. Na ja, jedenfalls wenn ich uns nicht im Sturzflug zu Boden bringe.«

»Das werde ich nicht zulassen«, versicherte er ihr.

»Nein, du bekommst keine Gelegenheit, den Helden zu spielen«, entgegnete sie ernst. »Ich werde so eine tolle Pilotin werden, dass das Flugzeug keine andere Wahl hat, als meinen Befehlen zu folgen.«

»Ach, wirklich?« Ein Lächeln war in seiner Stimme zu hören.

»Wirklich!«

»Ich habe keinen Zweifel, dass du in allem großartig bist, was du dir in den Kopf setzt«, räumte Ace ein.

»Und ich bin bereit zu gehen.« Sie wand sich aus seinen Armen und fühlte sich ohne sie etwas verloren. Sein Gesichtsausdruck sagte ihr, dass er diesen Zustand noch weniger mochte. Das half ihr.

»Sei in zehn Minuten fertig«, wies sie ihn an, lief in den hinteren Teil des Gästehauses und griff nach ihren Tennisschuhen. Es war Zeit, wieder zu fliegen. Sie war mächtig aufgeregt. Die Männer, die sie angegriffen hatten, waren vergessen. Na gut, vielleicht nicht völlig, aber sie würde ihnen nicht erlauben, sie davon abzuhalten, ihr Leben zu leben. Dann hätten sie ihr Spiel des Schreckens gewonnen.

Als sie wieder auf Ace traf, lächelte er sie an. Er sah so gut aus, dass es ihr den Atem verschlug. Je öfter sie mit diesem Mann zusammen war, desto mehr eroberte er ihr Herz. Bereits beim ersten Zusammentreffen hatte sie das Bedürfnis verspürt, seine kranke Seele zu heilen, aber jetzt schien es, als täte er mehr für sie als sie für ihn.

Und das war ihr mehr als recht.

KAPITEL 22

Ace lächelte, als Dakota ihm ungeduldig um das Flugzeug herum folgte, während er sich Zeit nahm, den Preflight-Check durchzuführen. Er sorgte dafür, dass auch sie alles anschaute, was er prüfte, und es dann auf einer Liste abhakte. Er wusste, wie sie sich fühlte. Sie wollte endlich starten.

»Ich weiß, dass dieser Teil nicht spannend ist, aber er rettet dein Leben«, versicherte er ihr.

»Aber dasselbe haben wir doch erst vor ein paar Tagen gemacht«, nörgelte Dakota.

Ace lachte. »Es ist jedes Mal notwendig, bevor du fliegst. Ansonsten kommt es zur Katastrophe.«

»Du rechnest ständig mit Katastrophen«, murrte Dakota.

Ace verstand, weshalb sie diesen Eindruck hatte, aber sie hatte nicht das Wissen, das er besaß. Sie hatte nicht gesehen, was er gesehen hatte, und sie hatte einfach keine Ahnung vom wirklich Bösen. Er war froh, dass sie das nicht hatte, ansonsten wäre sie nicht dieselbe Frau. Zu oft hatte er gesehen, wie die Seifenblase um gute Leute herum geplatzt war, und dann musste er mitansehen, wie das Licht in ihren Augen erlosch. Er vermisste das Licht, vermisste, so glücklich zu sein.

»Wenn ich verspreche, meine Umgebung aufmerksamer zu beobachten und dir zuzuhören, wenn es um all die Dinge geht, die das Flugzeug betreffen, wirst du dann ein wenig entspannter?«, fragte sie ihn.

Ace dachte tatsächlich einen Moment über ihre Frage nach, bevor er sich zwang, seine Schultern ein wenig zu lockern. Dakota hatte recht, sogar sehr recht. Vielleicht fühlte er diesen unermesslichen Drang, ihr alles beizubringen, weil er wusste, dass er in weniger als zwei Wochen abreisen würde. Der Gedanke, nicht da zu sein, wenn ihr womöglich etwas passierte, ließ ihn fast in Panik geraten. So ging das nicht.

»Na gut, ich werde lockerer«, versprach er schließlich.

»Du darfst das nicht nur sagen. Du musst es ernst meinen«, forderte sie mit störrischem Gesichtsausdruck.

Ace lachte. »Abgemacht. Bist du bereit, dieses hübsche Mädchen zu fliegen?«

Nun lachte auch Dakota. »Ah, wir betiteln das Flugzeug wieder als Mädchen!«

»Sie steht hier in der Mitte des Hangars und bei ihrem ersten Anblick erfasst mich ein heißes Verlangen.« Dakota riss die Augen auf. »Nur eine wohlgeformte, schöne Frau kann diese Art der Reaktion hervorrufen. Sie ist glatt, unbefleckt und berauschend. Ein Flugzeug kann nur eine Sie sein«, schwärmte er.

Ace sah die Begierde in Dakotas Augen aufblitzen und spürte eine unbändige Lust – so schnell! Er hatte während der Beschreibung an Dakota gedacht, aber dasselbe galt auch für die glatten, lieblichen Formen des Flugzeugs.

»Ich weiß, dass viele Leute eifersüchtig auf die Schönheit eines Flugzeugs sind, auf das Vertrauen, das es weckt, wenn man es anschaut. Es steht einfach da und bittet dich, einzusteigen und mit ihm durch die Lüfte zu schweben.«

»Bist du jetzt zum Autor von Liebesromanen geworden?«, fragte Dakota mit heiserer Stimme.

»Du inspirierst mich.« Ace musste an sich halten, nicht zu ihr zu gehen und ihr die Kleider vom Leib zu reißen. Der Gedanke, sie gegen diese wunderschöne Maschine vor ihnen gelehnt zu nehmen, verursachte ihm Schmerzen, die eigentlich einen Besuch in der Notfallambulanz erforderlich machten.

»Ich dachte, du beschreibst das Flugzeug und nicht mich.«

»Vielleicht habe ich das ein bisschen durcheinandergebracht«, gab er mit einem Schulterzucken zu.

»Dann lass uns mal lieber starten ... bevor wir zu neuen Horizonten fliegen, ohne den Boden zu verlassen.«

Verdammt, er war so gerne mit dieser Frau zusammen. Sie schreckte nicht vor ihm zurück, versuchte nicht, so zu tun, als wäre da keine Anziehungskraft zwischen ihnen. Sie war so aufrichtig und er sich nicht sicher, was er tun würde, wenn er keine andere Wahl hätte, als sie zu verlassen. Jetzt hatte er das Gefühl, jemand hätte ihm eiskaltes Wasser in die Hose gegossen.

»Auf geht's«, sagte er ein wenig mürrisch.

Dakota schaute ihn an und versuchte herauszufinden, was diesen plötzlichen Stimmungswandel verursacht hatte, aber dann kletterte sie ins Flugzeug und verschaffte ihm einen köstlichen Blick auf ihr Hinterteil, bevor sie im Inneren verschwand.

Ace nahm sich Zeit und ging um das Flugzeug herum. Dieser Flug schien länger zu werden als der letzte, und das hatte nichts mit der Zeit zu tun, die sie in der Luft sein würden. Dakotas Duft würde ihn wieder einhüllen, aber dieses Mal wüsste er, wie es sich anfühlt, wenn er tief in ihr ist. Ace war Folter ausgesetzt gewesen, aber das würde nicht im Geringsten vergleichbar sein mit dem, was er in den nächsten ein oder zwei Stunden auszuhalten hatte.

Ace versuchte, sich einzureden, stärker zu sein als der Durchschnitt, kletterte zu Dakota ins Flugzeug und verschloss die Tür. Er drängte die schmutzigen Gedanken beiseite und konzentrierte sich auf die Flugstunde. Jedes Mal, wenn Dakota sich in die Lüfte erhob, ging es um Leben oder Tod. Je mehr er ihr beibringen konnte, bevor er abreiste, desto besser würde er sich fühlen, wenn sie ohne ihn weitermachte. Keiner würde sie so gut schulen wie er. Vielleicht würde er diese CIA-Mission auch ausfallen lassen. Sollte sie doch jemand anderer übernehmen.

So schnell ihm dieser Gedanke in den Sinn gekommen war, so schnell schob er ihn auch schon wieder beiseite. Er gehörte zum CIA. Es war sein Job, die Welt zu einem sicheren Ort zu machen. Nichts sollte ihn dabei aufhalten. Außerdem würde es ihn nicht ausfüllen, nur private Flugstunden zu geben. Das war zu profan, zu langweilig.

Nach dieser Entscheidung ging es an die Arbeit. Sie starteten das Flugzeug und rollten zur Startbahn. Ace war nicht mehr in der Stimmung, mit Dakota zu scherzen. Nie hätte er gedacht, dass das je passieren würde.

Sie stellte sich erstaunlich gut an und hörte ihm aufmerksam zu, als sie sich immer weiter vom Flughafen entfernten und immer höher in den Himmel stiegen.

»Ich könnte das den ganzen Tag machen«, schwärmte sie, und ihr freudiges Lachen drang klar durch seine Kopfhörer.

»Ja, ich auch«, gestand er.

»Findest du es nach deinen Millionen von Flugstunden nicht langweilig?«, wollte sie wissen.

Er lachte. »Ich komme nicht mal annähernd auf so viele Stunden, aber nein, ehrlich gesagt, habe ich nie die Nase voll vom Fliegen.«

»Das werde ich auch nicht, wenn ich riesige Jumbos über den Atlantik steuere.« Dakota hüpfte ein wenig auf ihrem Sitz herum und rieb dabei ihr Bein an seinem. Ace zwang sich, sein Begehren zu ignorieren.

»Wie kommst du darauf zu denken, dass du über den Atlantik fliegen wirst?«, fragte er.

»Ich bin in meinem letzten Cheerleaderjahr. Es wird Zeit für mich, erwachsen zu werden. Pilotin ist mein Berufswunsch, aber für immer kleine Flugzeuge zu fliegen, wird mir nicht reichen. Sherman hat gesagt, dass ich eine sichere Kandidatin für Coopers Fluggesellschaft bin, wenn ich die notwendigen Flugstunden und den Unterricht absolviert habe.«

Bei ihren Worten spürte Ace einen Hauch von Eifersucht. Er wusste, wie es unter den Piloten zuging. Viele von ihnen hatten unzählige Affären. Sie würden denken, sie hätten den Jackpot gewonnen, sobald Dakota mit diesen stolzen Sternen auf den Schultern an Bord kam. Von Tag eins an wären die männlichen Kollegen hinter ihr her. Ace versuchte, sich einzureden, dass ihm das egal war. Es würde auch noch mindestens zwei bis drei Jahre dauern. Aber angesichts Dakotas Ehrgeiz wettete er, dass sie jeden Tag fliegen würde, um die erforderlichen Stunden zusammenzubekommen.

Sie gehörte nicht ihm – nicht wirklich –, deshalb verstand er auch nicht, weshalb es ihm etwas ausmachen sollte. Vielleicht würde es das auch gar nicht, wenn es so weit wäre. Er wusste allerdings, dass das ein Trugschluss war, aber er weigerte sich, darüber nachzudenken.

»Diese langen Flüge sind wirklich toll«, sagte er.

»Bist du mit dem CIA zu coolen Orten geflogen?«, wollte Dakota wissen.

»Ja, als das Drogenkartell bei meinem letzten Fall glaubte, ich arbeitete für sie, absolvierten wir eine Menge internationale Flüge. Natürlich führten die Mitglieder nichts Gutes im Schilde, und deshalb hat mir das auch etwas von der Freude am Fliegen genommen, aber der Jet war schon verdammt beeindruckend«, gab Ace zu.

»Am Ende hast du sie geschnappt, und das ist das Wichtigste, an das du dich erinnern solltest.«

»Das versuche ich mir immer zu sagen«, murmelte er und nach einer langen Pause: »Wir sollten umkehren und wieder zurückfliegen.«

Der Schmollmund, den sie zog, weckte in ihm den Wunsch, sie zu küssen. Trotz ihrer Enttäuschung flog sie eine fast perfekte Kurve, und dann machten sie sich auf den Rückflug. Ace wollte gerade etwas sagen, als ein Licht auf der Instrumententafel zu blinken begann. Und plötzlich verstummte der Motor.

Dakota schaute ihn besorgt an. *Was war das denn?* »Überlass mir das Steuer«, verlangte er mit ruhiger Stimme. Es war keine große Sache, aber bestimmt nichts, was eine Flugschülerin in der zweiten Flugstunde hätte bewältigen können.

»Das ist schlimm, oder?«, fragte sie. Er bemerkte, dass ihre Stimme ruhig klang, wenn auch zögerlich.

»Das sollte eigentlich nicht passieren, aber wir sind noch nicht in Schwierigkeiten«, antwortete er.

Sie nickte und schaute genau zu, was er tat. Ace versuchte, den Motor erneut zu starten, aber er stotterte nur und dann … nichts.

Sie verloren an Höhe, und Ace wusste, dass ihm nur Sekunden blieben, um zu entscheiden, was zu tun war. Irgendwie bereute er, dass er Dakota hatte beeindrucken wollen, indem er dieses Flugzeug ausgesucht hatte, denn es lief schneller heiß und brauchte zum Landen eine viel höhere Geschwindigkeit, was kurze Landepisten zu einem Problem machte. Ace schaute nach unten und stellte verdammt dankbar fest, dass sie sich außerhalb der Stadtgrenzen befanden. Halb links waren einige Felder. Er hatte keine gute Sicht, um zu überprüfen, ob sich dort Stromleitungen, Traktoren, Heuballen oder irgendetwas anderes befand, das ein Hindernis für sie darstellen konnte, sobald sie auf dem Boden aufkamen. Aber er hatte keine andere Wahl, als eine Notlandung vorzunehmen.

»Es ist schlimm, oder?«, fragte Dakota erneut. Ihre Stimme war immer noch ruhig, aber leise.

»Ja, es ist schlimm«, bestätigte er, bevor er die Mikrofontaste drückte, um eine Notlandung zu melden. Er gab seine Koordinaten durch und sprach ein kurzes Gebet, während der Erdboden immer näher kam und sie sich viel zu schnell darauf zubewegten.

»Halt dich fest«, befahl er mit angespannter Stimme. Das hier wäre fast ein Nervenkitzel für ihn, wenn nicht Dakota direkt neben ihm säße.

Ihr schweres Atmen drang laut und deutlich durch seine Kopfhörer, und alles, woran Ace in diesem Augenblick denken konnte, war, zu versuchen, die Kontrolle über das Flugzeug zu bekommen. Er hatte keine Zeit, sich zu fragen, wo der Fehler lag oder was passieren würde, wenn sie auf dem Boden aufkamen. Er musste es darauf ankommen lassen und beten, dass Dakota nichts passierte.

»Jetzt!«, rief er, und es missfiel ihm, wie schnell sich das Flugzeug dem Feld näherte. Nichts war sichtbar im Weg, aber er wusste nicht, ob es da unten Löcher, niedrige Zäune und Gräben gab. Er konzentrierte sich und tat sein Bestes, den Bug leicht hochzuziehen, damit sie nicht nach vorn knallten oder kippten und mit den Flügeln aufprallten.

Das Flugzeug setzte mit einem holprigen Aufprall auf und sie wurden schmerzhaft gegen die Sicherheitsgurte gedrückt. Nur dank der Gurte knallten ihre Köpfe nicht gegen die Decke.

Ace hörte, wie Dakota ein Seufzer der Erleichterung entwich.

»Es ist noch nicht vorbei!«, rief er. »Halt dich fest!«

Das Flugzeug schlingerte ein wenig nach links, und Ace tat sein Bestes, um die Maschine gerade auszurichten, während sie über das grasbewachsene Feld donnerten. Er trat leicht auf die

Bremsen, wollte eine Vollbremsung vermeiden, damit sich das Flugzeug nicht überschlug.

Dann entdeckte er vor sich einen Zaun und wusste, es würde knapp werden. Als er ein bisschen kräftiger bremste, merkte er, wie das Flugzeug Widerstand leistete und das Heck zur Seite schlingerte. Dann stießen sie gegen einen Erdhügel, wodurch der linke Flügel auf den Boden knallte und sie sich überschlugen.

Dakotas Schrei war das Letzte, was er hörte, bevor Ace mit dem Kopf gegen das Fenster schlug und bewusstlos wurde.

KAPITEL 23

Ace hörte Sirenen heulen, als er wieder zu sich kam. Dakota spürte, wie ihr Tränen übers Gesicht liefen, als sie sah, wie er die Augen öffnete. Sie riss ihr Headset von den Ohren, beugte sich zu ihm und nahm ihm seines ab.

»Wie lange war ich bewusstlos?«, fragte er. Er sah ein bisschen benommen aus, kam aber schnell zu sich.

»Nur ein paar Sekunden, aber du hast mich zu Tode erschreckt«, gab Dakota zu.

»Wir müssen hier raus! Die Maschine könnte Feuer fangen«, rief er, öffnete zuerst seinen und dann ihren Sicherheitsgurt. Dakotas Finger zitterten.

Die Türen klemmten, deshalb trat Ace mit aller Kraft dagegen. Er brauchte ein paar Versuche, aber dann brach das Fenster schließlich heraus, und er schob Dakota hindurch. Schnell folgte er ihr und entfernte sich zügig mit ihr vom Flugzeug. Sie hatten verdammtes Glück, dass es noch nicht explodiert war.

Dakota versuchte verzweifelt, tapfer zu sein, als sich Feuerlöschfahrzeuge und ein Krankenwagen näherten. Das ganze Szenario war schrecklich gewesen.

»Willst du immer noch Pilotin werden?«, fragte Ace. Er versuchte, ruhig zu bleiben, aber Dakota konnte die Angst in seinen Augen sehen und wusste, dass sie ihr galt. Sie hatte das Gefühl, dass sich Ace selten um sich selbst Sorgen machte, aber äußerst beunruhigt war, wenn jemand in Gefahr war, der ihm etwas bedeutete. Das hieß, dass sie auf der Liste derjenigen stand, die er beschützen wollte. Irgendwie gefiel ihr der Gedanke.

»Das war nicht der lustige Teil des Trainings«, gestand sie mit einem unsicheren Lächeln. »Aber er wird mich nicht davon abhalten, wieder zu fliegen.«

Am liebsten hätte Dakota einen Freudentanz hingelegt, denn sie sah die Bewunderung in seinem Blick, als er ihr eine Haarsträhne aus dem Gesicht strich. Doch der Schmerz in ihrem Körper warnte sie, dass es ein paar Tage dauern würde, bis sie zu solchen Bewegungen wieder imstande sein würde.

»Du beeindruckst mich, Dakota«, sagte er.

»Schön. Ich bin gerne beeindruckend.«

Sie wurden von den eintreffenden Einsatzfahrzeugen und auf sie zueilenden Sanitätern unterbrochen. Verdammt! Das wird ja zur Gewohnheit, dachte Dakota. Vielleicht schafften sie beide sogar eine einzige Woche, ohne dass ihnen Rettungskräfte zu Hilfe eilten.

Es dauerte eine Weile, bis Ace erklärt hatte, was passiert war, und die Sanitäter beide untersucht hatten. Dakota kam mit dem Zählen nicht mehr nach, wie viele Leute ihr versicherten, dass sie wahnsinniges Glück gehabt hatte, mit ein paar Prellungen und gezerrten Muskeln davongekommen zu sein.

Um ganz ehrlich zu sein, war sie zu Tode erschrocken gewesen. Allerdings ließ Dakota es nicht zu, dass Angst ihr Leben beherrschte. Auf gar keinen Fall. Sie würde wieder in ein Flugzeug steigen. Nicht in das, das sie gerade zerstört hatten, aber sie würde wieder fliegen. Auch wenn sie die nächsten Male Angst haben würde. Allerdings würde sie eine Woche Pause einlegen. Das galt nicht als kneifen, sondern es war eine kluge Entscheidung.

»Bist du bereit zu gehen?«, wollte Ace wissen.

Genau in dem Moment trafen zwei weitere Autos ein, und seine Brüder und ihre Frauen sprangen heraus. Die Frauen hatten Tränen in den Augen, und die Blicke der Brüder waren voller Sorge.

»Du meine Güte, Dakota!«, rief Chloe, lief auf sie zu und drückte sie so heftig, dass Dakota ein bisschen wimmerte.

Chloe ließ sie los und schaute sie an. »Tut mir leid! Tut mir so leid, aber ich hatte solche Angst!« Und dann entschuldigte sich Chloe noch ein Dutzend Mal.

»Uns beiden geht es gut, wirklich. Nur hier und da ein wenig lädiert«, versicherte Dakota ihrer besten Freundin.

»Du bist gerade mit einem Flugzeug abgestürzt«, schimpfte Chloe und schaute dann Ace an. »Was ist bloß los mit euch Jungs, dass ihr immer abstürzen müsst?«

Ace hielt mit großen Augen abwehrend die Hände hoch. »Glaub mir, das stand heute nicht auf meiner To-do-Liste.«

»Ich weiß. Tut mir leid«, gab Chloe nach, ging zu ihm und warf ihm die Arme um den Hals. Ob er nun eine Umarmung wollte oder nicht, er bekam sie. Sein Blick traf über Chloes Kopf hinweg auf Dakota und sie lächelte ihn an. Als Nick Chloe geheiratet hatte, waren seine Brüder für sie wie ihre eigenen. Damit musste Ace sich abfinden … und auch mit all der Liebe, die das beinhaltete.

»Uns geht's gut«, beteuerte Ace wieder und klopfte Chloe unbeholfen auf den Rücken.

»Ich weiß, aber ich musste euch beide einfach anfassen, um sicherzugehen«, erklärte Chloe.

Stormy und Lindsey taten es Chloe nach und umarmten Dakota und dann Ace, bevor sie beiseitetraten, damit die

Brüder über das Unglück reden konnten. Alle vier gingen hinüber zum Flugzeugwrack.

»Weißt du, wie es passiert ist?«, fragte Stormy.

»Nein. Zunächst war alles in Ordnung, und plötzlich starb der Motor ab und es ging abwärts«, berichtete Dakota.

»Ich kann mir das nicht einmal vorstellen.« Lindsey stöhnte und ließ den Anblick des verbogenen Metalls des Flugzeugwracks auf sich wirken.

»Ace hat ganze Arbeit geleistet und uns sicher zu Boden gebracht«, fuhr Dakota fort.

»Für mich sieht das ganz und gar nicht sicher aus«, entgegnete Lindsey.

Einen Seufzer ausstoßend, ging Dakota in Gedanken alles durch, was sie sagen konnte, um die Ängste aller zu mildern, aber sie war ratlos. »Er hat uns lebend aus dem Flugzeug bekommen«, sagte sie schließlich.

»Das ist alles, was zählt«, versicherte ihr Chloe.

»Ich nehme mal an, das Flugzeug ist nicht gerade billig.« Dakota machte ein besorgtes Gesicht. Ihre Versicherung würde in die Höhe schnellen.

»Das sollte dich im Augenblick überhaupt nicht interessieren«, meinte Stormy und wandte sich vom Flugzeug ab. »Ich kann mir das nicht mehr anschauen, sonst habe ich wochenlang Albträume.«

»Wie habt ihr überhaupt herausgefunden, was passiert ist?«, fragte Dakota. Sie und Ace hatten keine Zeit gehabt, seine Familie anzurufen, weil sie mit den Rettungskräften beschäftigt gewesen waren.

»Sherman hat davon gehört und uns angerufen«, sagte Lindsey.

»Gibt es irgendetwas, was der Mann nicht mitbekommt?«, fragte Dakota.»Nein, eigentlich nicht«, gab Stormy zu.

»Es wundert mich, dass er nicht als Erster vor Ort war«, staunte Dakota.

»Das wollte er, aber Maverick hat ihn gebeten, am Funkgerät zu bleiben, damit er uns auf dem Laufenden halten konnte. Mav hat ihm versprochen, dass wir dich direkt zu ihm bringen«, erzählte Chloe.

»Dann gibt's noch mehr Umarmungen«, mutmaßte Dakota mit einem Lachen, das ihr die geprellten Rippen übel nahmen.

»Ich denke, wir sollten ins Krankenhaus fahren«, schlug Chloe vor.

»Die Sanitäter haben gedrückt und abgetastet, und wenn etwas bedenklich gewesen wäre, hätten sie es herausgefunden«, versuchte Dakota, Chloe zu beruhigen.

»Und was ist mit inneren Verletzungen?«, hakte Lindsey nach.

»Du weißt besser als jeder andere, dass es dafür Anzeichen gäbe.«

»Ich denke, wir brauchen sicherheitshalber ein paar Röntgenaufnahmen.« Chloe ließ nicht locker.

Wenn eine Krankenschwester und eine frühere Krankenschwester Bedenken hatten, dann war sie überstimmt. Und das wusste Dakota. Sie wusste auch, dass gegen jeglichen Widerstand von Ace vehement protestiert werden würde und sie beide auf der Verliererseite standen. Und so war es auch.

KAPITEL 24

Das Sonnenlicht strömte durch die Fenster von Coopers Gästehaus. Dakota wachte mit einem Lächeln auf. Sie würde nicht laut zugeben, wie viel Angst sie gehabt hatte, als sie und Ace am Tag zuvor abgestürzt waren. Und obwohl sie nicht ins Krankenhaus hatte fahren wollen, war sie doch ein bisschen froh, dass seine Familie darauf bestanden hatte.

Obwohl es Stunden gedauert hatte, hatten sie das Krankenhaus mit dem Wissen verlassen, dass alles mit ihnen in Ordnung war. Dakota hatte Schmerzen gehabt, als sie mit Aces Hilfe wieder in Coopers Gästehaus zu Bett gegangen war, aber der Schmerz war mit Ace an ihrer Seite auszuhalten gewesen. So langsam wurde sie ein wenig abhängig von dem Mann und das beunruhigte sie. Allerdings war Ace so anders als all die Männer, die sie bisher getroffen hatte, und sie genoss die Zeit mit ihm, obgleich sie Angst davor hatte, was das bedeutete.

Obwohl es Dakota immer gefiel, Zeit für sich zu haben – besonders, weil sie nicht viel davon in ihrer Kindheit gehabt hatte –, spürte sie in diesen Tagen eine unsichtbare Schnur, die sie mit Ace verband. Sie wollte nicht mehr zu lange von ihm getrennt sein. Aber wenn das Neue und die aufregenden Abenteuer, die sie miteinander durchgestanden hatten, verblasst waren, war sie sicher, dass dieses Band durchtrennt werden würde.

Aber fürs Erste zog sie ein Paar geliehene Schuhe an und genoss die frische Morgenluft, als sie zu Coopers Wohnhaus ging. Sobald sie durch die Hintertür getreten war, hörte sie Stimmen im Esszimmer. Die Kinder lachten und die Erwachsenen redeten, als Dakota um die Ecke bog. Auf dem Flur blieb sie stehen und beobachtete die Familie. Nichts auf der Welt schien ihnen Sorgen zu bereiten.

Dakota war fasziniert, als sie Ace über etwas lachen sah, das sein Bruder zu ihm gesagt hatte. Der Mann war gut aussehend, aber wenn er lachte, war er atemberaubend. Sie spürte, wie ihr Herz einen Schlag aussetzte. Ja, sie steckte wirklich in Schwierigkeiten.

»Endlich bist du da! Ich dachte schon, du würdest den ganzen Tag schlafen«, rief Chloe, was zur Folge hatte, dass sich alle zu Dakota umdrehten und diese rot wurde. »Muss ganz schön was los gewesen sein letzte Nacht.« Das Rot auf ihren Wangen schien zu bestätigen, was alle dachten, aber in Wirklichkeit hatte Ace sie einfach nur festgehalten, und sie war geborgen in seinen Armen eingeschlafen.

»Die letzten Tage müssen mich eingeholt haben und ich brauchte einfach den Schlaf«, rechtfertigte sich Dakota.

Der intensive Blick, den Ace ihr zuwarf, erinnerte sie daran, wie seine Hände vor zwei Nächten über ihren Körper gewandert waren und sein Mund sie hatte dahinschmelzen lassen. Sie hatte das Gefühl gehabt, aus der Zeit gefallen zu sein. Darüber war sie überhaupt nicht froh. Eine Nacht ohne Liebesspiel und sie war bereit, ihm hier auf der Stelle vor der gesamten Familie die Kleider vom Leibe zu reißen. Was zum Teufel war los mit ihr?

»Komm und iss etwas, dann fühlst du dich in null Komma nichts wieder normal«, drängte Stormy, griff nach Dakotas Arm und führte sie zu einem Büfett, auf dem jede Menge Essen auf Rechauds warm gehalten wurde.

»Wir haben mit dem Essen auf dich gewartet«, erklärte Lindsey, als sie alle nach Tellern griffen.

»Das hättet ihr nicht tun sollen. Jetzt fühle ich mich schlecht«, gab Dakota zu.

»Keine Sorge. Wir wären sehr bald gekommen und hätten dich geholt, wenn du nicht aufgetaucht wärst«, versicherte ihr Chloe.

»Na gut.« Dakota war beruhigt.

Ace bahnte sich einen Weg durch die Gruppe und stellte sich direkt neben sie. Dann beugte er sich zu ihr und strich mit den Lippen sanft über ihre Halsbeuge, woraufhin ihr eine Gänsehaut über den Rücken lief. Sie bemerkte, dass ihre Knie gleich nachgeben würden, wenn sie nicht aufpasste. Zu ihrem eigenen Schutz trat sie einen Schritt von ihm zurück.

»Es ist erst ein paar Stunden her, aber ich habe dich bereits vermisst«, gestand er ihr.

Das Strahlen, das sich bei seinen Worten in ihrem Inneren ausbreitete, füllte sie dermaßen aus, dass sie kein Essen brauchen würde. Alles, was sie zu brauchen schien, war er. Dakota befand sich auf einem gefährlichen Pfad.

»Du solltest dir Essen holen«, riet sie ihm, als sich ihre Blicke trafen. Sie hätte schwören können, Enttäuschung in seinem gesehen zu haben, aber wie konnte das möglich sein? Fühlte er, was sie fühlte? Warum konnte sie ihm gegenüber nicht zugeben, dass sie ihn auch vermisst hatte? Vielleicht, weil sie sich dann zu bedürftig fühlen würde.

»Gehen wir heute raus?«, fragte sie ihn, als sie sich mit Tellern voller Essen an den Tisch setzten. Sie wollte nicht, dass er den Flugzeugabsturz als Entschuldigung dafür benutzte, sie wieder abzuschirmen.

»Bist du immer noch so ruhelos? Auch nach dem entsetzlichen Ereignis von gestern?«, fragte er. Er begann zu essen, und jetzt war sie sicher, dass sie in seinem Blick nicht das gesehen hatte, was sie gedacht hatte zu sehen. Er war ein selbstbewusster Mann, und es war ihm egal, was sie sagte oder ihm gegenüber empfand. Vielleicht interpretierte sie mehr in diese Sache hinein, als da wirklich war.

»Ja, ich bin es gewohnt, die ganze Zeit draußen und sehr aktiv zu sein. Den ganzen Tag im Haus gefangen zu sein ist etwas, was ich nicht lange aushalte«, sagte sie und ihre Stimme hatte jetzt definitiv einen flehenden Unterton.

Chloe und Nick gesellten sich zu ihnen.

»Das kann ich bestätigen. Dakota hat mich immer wieder aus dem Haus gezerrt, wenn ich nichts lieber wollte, als drinnen bleiben. Aber ich muss zugeben, dass wir bei unseren vielen Abenteuern immer Spaß hatten«, erzählte Chloe.

»Wir könnten heute zum Mittagessen in die Stadt fahren«, schlug Nick vor.

»Meinst du nicht, ein Ruhetag wäre besser?«, gab Ace zu bedenken.

»Nein. Mir tun alle möglichen Körperteile weh, und es ist viel besser, wenn ich rausgehe und mich bewege, damit die Muskeln gelockert werden«, beharrte Dakota.

»Ich glaube nicht, dass der Arzt das empfehlen würde«, hielt Ace dagegen.

»Ich kenne meinen Körper.« Dakota blieb dabei. Der bedächtige, wohlüberlegte Blick, den Ace ihr zuwarf, sagte ihr, dass er ihren Körper ebenfalls kannte – auf ziemlich intime Weise. Es war so einfach, sich in seinen Augen zu verlieren.

»Ich weiß nicht …« Ace wand sich noch immer. Am liebsten wäre sie ihm an die Gurgel gegangen, aber sie brauchte einen Kompromiss.

»Wenn du mir heute einen freien Tag gibst, dann nerve ich ein paar Tage nicht mehr und ruhe mich aus«, machte sie ihm mit ihrem überzeugendsten Lächeln den Vorschlag.

Ace schaute sie ernst an, aber der Blick war nicht von Dauer, denn Dakota fuhr mit den Fingernägeln über seinen Oberschenkel.

»Du spielst nicht fair«, warnte er sie.

»Ich spiele, um zu gewinnen«, konterte sie, was die anderen Paare am Tisch kichern ließ.

»Gib einfach auf, Bruder. Du hast verloren«, riet ihm Maverick. Dakota schenkte Aces Bruder ein strahlendes Lächeln. Es half, wenn man andere Leute auf seiner Seite hatte.

»Na gut, wir fahren heute in die Stadt, aber dann ruhen wir uns aus«, gab Ace schließlich nach.

Dakota warf ihm die Arme um den Hals und drückte ihn. Es gefiel ihr, ihren Willen zu bekommen, und sie zeigte ihm, dass er im Gegenzug belohnt werden würde.

Sie beendeten das Frühstück, und Dakota war überrascht, als die Männer aufräumten und die Frauen mit den Kindern im Wohnzimmer verschwanden und plauderten, während sie Brettspiele spielten.

Es dauerte nicht lange und die Männer gesellten sich dazu, und dann war es eine durchaus familiäre Szene, als Ace sich neben Dakota aufs Sofa setzte, den Arm um ihre Schultern legte, mit seiner Nichte und den Neffen lachte und sich mit seiner Familie unterhielt.

Hätte Dakota nicht gewusst, dass er die letzten acht Jahre weg gewesen war, sie hätte es niemals vermutet. Sie hatten alle perfekt zueinandergefunden und schienen miteinander glücklich zu sein. Dakota sehnte sich danach, ein echter Teil dieser liebevollen Familie zu sein.

»Bist du sicher, dass du irgendwohin willst? Mir gefällt es, einfach hier zu sitzen«, gestand ihr Ace.

»Führe mich nicht in Versuchung«, warnte ihn Dakota.

»Ich mag es, dich in Versuchung zu führen«, flüsterte er, und sein heißer Atem strich an ihrem Hals entlang.

»Offensichtlich.« Dakotas Herz pochte wild.

»Wir könnten einfach eine Weile hinunter ins Gästehaus gehen«, schlug er vor.

Sie war mehr als bereit, genau das zu tun. »Ich glaube, ihr habt genug Zeit im Gästehaus verbracht. Ich habe einen Babysitter und mir wurde ein Ausflug in die Stadt versprochen«, meldete sich Stormy zu Wort.

Dakota lächelte sie an und war nicht sicher, ob sie über die Hilfe glücklich oder enttäuscht sein sollte.

»Okay, auf in die Stadt!«, rief Dakota.

Ace stöhnte, als sie sich erhob. Dann streckte sie die Hand aus und griff nach seiner. Langsam stand er auf, zog sie in die Arme und küsste sie vor der versammelten Familie. Dakota fiel fast in Ohnmacht, als er zurückwich.

»Bist du sicher, dass du den Ausflug nicht ausfallen lassen willst?«, fragte Ace und hob die Augenbrauen.

»Die Wartezeit erhöht die Vorfreude auf heute Abend«, versprach sie und seine Augen funkelten.

»Da ist was dran«, gab er zu.

Es dauerte noch eine Weile, bis sie das Haus verließen. Sie mussten sich noch von den Kindern verabschieden und ihnen versprechen, Süßigkeiten mitzubringen. Außerdem fuhren sie mit zwei Autos, denn Nick bestand darauf, seinen alten Pick-up zu nehmen, weil der angeblich eine Weile nicht gefahren worden war und sich Nick zufolge vernachlässigt fühlte. Chloe lachte, stieg aber bereitwillig zu ihrem Mann in das alte Gefährt.

In Seattle entspannten sie sich und aßen zu Mittag am Wasser. Danach gingen sie in den Park, um den sonnigen, windstillen Tag zu genießen. Dakota stellte fest, dass sie sich sehr wohl daran gewöhnen könnte, nichts anderes zu tun, als in Aces Armen zu liegen, während sie mit ihrer besten Freundin und deren Familie plauderte.

»Das war ein vergnüglicher Tag«, stellte Ace fest, als er sich umsah. Das tat er immer. Dakota gefiel es irgendwie, dass sie sich bei ihm so sicher fühlte. »Jetzt ist es aber an der Zeit zurückzufahren.«

Die Frauen stöhnten alle und machten sich aber auf den Weg zum Parkplatz. Und dann geschah es. Ace blieb plötzlich stehen und war in sofortige Alarmbereitschaft versetzt.

»Was ist los?«, fragte Cooper. Nick und Maverick stellten sich neben ihn und schirmten automatisch die Frauen ab.

»Irgendetwas stimmt nicht«, erklärte Ace.

»Ich sehe nichts«, sagte Mav.

»Ich weiß nicht. Ich habe so ein komisches Gefühl.«

»Wir hatten einen entspannten Tag. Ich glaube, du bist so daran gewöhnt, immer nach Gefahr Ausschau zu halten, dass du dich gar nicht entspannen kannst«, konterte Nick.

»Die Frage stellt sich nicht, wenn die Frauen in Gefahr sind«, beharrte Ace.

»Komm schon, Ace!« Cooper lachte. »Entspann dich.«

»Wir müssen hier weg. Ich habe gelernt, meinen Instinkten zu vertrauen.« Ace blieb hartnäckig.

Cooper schaute ihn einen Augenblick bedächtig an und seufzte dann. »Okay. Lasst uns gehen.«

Sie gingen weiter und die Luft schien sich zu verdichten. Nick schlenderte entspannt auf seinen Pick-up zu. Sie befanden sich ungefähr dreißig Meter davon entfernt, als eine nahe Explosion sie fast zu Boden riss. Menschen schrien und rannten vom Parkplatz.

Schockiert stand Nick da und bewegte sich nicht, als die Hitze der Detonation sie einhüllte. Sie befanden sich weit genug entfernt, um außer Gefahr zu sein, jedoch zu nahe, um sich völlig in Sicherheit zu wiegen.

Dakota sah, wie Nicks Pick-up in Flammen aufging. Sie drehte sich um, schaute in sein kreidebleiches Gesicht und wusste nicht, was sie sagen sollte. Alle schwiegen und blickten auf die Verwüstung.

»Wer macht denn so was mit meinem Pick-up?« Nicks Stimme verriet, wie fassungslos er war.

»Das gibt's doch nicht!«, rief Ace. »Ich hätte besser aufpassen müssen.«

»Wie kann das dein Fehler sein?«, fragte Dakota.

»Weil …« Aces Stimme verlor sich. Er hatte keine Antwort darauf.

Cooper war der Erste, der sich wieder gefasst hatte. Er zog sein Handy aus der Tasche und alarmierte die Polizei, aber das musste schon jemand anderer getan haben, denn sie hörten die Sirenen von Einsatzfahrzeugen.

Plötzlich explodierte ein weiteres Auto, und die Leute auf dem Parkplatz, die auf ihre Autos zugelaufen waren, wichen zurück. Erneute Schreie und weinende Kinder waren deutlich zu hören.

Die Feuerwehr traf ein und begann, die Flammen zu löschen, die auf mehrere andere Autos übergegriffen hatten. Das Bombenentschärfungskommando raste auf den Parkplatz und kam mit kreischenden Bremsen zum Stehen.

»Was zum Teufel ist hier los?«, fragte Mav.

»Mir gefällt das nicht.« Ace war alarmiert. Sie drängten sich alle zusammen, und Ace sah sich in der Menschenmenge um, suchte nach Gesichtern, die hier nicht hinzugehören schienen. Aber er fand keine – nur eine Menge entsetzter Leute.

Die Polizeibeamten tauchten auf und Ace ging sofort auf sie zu. Einige von ihnen befragten die Anwesenden.

»Haben Sie etwas gesehen?«, fragte der Polizeibeamte.

»Ja, ich habe gesehen, wie mein Pick-up in die Luft geflogen ist«, antwortete Nick mit einem Knurren.

»Nein, wir haben nicht gesehen, wer es war«, schaltete sich Ace ein.

»Andere Autos sind auch in die Luft geflogen. Wir nehmen an, dass es sich um eine Gruppe von Fundamentalisten handelt, die wiedermal ihren Standpunkt untermauern wollten«, erklärte der Polizeibeamte ihnen.

»Sind Sie sicher?«, fragte Ace.

Dakota hörte auf jedes Wort, das gesprochen wurde. Was konnte es sonst gewesen sein? Was verschwieg ihnen der Polizeibeamte?

»Nein, wir sind nicht sicher, aber es gab vor einer Stunde einen weiteren Notruf im Osten der Stadt.«

Der Polizeibeamte verabschiedete sich, und dann mussten sie warten, weil Coopers Auto untersucht wurde. Es war in Ordnung, und sie konnten fahren. Alle waren angespannt, als sie einstiegen. Zu Hause würden sie darüber nachdenken müssen, was das zu bedeuten hatte.

KAPITEL 25

Ace ging im Wohnzimmer seines Bruders auf und ab und ging sämtliche Schimpfwörter durch, die ihm einfielen. Gerade hatte er wieder mit Bill telefoniert, und sein Chef hatte ihm versichert, dass niemand hinter ihm her war. Ace hatte ihn angeschrien, gedroht und ihn aufgefordert, intensiver nachzuforschen. Dass der Pick-up seines Bruders in die Luft geflogen war, konnte kein Zufall sein.

Seine Brüder saßen da und warteten darauf, dass er sich endlich beruhigte. Aber Ace wollte seine Sinne noch nicht einmal mit einem Glas Bourbon betäuben, obwohl er sicher war, dass er einen gebrauchen konnte. *Was wäre, wenn ...* Das war alles, woran er denken konnte.

»Weißt du, so etwas passiert einfach«, sagte Cooper schließlich.

Ace drehte sich mit einem zweifelnden Blick zu ihm um. »Aber nicht mir«, presste er mit zusammengebissenen Zähnen hervor. Er zwang sich, sich so weit zu beruhigen, dass seine Brüder ihn verstanden. »Ich habe lange Zeit im bösen Teil dieser Welt gelebt. Wenn man unachtsam und entspannt ist, schlagen die Leute zu.«

»Es stimmt, dass du in einer Welt voller Misstrauen und Bösem gelebt hast, aber jetzt bist du wieder zu Hause«, beschwichtigte ihn Nick.

»Und der Ärger scheint mir auf den Fersen zu bleiben«, beteuerte Ace.

»Oder vielleicht passiert so ein Mist einfach«, warf Mav ein.

»Ja, so wie Rowdys meinen Pick-up in die Luft gesprengt haben«, murmelte Nick. Sein Schock hatte sich gelegt und jetzt war er voller Wut.

»Wer auch immer das getan hat, wird dafür bezahlen«, versprach Ace seinem Bruder. »Und ich besorge dir einen neuen Pick-up.«

Nick schüttelte den Kopf. »Den kannst du nicht ersetzen.«

»Tut mir leid. Ich habe das Gefühl, es ist mein Fehler.«

Nick schwieg eine Weile und dann lächelte er Ace an. Eigentlich gab es in diesem besonderen Moment nichts, über das man hätte lächeln können, aber Nick war schon immer derjenige, der den Regenbogen am Ende des Gewitters sah.

»Ich glaube nicht, dass das irgendetwas mit dir zu tun hat, aber auch wenn es so wäre … wir sind eine Familie. Wenn einer von uns in Schwierigkeiten steckt, dann tun wir das alle«, versicherte Nick ihm.

»Sollte es sich tatsächlich herausstellen, dass jemand hinter dir her ist, dann stehen wir hinter dir«, fügte Cooper hinzu.

»Wir sind die vier Musketiere.« Mav grinste.

»Ich weiß nicht. Ich weiß es einfach nicht«, beharrte Ace. Vielleicht sah er Gefahr, wo es überhaupt keine gab. Aber sein Bauchgefühl hatte ihn noch nie getäuscht. Er war nicht sicher, was er denken sollte.

»Wir sollten nach den Damen schauen«, schlug Cooper vor.

»Lindsey und Stormy bringen die Kinder ins Bett, und Chloe und Dakota unterhalten sich. Ich glaube, sie wollen nicht gestört werden«, sagte Nick.

»Ja, das waren ein paar intensive Tage«, gab Mav zu.

»Es fällt mir schwer, mich zurückzuhalten. Wenn Dakota etwas passiert und es mein Fehler ist, dann glaube ich nicht, dass ich mir das je wieder verzeihen kann«, gestand Ace.

»Wenn ihr etwas passiert, dann bin ich mir sicher, dass du derjenige sein wirst, der sie rettet«, tröstete Nick ihn.

»Ich bin kein Held und ganz sicher kein Ritter in einer glänzenden Rüstung«, räumte Ace ein.

»Aber sie schaut dich definitiv an, als wärst du einer«, versicherte ihm Cooper.

Ace hatte nie ein Held sein wollen, aber der Gedanke, dass Dakota ihn als einen solchen betrachten könnte, weckte ihn ihm den Wunsch, seinen Ruf als böser Junge loszuwerden. Sie hatte viel zu viel Einfluss auf ihn und seine Gefühle. Er war sich nicht sicher, wie er damit umgehen sollte.

»Entspann dich, und vielleicht solltest du dir einen Drink genehmigen. Wenn sich noch etwas ergibt, wird dich Bill sicher anrufen.«

»Wäre besser für ihn, wenn er es täte.« Ace schaute sehnsüchtig hinüber zum Barfach, aber er konnte sich nicht entspannen – noch nicht. Er glaubte nicht, dass die Gefahr bereits vorüber war, und er hatte das Gefühl, dass es noch viel schlimmer werden würde. Aber vielleicht sollte er tatsächlich ein wenig relaxen, da er der Einzige war, der das befürchtete.

Ace war ratlos. Er hatte das Gefühl, überhaupt nichts mehr zu wissen.

Kapitel 26

Es schien ein Tag zu sein wie jeder normale andere auch. Na ja, für eine gewöhnliche Familie, aber für Ace war der Tag seltsam. Seine Familie wollte, dass er einfach weitermachte, als wäre nichts um ihn herum passiert, aber er konnte sich einfach nicht entspannen und amüsieren, wenn er dieses merkwürdige Gefühl im Bauch hatte.

Dakota hatte darauf bestanden, dass sie alle zu einer Wohltätigkeitsveranstaltung »Gewalt gegen Frauen« gingen. Die anderen Cheerleader würden auch alle da sein. Aces Schwägerinnen waren von der Idee begeistert, und somit war Ace der Einzige, der protestiert hatte. Er war überstimmt worden. Ace war lange Zeit nicht auf dem Laufenden gewesen, was seine Familie betraf, und er konnte nicht behaupten, er hätte schon einmal eine solche Veranstaltung besucht, aber es wäre viel besser, wenn er nicht so verdammt besorgt wäre, dass etwas Schlimmes passieren könnte.

»Hör auf, so paranoid zu sein«, flüsterte Dakota ihm ins Ohr.

»Ich kann mich nicht entspannen, wenn immer wieder seltsame Dinge passieren«, verteidigte er sich.

»Alles wird gut. Ich lasse nicht zu, dass ein paar bedauernswerte Vorfälle mein Leben verändern. Auf gar keinen Fall«, erwiderte Dakota. »Dann würden alle Bösewichte dieser Welt gewinnen.«

»Die Waffen, die sie besitzen, machen sie zu Siegern«, konterte Ace.

»Auf dieser Veranstaltung wird eine Menge Geld für wohltätige Zwecke gesammelt. Du wirst sie einfach durchstehen und dich amüsieren. Es ist ein großes Aufkommen an Sicherheitskräften da, und böse Jungs wurden nicht eingeladen«, versicherte sie ihm.

»Ich weiß, dass wir ein paar schlechte Tage hatten. Und glaub mir, ich bin traurig darüber, meinen Pick-up verloren zu haben, aber uns geht es allen gut. Und das ist die Hauptsache«, schaltete sich Nick ein und musterte nun die Menschenmenge. Er gab sich zwar sorglos, offensichtlich jedoch wuchs auch bei ihm ein wenig das Misstrauen.

»Deine Frau hat darauf bestanden, dass wir Dakota in dieser Sache unterstützen, deshalb schlägst du dich auf ihre Seite«, brummte Ace.

»Wenn du erst einmal verheiratet bist, wirst du verstehen, wie wichtig es ist, deine Frau glücklich zu machen«, meinte Nick.

»Ich heirate niemals, und deshalb werde ich mir darüber keine Gedanken machen müssen«, gab Ace zurück.

Er war froh, dass Dakota hinüber zu ihrem Team gegangen war. Als Paar waren sie und Ace weit davon entfernt, über eine langfristige Beziehung zu reden. Dennoch fühlte er sich bei dem, was er zu seinem Bruder gesagt hatte, nicht wohl. Er wollte nicht, dass Dakota mitbekam, was er übers Heiraten dachte.

Vielleicht hing es damit zusammen, dass sie keine nullachtfünfzehn Frau war. Normalerweise konnte er mit einer Frau schlafen und sie sofort vergessen, wenn er am nächsten Morgen aufwachte. Bei Dakota war das anders gewesen – vom ersten Moment an, als sie ihn auf diese perfekte und ihr eigene Art frech angelächelt hatte. Ace wusste nicht, wie er sie je wieder verlassen konnte, aber in nur etwas mehr als einer Woche würde es so weit sein.

Der Abend hätte lustig werden können, aber Ace konnte sich nicht entspannen. Er aß ein Abendessen, das er nicht schmeckte, und sein Blick war durchweg auf die Menschenmenge gerichtet, die er nach Gefahren absuchte. Dakota bewegte sich ungezwungen durch den Saal, redete und lachte mit wichtigen Geldgebern und sammelte viele Spenden ein.

In dem Ballsaal des Hotels befanden sich viel zu viele Leute. Ace war ständig auf den Beinen, denn er wollte Dakota im Auge behalten. Schließlich tauchte ihr Gesicht auf Bildschirmen im ganzen Land auf und somit konnte er sie nicht einfach verstecken. Er würde dankbar sein, wenn die Footballsaison vorbei war. Dass er je diesen Gedanken haben würde, hätte er nie geglaubt.

Cooper sprach gerade mit Ace, als Dakota mit einem Lächeln durch die Menge auf sie zukam. Ace hörte kein Wort mehr, das Cooper zu ihm sagte. Seine ganze Aufmerksamkeit galt der schönen Frau, die direkt auf ihn zuging.

»Ich verschwinde jetzt mal für ein paar Minuten. Es ist Zeit für unseren Auftritt«, informierte sie Ace. »Ich möchte nicht, dass du einen Aufruhr auslöst, weil ich Backstage bin.«

»Ich begleite dich«, schlug er vor.

»Keine Chance. Wir haben Sicherheitsleute da hinten. Du setzt dich hin, trinkst einen Kaffee und genießt die Show.«

Ace legte den Arm um sie und zog sie an sich. Sofort weiteten sich Dakotas Augen, und sie biss sich auf die Unterlippe, als sie zu ihm aufschaute. Das war etwas, was ihn in den Wahnsinn trieb.

»Du solltest lernen, auf andere zu hören«, beschwerte er sich mit einem leisen Knurren, das seiner Kehle entwich.

»Und du solltest wissen, dass nur gute Jungs belohnt werden«, entgegnete sie, gab ihm einen schnellen Kuss und entzog sich seinen Armen.

Er hatte keinen Zweifel daran, dass sie ein bisschen mehr mit dem Hintern wackelte, als sie sich entfernte, weil sie wusste, dass sein Blick auf ihren appetitlichen Po gerichtet sein würde. Das Gelächter seines Bruders holte ihn von dem dunklen Ort zurück, an den ihn seine Gedanken geführt hatten.

»Ich glaube, eine Hochzeit steht viel eher für dich auf dem Plan, als du denkst«, mutmaßte Cooper.

»Ich kann eine Frau begehren, ohne ihr einen Ring an den Finger zu stecken«, blaffte Ace.

»Ja, zuerst ist da Begierde und dann Besessenheit. Ich war von dem Moment an ein hoffnungsloser Fall, als ich Stormy getroffen habe.«

»So bist *du*, Bruderherz, aber nicht ich«, konterte Ace.

Allerdings fühlte er sich verloren, sobald Dakota außer Sicht war. Wieder versuchte er, sich zu versichern, dass es nur mit der aktuellen Situation zusammenhing. Wenn nicht die Gefahr hinter jeder dunklen Ecke lauerte, wäre er nicht so unglaublich versessen darauf, rund um die Uhr mit Dakota zusammen zu sein.

Das Licht in dem großen Saal wurde gedimmt. Nur die Bühne war jetzt erleuchtet, als ein bekannter Moderator mit einem Mikrofon in der Hand erschien. Er kündigte eine Extraüberraschung für alle Gäste an und bat sie, wieder Platz zu nehmen.

Ace war viel zu ruhelos, um sich irgendwo hinzusetzen. Er blieb, wo er war, mit Cooper auf der einen Seite, und auf der anderen tauchte Maverick auf. Alle drei starrten sie auf die Bühne. Nick saß an einem Tisch bei den Frauen, aber sogar er war in Alarmbereitschaft. Nichts Außergewöhnliches war den ganzen Abend geschehen, und trotzdem fühlte sich Ace nicht besser.

Die Musik setzte ein und der Vorhang ging auf. Ace entwich ein erleichterter Seufzer, als Dakota mit den anderen Cheerleadern auf die Bühne stolzierte. Er spürte, wie die Spannung aus seinen Schultern wich und genoss die einstudierte Choreografie. Als er sah, wie Dakota sich drehen und verbiegen konnte, kamen ihm verdammt viele Ideen in den Kopf, die er gern realisieren würde, sobald er mit ihr allein war.

Sosehr er die Show auch genossen hatte, war er mehr als dankbar, als sie vorbei war. Der Abend war ohne Probleme verlaufen, aber noch immer wollte Ace nichts lieber, als diese durchorganisierte Veranstaltung verlassen. Dakota war zu weit von ihm entfernt. Er wollte zurück zum Haus seines Bruders, wo er sich um einiges sicherer fühlte.

Dakota mischte sich wieder unter die Gäste, und er wäre am liebsten einigen an die Gurgel gegangen, als sich die Leute um sie drängten, ihr zu ihrem wunderbaren Auftritt gratulierten und versprachen, einen dicken, fetten Scheck für die Wohltätigkeitsorganisation auszustellen.

Dakota streichelte Egos und lächelte, berührte Leute leicht am Arm und versicherte jedem, etwas Besonderes zu sein. Als ein Geschäftsmann sie ein bisschen zu sehr begrapschte, drehte es Ace den Magen um.

»Nicht der richtige Zeitpunkt«, sagte Mav und hielt Ace am Arm fest, als dieser versuchte, davonzustürzen und sein Revier abzustecken.

»Der Mann da geht ihr an die Wäsche«, knurrte Ace.

»Die Hälfte der Männer hier hat das bei allen Mädchen versucht. Aber die haben das im Griff und sammeln eine Menge Geld für Leute, die es brauchen«, unternahm Mav einen Beschwichtigungsversuch.

»Ich glaube nicht, dass du so ruhig wärst, wenn deine Frau für Geld flirten würde«, widersprach Ace.

Mav erstarrte kurz neben ihm. »Jetzt hast du mich erwischt, aber Dakota ist nicht deine Frau, oder?«

Ace warf seinem Bruder einen finsteren Blick zu und entzog sich seinem Griff. Er ging direkt zu Dakota, schlang den Arm um sie und starrte den Mann an, mit dem sie gerade geredet hatte. Er wurde nicht handgreiflich, wie er es eigentlich vorgehabt hatte, sondern lächelte den Mann stattdessen gezwungen an.

»Ace Armstrong«, stellte er sich vor und hielt ihm die Hand hin.

»Eric Winters«, sagte der Mann. »Ich habe Sie noch auf keiner dieser Veranstaltungen gesehen.«

»Gehen Sie zu vielen?«, fragte Ace. Er behielt einen normalen Ton bei, obwohl er auf hundertachtzig war.

»Ich finde es wichtig, etwas zurückzugeben, und außerdem bin ich ein großer Seahawks-Fan«, erklärte Eric.

»Ich bin ein noch größerer Fan geworden, seitdem ich Dakota kenne«, sagte Ace und umklammerte besitzergreifend ihre Hüfte.

»Vielen Dank, dass Sie gekommen sind, Eric. Es ist immer eine Freude, Sie hier zu haben«, schaltete sich Dakota ein und bedachte den Mann mit ihrem süßesten Lächeln. Am liebsten hätte Ace dem Mann einen Schlag auf sein perfektes Kinn verpasst.

Wissend, dass das Gespräch beendet war, verabschiedete sich Eric von den beiden und ging. »Was zum Teufel war das denn?«, presste Dakota hervor und lächelte nicht mehr.

»Ich habe dich vermisst«, antwortete Ace.

»Du hast doch gewusst, dass ich heute Abend viel zu tun habe. Ich habe dich gewarnt, bevor wir das Haus verlassen haben«, erinnerte sie ihn.

»Ich mag es nicht, dabei zuzusehen, wie du mit anderen Männern flirtest.« Auch Aces Lächeln war verschwunden.

»Das ist Teil des Jobs, Ace.« Dakota verdrehte die Augen.

»Du sollst nicht mit anderen Männern flirten, sondern nur mit mir«, beharrte er. Er wusste, dass das genau der falsche Satz war, aber er würde bald abreisen. Er konnte sie nicht sein Eigen nennen und würde dann nicht da sein, um sicherzustellen, dass sie es auch war.

»Was gibt dir das Recht, so eine Regel aufzustellen?«, fragte Dakota. Ace erkannte das hitzige Temperament, von dem sie ihm erzählt hatte, dass sie es oft bei ihren Brüdern gebraucht hatte. Vielleicht hätte es ihm mehr ausmachen sollen, aber das Feuer in ihren Augen verstärkte nur noch seine Bewunderung.

»Wir sind zusammen«, sagte er. Zumindest im Moment.

»Nur weil wir eine gute Zeit zusammen haben, bedeutet das noch lange nicht, dass ich dir gehöre«, hielt Dakota dagegen.

Ihre Worte verstärkten nur noch seinen Besitzanspruch. »Du gehörst mir«, beteuerte er mit zusammengekniffenen Augen. Er versuchte erst gar nicht zu analysieren, woher diese Worte kamen.

»Ich gehöre mir selbst, Ace. Denk nicht eine Sekunde, dass ich dir gehöre«, warnte sie ihn und versuchte, sich aus seiner Umarmung zu befreien.

»Es ist Zeit zu gehen.« Er musste sie daran erinnern, was sie beide zusammen hatten, und beschloss, es die ganze Nacht zu tun.

»Vielleicht will ich noch gar nicht gehen«, widersetzte sie sich.

Ace lächelte sie nur an, als Leute an ihnen vorbeigingen. Das würde ein Spaß werden.

»Wir können den Saal Seite an Seite verlassen oder ich kann dich auch über die Schulter werfen«, schlug er freundlich vor.

Ace sah, dass Dakota ein paar Augenblicke brauchte, bis ihr klar wurde, was er gerade gesagt hatte. Dann sprühten ihre Augen Funken, und sie warf ihm einen wilden Blick zu, der seine untere Körperhälfte, erfüllt von dem Bedürfnis, sie zu nehmen, in Alarmbereitschaft versetzte.

»Du wirst wahrscheinlich sehr enttäuscht sein, aber ich bin keine fügsame Frau, die auf Abruf zur Verfügung steht«, fauchte sie.

Ace lächelte und entschied, sie nicht zu korrigieren. »Ich zähle jetzt bis zehn, und dann entscheidest du, wie du es haben willst«, sagte er.

»Was?« Das wurde ja von Sekunde zu Sekunde lustiger.

»Eins ... zwei ...«

»Zählst du jetzt ernsthaft?« Sie schaute sich um und sah Paare vorbeischlendern. Ace würde kein Problem damit haben, sie über die Schulter zu werfen, wie er es angedroht hatte, und sie wusste das. Viel Zeit blieb ihr nicht mehr.

» ... sieben ...«

»Lass uns gehen«, zischte sie. Offensichtlich wusste sie, dass er nicht bluffte.

Aces und Coopers Blick trafen sich, als er Dakota aus dem Saal führte, und Cooper nickte ihm zu. Er würde dem Rest der Familie sagen, dass es Zeit war zu gehen. Ace war froh, dass sie alle mit ihren eigenen Autos da waren. Er wollte Dakota ganz für sich allein und glaubte nicht, dass er es bis nach Hause schaffen würde, um seine Begierde zu stillen. Es hatte den Anschein, als würde die Lust seinen Verfolgungswahn lindern.

Sie verließen das Gebäude und machten sich auf den Weg zu seinem SUV, den er gerade gekauft hatte. Nach all den Vorfällen hatte er entschieden, dass sein Auto nicht mehr sicher war.

Plötzlich richtete Dakota ihren Zorn gegen ihn.

»Von deinem ganzen blöden, machomäßigen, lächerlichen Benehmen hat das gerade dem Fass den Boden ausgeschlagen! Ich weiß nicht, wo ich anfangen soll!«, schimpfte sie los und stieß ihn mit dem Finger gegen die Brust.

Ace grinste sie nur an. »Verdammt, du bist atemberaubend.« Er drängte sie gegen die Seite des SUV und presste seinen Körper gegen ihren.

»Was tust du?«, rief sie, aber ihre Stimme klang nicht mehr verärgert, sondern war voller Begehren.

»Was ich vielleicht nicht tun sollte«, antwortete er. »Aber ich brauche jetzt eine Kostprobe.«

Das Gespräch verstummte, und er widmete sich ihren Lippen, wie er es sich den ganzen Abend vorgestellt hatte. Jeder sollte wissen, dass sie nicht mehr zu haben war. Um ganz ehrlich zu sein, gehörte er dieser Frau mit Haut und Haaren. Mit einem Fingerschnips konnte sie ihn auf die Knie befördern und sie anbetteln lassen, ihn niemals zu verlassen. Er war zu verzaubert von ihr, als dass ihm der Gedanke Angst einflößen konnte. Sie gehörte ihm. Aber er gehörte auch ihr.

Als Ace schließlich von ihr abließ, um Luft zu holen, fiel ihm auf, dass sie sich im Freien befanden und zu viele Leute um sie herum waren. Das war nicht gut. »Wir sollten losfahren.« Seine Stimme klang angespannt.

»Gibt es ein Problem?«, fragte sie mit heiserer Stimme. Das kleine Luder hatte einen wissenden Ausdruck in den Augen. Sie wusste, welche Wirkung sie auf ihn hatte und genoss es. Das war das Problem mit einer Frau wie Dakota. Sie besaß viel zu viel Macht in der Beziehung.

»Ja, ich habe ein definitives Problem«, bekannte er, nahm ihre Hand und drückte sie auf seine pulsierende Erektion.

»Für mich sieht das nicht nach einem Problem aus«, sagte sie und strich mit den Fingern darüber, dass er aufstöhnte.

Ein schlurfendes Geräusch auf dem Parkplatz ließ Ace in Habachtstellung gehen. Seine Begierde ließ nach, als jemand etwas rief. Viele Leute verließen den Parkplatz. Er war sicher, dass es nichts war. Doch seitdem Dakota überfallen worden war, war er ständig in Alarmbereitschaft. Das war nichts Neues.

»Er hat eine Waffe!«, schrie jemand, und die Leute auf dem Parkplatz rannten los, um sich zu verstecken.

»Auf den Boden!«, rief Ace Dakota zu, bevor eine halbe Sekunde später mehrere Schüsse fielen.

Ace griff nach seiner Waffe – er hatte sich geweigert, sie zu Hause zu lassen. Er warf einen Blick auf Dakota, die kreidebleich war und vor Schreck den Mund geöffnet hatte. Da war das Zeichen der Gefahr, das er in ihren Augen sehen wollte. Nur schlimm, dass ein weiterer Schuss aus einer Waffe dafür nötig war, dass sie sein Unbehagen ernst nahm.

»Steig ein!«, raunte er ihr zu und riss die Tür des SUV auf. Ace ging mit der Waffe in der Hand in die Hocke. Ein weiterer Schuss fiel und traf genau die Stelle auf dem Bürgersteig, an der Dakota gerade noch gestanden hatte. Zwei weitere Schüsse folgten, und das Einzige, das Ace im Sinn hatte, war, Dakota hier rauszubekommen.

Keinesfalls war das hier ein Zufall.

Sein Herz schlug wild, als er sich in den SUV schob, Dakota nach unten drückte und den Motor aufheulen ließ. Die Hand mit der Waffe streckte er aus dem Fenster und hielt nach dem Schützen Ausschau. Er war nirgends zu sehen.

Ace manövrierte den Wagen vom Parkplatz. In der Ferne ertönten Sirenen und weitere Schüsse waren zu hören. Sein Adrenalin pumpte weiter durch den Körper, als er schnell nach links abbog. Ein weiterer Schuss fiel, zertrümmerte das Heckfenster und traf die Kopfstütze des Beifahrersitzes. Ace hatte sich schon in vielen heiklen Situationen befunden, aber noch nie war er dermaßen in Schrecken versetzt worden.

Nachdem er um eine weitere Ecke gebogen war, ertönten keine Schüsse mehr, und er wusste, dass er außerhalb der Reichweite des Schützen war. Dennoch verlangsamte Ace die Geschwindigkeit keine Sekunde, als er die Straße entlangraste, in Seitenstraßen einbog und den Kurs änderte, um einen eventuellen Verfolger abzuhängen.

Dakota wollte etwas sagen, aber Ace hielt die Hand hoch, um sich auf die Straße zu konzentrieren. Er horchte auf weitere Schüsse, und Dakota verstand. Ace fühlte sich schlecht, als er einen Blick auf sie warf. Sie kauerte auf dem Sitz und zitterte unkontrolliert vor Angst.

Obwohl sie in ihrem Haus in Gefahr gewesen war, hatten die Männer ihre Waffen nicht gezogen, bis er eingeschritten war. Ace hämmerte Coopers Telefonnummer in sein Handy. Sein Bruder war sofort am Apparat.

»Seid ihr alle in Sicherheit?«, fragte Ace.

»Ja, warum?« Cooper schien irritiert.

»Ein Mann hat vor dem Hotel das Feuer eröffnet«, berichtete Ace. »Seid ihr noch drinnen?« Was war das denn? Ace stand kurz davor umzudrehen.

»Nein, wir sind alle gegangen, während du … äh … an deinem Auto mit Dakota beschäftigt warst«, fuhr Cooper fort.

»Gut. Wir sind auf dem Weg.« Er wusste, dass er eigentlich in eine andere Richtung fahren sollte. Mittlerweile hatte er keinen Zweifel mehr daran, dass dieser Angriff Absicht gewesen war. Jemand war hinter ihm her, und zum Haus seines Bruders zurückzufahren, brachte seine Familie in Gefahr. Aber im Moment wusste er nicht, wohin er ansonsten hätte fahren sollen. Er musste Dakota und auch seine Familie beschützen. Und wenn dieser Jemand ihn jetzt in der Öffentlichkeit angriff, dann wusste er ohne jeden Zweifel auch, wo Cooper wohnte.

Sie fuhren gute fünfzehn Minuten, bevor die Anspannung in Aces Schultern nachließ. Er befand sich noch immer in Alarmbereitschaft, aber immerhin raste er der Gefahr davon.

»Es tut mir leid, Dakota«, sagte er schließlich.

»Wer macht das?«, fragte sie, den Blick zu Boden gerichtet und am ganzen Körper zitternd.

»Ich weiß es nicht«, gestand er.

»Es tut mir leid«, flüsterte sie den Tränen nahe.

»Du kannst nichts dafür, Dakota. Für gar nichts.« Er zwang sich, seine Stimme zu senken. Sie war so schon verängstigt genug, und er durfte es nicht noch schlimmer für sie machen. »Ich bin schuld. Ich hätte es früher merken müssen.«

»Nimm das nicht alles auf deine Schultern«, meinte sie.

»Wir müssen nur zum Haus meines Bruders fahren und dann können wir über alles reden.«

Langsam setzte sich Dakota in ihrem Sitz auf. Er schaute sie an und war beeindruckt, als er die Entschlossenheit in ihrem Gesicht bemerkte. Sie hatte die Lippen aufeinandergepresst und starrte ihn an.

»Was ist los?«, fragte er und wünschte sich, er könnte ihre Gedanken lesen.

»Du hast mich wieder gerettet«, kam es ehrfürchtig von ihr. Ace wollte nicht, dass sie so über ihn dachte. Er wusste, er würde sie enttäuschen. Und anstatt zu antworten, zog er es vor zu schweigen.

Sie schien etwas von ihm zu erwarten, deshalb griff Ace nach ihrer Hand und drückte sie beruhigend, während er kurz in ihre unerschrockenen Augen schaute. Alles würde gut werden. Er würde nicht eher Ruhe geben.

KAPITEL 27

Sein Handy klingelte, und er stellte mit einem Blick fest, dass Bill ihn zurückrief. Ace drückte die grüne Taste an seinem Lenkrad und wartete, was der Mann zu sagen hatte. Wenn er Ace wieder versichern würde, er befände sich nicht in Gefahr, dann wäre Ace für sein eigenes Handeln nicht verantwortlich.

»Ace?«, fragte Bill nach einem Moment. Offensichtlich war er irritiert, dass Ace nichts sagte.

»Ich höre«, presste Ace mit zusammengebissenen Zähnen hervor. »Wäre besser, du hast etwas für mich, denn ich habe diesen Mist langsam satt.«

»Du hattest recht«, gab Bill mit angespannter Stimme zu. »Jemand ist hinter dir her.«

Ace schwieg kurz und konzentrierte sich auf den Tonfall seines Chefs. Er hatte gewusst, dass ihn jemand jagte, aber es bestätigt zu bekommen, nahm ihm fast den Atem. Er war verantwortlich für die Bedrohung von Dakota ... und seiner Familie.

»Erzähl«, forderte Ace ihn auf.

»Wir wissen, wer es ist«, sagte Bill.

Ace gefror das Blut in den Adern.

»Woher habt ihr die Information?«, fragte Ace.

»Ist es nicht wichtiger, herausgefunden zu haben, wer es ist?«, konterte Bill.

»Erzähl mir keinen Mist, Bill. Woher habt ihr die Information? Das will ich zuerst wissen, bevor mir ein Name um die Ohren gehauen wird. Ich muss wissen, ob ich der Quelle überhaupt trauen kann.«

»Wir haben es von unserer Spezialeinheit. Die Quelle ist also legitim«, versicherte Bill.

Aces Bauchgefühl verriet ihm, dass Bill die Wahrheit sagte. »Wer ist es, Bill?«

Am anderen Ende der Leitung entstand eine Pause, die Ace mit den Zähnen knirschen ließ, während er wartete. Das Einzige, was ihn davon abhielt, Bill anzubrüllen, war Dakota, die neben ihm saß. Er konnte sie noch nicht einmal anschauen, wollte nicht die Anklage in ihrem Blick sehen.

»Es ist Nestor Pavlov«, sagte Bill schließlich.

»Pavlov?« Jetzt war Ace irritiert. »Erklär mir das.«

Bill seufzte. »Wir haben herausgefunden, dass Anton einen Bruder hat. Der sinnt offensichtlich auf Rache.«

»Warum zum Teufel hatten wir diese Information nicht schon vorher? Wir haben jahrelang an diesem Fall gearbeitet!«, polterte Ace los und hatte Dakota neben sich vergessen. Die Wut in seiner Stimme hallte im Auto wider und ließ sie zusammenfahren. Sie starrte ihn aus großen Augen an und umklammerte den Türgriff. Es war gut, dass die Tür abgeschlossen war, sonst hätte Ace befürchtet, sie würde hinausspringen.

»Tut mir leid«, murmelte er in ihre Richtung, aber er konnte die in ihm kochende Wut nicht verbergen.

Dakota sagte kein Wort, als sie die Hand auf ihr Herz legte, das wahrscheinlich wild schlug. Dieser Abend verlief nicht gut für sie – verdammt, die letzten paar Wochen waren nicht gut für sie gewesen. Seitdem er in ihr Leben getreten war, hatte sie in

Gefahr geschwebt. Er war sicher, dass sie bereute, ihm begegnet zu sein.

»Er ist offensichtlich ein Halbbruder und von seinem Vater verstoßen worden. Da er jetzt der letzte lebende Verwandte ist, will er sich an dir rächen. Allerdings weiß ich nicht, warum, denn es scheint, als wäre Liebe ein Fremdwort in dieser verdammten Familie gewesen«, fuhr Bill fort.

»Ich nehme an, das ist letztendlich egal.« Ace seufzte. »Auch wenn ich meinen Brüdern jeden Grund auf dieser Welt gäbe, mich zu hassen, würden sie mich dennoch nicht fallen lassen.«

Ace fiel auf, dass er sowohl durch seine Stimme als auch durch seine Worte viel zu viel Verletzlichkeit preisgab. Sofort riss er sich zusammen und konzentrierte sich auf das Gespräch mit Bill.

»Wir brauchen ein Team dafür«, teilte der ihm mit.

»Ich habe ein Team und werde mich darum kümmern«, gab Ace zurück.

»Du kannst diesen Mann nicht im Alleingang jagen«, warnte Bill ihn.

»Du hast mir gesagt, dass mein Urlaub vorbei ist. Ich bin offiziell wieder im Dienst«, erinnerte Ace seinen Chef.

»Du weißt, was ich meine«, sagte Bill.

»Ich traue keinem, Bill. Lass mich darüber bitte nicht mit dir streiten.«

Er konnte praktisch sehen, wie Rauchwolken aus Bills Kopf aufstiegen, je länger dieses Gespräch dauerte. Außerdem wusste er, dass er diese Runde gewonnen hatte, was an einem normalen Tag keine Meisterleistung war, aber das hier war auch keine normale Situation.

»Also gut. Komm morgen ins Büro und dann werden wir eine Strategie ausarbeiten«, willigte Bill schließlich ein.

»Bis dann.«

Ace beendete das Gespräch und verringerte ein wenig den Druck aufs Gaspedal. Schließlich wollte er nicht wegen Geschwindigkeitsüberschreitung an den Straßenrand gewinkt werden. Die Familie Pavlov hatte unglaubliche Verbindungen überallhin. Er fragte sich, ob Nestor genauso einflussreich war wie sein Bruder.

Deshalb hatte sich auch die letzte Mission dermaßen in die Länge gezogen. Ace hatte gedacht, dass alles vorbei sei, dass sein Leben wieder den Anschein von Normalität annehmen konnte, aber weit gefehlt – sehr weit.

Und jetzt wusste Ace nicht, wie weit Nestors Einfluss reichte. Er konnte noch nicht einmal der örtlichen Polizei trauen. In diesem Moment konnte er nur seiner Familie vertrauen.

»Nähern wir uns dem Haus?«, fragte Dakota.

»Ja.«

Sie seufzte erleichtert. Vielleicht wollte sie nur von ihm wegkommen. Er war sich nicht sicher. Allerdings würde sie überrascht sein, denn er hatte nicht vor, sie aus den Augen zu lassen, solange er nicht genau wusste, wo Nestor war.

»Freu dich nicht zu früh. Wir werden noch eine Weile zusammen sein«, sagte er.

»Ich bin also im Zeugenschutzprogramm«, murmelte Dakota.

»So schlimm bin ich doch nun auch wieder nicht«, neckte Ace sie.

Sie schaute ihn spöttisch an und starrte dann geradeaus. Und wieder war da dieses Kribbeln im Nacken. Ace fuhr mit der Hand über die juckende Stelle. Diese Nacht begann gerade und es war bereits ein schrecklicher Tag gewesen. Immerhin konnte er sich nicht beschweren, dass das Leben langweilig war. In seiner Branche war die Gefahr ein ständiger Begleiter.

Sie hielten vor dem Haus und Ace war angespannt. Seine Brüder warteten. Er verschwendete keine Zeit, sie über die Gefahr aufzuklären, in die er seine Familie gebracht hatte.

»Es wird Zeit für euch, hier wegzukommen«, mahnte Ace. »Sie wissen, wo ich bin, und sie wissen, wo ihr seid.«

»Wir lassen dich nicht zurück, Ace«, erklärte Cooper, und Nick und Mav nickten.

»Darüber wird jetzt nicht diskutiert«, wetterte Ace.

Cooper schwieg kurz, seufzte dann und schaute seine Frau an, die kreidebleich neben Lindsey stand.

»Wir verstecken uns nicht«, setzte Cooper an, und Ace wollte schon etwas erwidern, aber Cooper hob die Hand. »Aber wir müssen unsere Frauen und Kinder wegbringen, bis wir die Sache geklärt haben.«

»Einverstanden«, stimmte Nick zu.

Stormy stand auf. »Wir holen die Kinder und bringen sie weg«, sagte sie. »Dann kommen wir zurück. Wir werden hier nicht tatenlos zusehen, sondern hin- und herfahren.«

Es wurde weiter diskutiert, aber schließlich stimmten Ace und seine Brüder zu. Ace beschloss, dass es ein Ende haben musste, und zwar bald.

KAPITEL 28

Ace wurde von Cooper und Maverick flankiert, und Nick ging vor ihnen, als sie das sichere Gebäude betraten, in dem sie Bill treffen würden. Nick war den ganzen Morgen mehr als verärgert gewesen. Es war alles gut und schön, bis einem der eigene Pick-up in die Luft geflogen war. Und jetzt kannte er den Grund dafür.

Nestor war mit seiner Rache eindeutig zu weit gegangen. Von jetzt an würde keiner mehr verletzt werden. Und weiteres Zerstören von Eigentum würde es auch nicht mehr geben, wenn Ace sich durchsetzte. Der war in seinem Element und zu hundert Prozent der Agent, der er fast ein ganzes Jahrzehnt gewesen war. Zielstrebig bewegte er sich durch das Gebäude und wusste genau, wer er war.

Sie kamen an einen Empfangstresen, hinter dem eine wachsame Frau saß. Sie zeigte keine Regung, als sich die vier Männer mit unterschiedlich finsteren Gesichtsausdrücken ihr näherten. »Ich habe einen Termin bei Bill Hammond«, sagte Ace. Die Frau schaute auf ihren Monitor und dann wieder zu Ace.

»Name?«, fragte sie. Ace war sicher, dass sie genau wusste, wer er war.

»Ace Armstrong.«

»Ja, Bill erwartet Sie.« Sie stand auf, und den eleganten blauen Hosenanzug schien sie nur aus geschäftlichen Gründen und nicht aus Freude zu tragen. So war das nun mal beim CIA. Dort arbeitete man nicht wegen irgendwelcher Büropartys, für die man sich herausputzte, oder für einen Gehaltsscheck.

Teil des CIA zu sein, war eine Berufung. Und obwohl sich Ace gerade im absoluten Agentenmodus befand, fragte er sich, ob es Zeit war aufzuhören. Die Leidenschaft für seinen Job hatte nachgelassen und er wollte nicht mehr von seiner Familie getrennt sein ... oder von Dakota. Wenn er ein bisschen mehr Zeit hatte, musste er intensiver darüber nachdenken. Allerdings nicht heute.

»Folgen Sie mir«, sagte die Frau und schaute seine Brüder an, als diese sich ebenfalls in Bewegung setzten. »Das sollte aber ein Einzelgespräch werden.« Sie zog missbilligend die Stirn in Falten, als sie die anderen drei Männer anschaute.

»Es ist jetzt aber in ein Fünfergespräch geändert worden. Das hier sind meine Brüder und sie gehören dazu«, klärte Ace die Frau auf. Seine Stimme ließ keine weiteren Einwände zu.

Die Frau setzte sich wieder und griff zum Telefonhörer. Ace verdrehte innerlich die Augen. Er wusste, wie dieses Spiel lief, aber sie verschwendeten Zeit, und er war verärgert. Sie legte auf und erhob sich wieder.

»In Ordnung. Hier entlang.«

Sie führte sie über einen langen Flur bis zu einer offenen Tür. Dann ging sie beiseite und deutete ihnen mit der Hand an einzutreten.

Ace war der Erste, der hineinging. In diesem besonderen Gebäude war er noch nie gewesen, aber es schien, als hätte Bill hier ein respektables Büro. Im hinteren Teil befand sich ein großer, mit Papieren übersäter Schreibtisch. Vor dem Schreibtisch standen zwei Stühle und etwas davon entfernt eine Ledercouch mit einer leeren Kaffeetasse auf dem Beistelltisch.

Bill stand auf, als Ace den Raum betrat. Er schaute Aces Brüder prüfend an, bevor sein Blick zurück zu Ace schnellte. Offensichtlich hatte er sie als vertrauenswürdig eingestuft, denn er schien nicht in höchster Alarmbereitschaft zu sein.

»Freut mich, dich zu sehen, Ace. Tut mir leid, dass wir so lange gebraucht haben, um die Sache aufzudecken.« Bill kam auf Ace zu und schüttelte ihm die Hand.

»Hast du brauchbare Informationen für mich?«, wollte Ace sofort wissen.

Obwohl Bill erst Anfang fünfzig war, hatte ihn ein Leben als Verbrecherjäger schnell altern lassen. Ohne dunkle Ringe unter den Augen kannte man ihn gar nicht, und seine Lippen verzogen sich äußerst selten zu einem Lächeln. Er war zweimal geschieden und bekam seine Kinder nie zu Gesicht. Mehr als alles andere war das ein Grund, der Ace darüber nachdenken ließ, dass es an der Zeit war, aus dem CIA auszuscheiden. Er wollte nicht verbittert und allein in einer schäbigen Wohnung in einer Stadt voller Kriminalität enden. Bevor er dorthin zurückgekommen war, wo er seine Kindheit und Jugend verbracht hatte, war ihm nicht bewusst gewesen, wie wichtig Privatleben für ihn war.

»Ich glaube, wir haben wertvolle Informationen, aber im Moment weiß ich wirklich nicht, wem ich trauen kann. In diesem Gebäude befinden sich sechs Agenten, und es sind Männer, für die ich mein Leben riskieren würde. Also sind wir zumindest hier sicher«, antwortete Bill.

»Und ich bin mir nicht sicher, ob ich zurzeit außer meiner Familie und dir irgendjemandem trauen kann«, warf Ace ein.

»Ja, ich verstehe, weshalb du misstrauisch bist, aber nicht jeder ist ein verkleideter Schurke, Ace.«

»Das widerspricht aber den Erfahrungen, die ich gerade mache«, hielt Ace dagegen.

»Alleine wirst du diese Angelegenheit nicht regeln können, deshalb bleibt dir nicht viel anderes übrig, als Unterstützung anzunehmen. Ich habe einen Plan, den ich mit dir durchgehen möchte, aber du musst gewillt sein, zu kooperieren, damit er funktioniert«, fuhr Bill fort. »Du hast an einem Fall gearbeitet, der sehr öffentlich geworden ist. Wir wussten, dass das einige Konsequenzen nach sich ziehen würde, und jetzt ist es so gekommen. Wenn wir Nestor erwischen, werden wir ihn hinter Gitter bringen, und dann ist es vorbei.«

»Bis ein weiterer verschollener Bruder auftaucht«, murmelte Ace.

»Vertrau mir, ich habe diesen Fall akribisch durchgearbeitet und bin zu dem Schluss gekommen, dass keiner diese Wende hätte ahnen können. Nestor war nicht Teil der Familie. Es gab keine Dokumente, bis er aufgetaucht ist und das Erbe angetreten hat.«

»Ich will nicht wissen, was man anders hätte machen können, sondern wie die Vorgehensweise von jetzt an sein wird«, drängte Ace.

»Wir haben den Schützen von gestern Abend. Er ist verhört worden und wir haben einige Informationen von ihm bekommen«, berichtete Bill.

Das verschlug Ace für einen Augenblick die Sprache. Nur zu gern würde er auch nur einen der Männer in die Finger bekommen, die Dakota in Gefahr gebracht hatten. Das war eine unentschuldbare Straftat gewesen.

»Woher weißt du, dass er dir nicht nur einen Haufen Mist erzählt hat?«, hakte Ace nach.

»Das wissen wir nicht sicher, aber er scheint mehr als willig zu sein zu kooperieren, um seinen eigenen Arsch zu retten.«

»Vielleicht sollten *wir* mal mit ihm reden«, meldete sich Mav zu Wort.

»Auf gar keinen Fall«, bremste Bill Aces übereifrigen Bruder. Ace hatte allerdings dasselbe gedacht. Zwei Dumme, ein Gedanke.

»Der Agent hat uns erzählt, dass Nestor stinksauer ist. Du warst ein Außenstehender und bist bei der Familie ein und aus gegangen und er nicht. Dann hast du seinen Bruder getötet und ihm damit die Gelegenheit genommen, jemals den Kontakt zu Anton herzustellen, die er sich so verzweifelt gewünscht hat. Scheint so, als hätte er eigene Probleme, die er lösen muss, und du bist die Zielscheibe seines Zorns geworden. Er will, dass du stirbst.«

»Ich weiß, dass er das will. Das sagen mir schon alleine die Kugeln, die mir um den Kopf fliegen«, schnaubte Ace.

»Und er ist gewillt, jeden zu töten, der sich ihm dabei in den Weg stellt – nicht nur gewillt, sondern sogar erfreut«, fügte Bill hinzu. »Offensichtlich sind Qual und Mord keine Fremdwörter für ihn. Es gefällt ihm, seine Opfer zu quälen, bevor er sie zur Strecke bringt.«

»Hört sich nach ganz normalem Büroalltag an.« Ace stieß ein humorloses Lachen aus.

»Dir wird mein Plan wahrscheinlich nicht gefallen«, mutmaßte Bill.

Ace wollte nur, dass das hier ein Ende hatte, deshalb war ihm die Vorgehensweise egal.

»Warum spucken Sie es nicht einfach aus, damit wir mit den Vorbereitungen beginnen können«, beschwerte sich Cooper und verlor langsam die Geduld bei diesem Treffen. Ace verstand seinen Bruder. Er wollte auch, dass es vorbei war.

Er ging zum Fenster, während Bill die Papiere auf seinem Schreibtisch hin und her schob. Ace hatte jetzt einen perfekten Blick auf Mount Rainier und aus irgendeinem Grund beruhigte ihn der.

Viele Male war er in seiner Jugend auf den Berg gewandert und dort im Winter mit seinen Brüder Ski gelaufen. Obwohl er so lange von zu Hause weg gewesen war und obwohl die Verbrecher ihm immer noch auf den Fersen waren, wusste er, wohin er gehörte, und hatte keinen Zweifel, dass alles in Ordnung kommen würde.

Ace glaubte nicht, dass er unbesiegbar war, aber er hatte sich während seines Erwachsenenlebens in sehr vielen heiklen Situationen befunden. Aus diesem Grund war er leichtsinnig wie ein Kind gewesen und hatte sich gesagt, dass er dem Tod öfter von der Schippe gesprungen war als der Durchschnittsmensch.

Er hatte jedoch herausgefunden, dass nicht das Abenteuer, dem Tod von der Schippe zu springen, am wichtigsten war, sondern die Tatsache, wieder zu Hause zu sein. Ace hatte jahrelang außerhalb des Landes gelebt und war erst wieder in die Vereinigten Staaten zurückgekehrt, als er das Gefühl gehabt hatte, er könne es nicht mehr länger aushalten. Jedes Mal, wenn er in der Nähe seines Zuhauses gewesen war oder sich angeschlichen hatte, um verstohlene Blicke auf seine Familie zu erhaschen, war das erdrückende Gefühl in seiner Brust weniger geworden.

Das hier war nichts anderes. Ja, er wurde gejagt, aber er war bei seiner Familie. Das machte die ganze Tortur leichter. Er wandte sich schließlich vom Fenster ab und schaute zu seinen Brüdern, die über Bills Schreibtisch gebeugt waren und auf ein Papier schauten, das er bereitgelegt hatte.

»Das kriegen wir hin«, sagte Ace. Seine Stimme war gedämpft, zog aber die Aufmerksamkeit der vier anderen Männer auf sich. Sie schauten auf und warteten.

»Ich werde nicht rumstehen und darauf warten, dass dieser Mann zerstört, was ich aufbauen will. Wie sieht dein Plan aus, Bill?«, fragte er. Dann stellte er sich neben seine Brüder.

»Also gut.« Bill schmunzelte. »Wir werden dich als Köder einsetzen.«

Keiner sagte etwas. Es war so leise im Zimmer, dass man eine Stecknadel hätte fallen hören können. Eigentlich hätte Ace beklommen zumute sein müssen, aber weit gefehlt. Seine Mundwinkel hoben sich, als er Bill anschaute und nickte.

»Dann los.«

Ace blendete die Proteste seiner Brüder aus. Sie hielten diesen Plan nicht für den klügsten, aber es war der einzige Weg, Nestor aus der Reserve zu locken. Der Mann war sehr gut darin, sich hinter seinen Schlägertypen zu verstecken, doch er würde der Chance, persönlich an Ace heranzukommen, nicht widerstehen können. Er würde sich zeigen müssen und dann wäre es vorbei.

Ace war bereit – eigentlich mehr als bereit. Er fühlte sich angesichts dessen, was bevorstand, verdammt gut.

KAPITEL 29

Dakota stand stocksteif im Gästehäuschen und hörte Ace zu, der ihr zu erklären versuchte, weshalb die Idee, sich selbst in Gefahr zu bringen, nicht der idiotischste Plan war, von dem sie je in ihrem ganzen Leben gehört hatte. Sie ließ sich nichts anmerken, wollte nicht, dass er sah, wie aufgebracht sie war, denn sie befürchtete, dass er ihr dann nichts mehr von seinen Plänen erzählen würde.

Es gäbe keine Möglichkeit, ihn davon abzubringen, wie ein vollkommener Trottel zu handeln, wenn sie nicht wusste, was geplant war. So viel hatte sie jedenfalls gelernt, als sie mit Brüdern aufgewachsen war, die sich immer gerne zu Idioten gemacht hatten. *Deren* Blödheit hatte sie bereits im Alter von drei Jahren bemerkt.

Als Dakota sicher war, dass Ace seine Erklärungen beendet hatte, schlang sie die Arme um ihren angespannten Körper, weil sie ansonsten befürchtete, die Beherrschung zu verlieren und auf den Mann einzuschlagen, weil er so ein Idiot war.

»Nein.« Nur ein einziges Wort kam ihr über die Lippen. Ace schaute sie an und verstand offensichtlich gar nichts.

»Was meinst du?«, fragte er. Endlich stimmte er sich auf ihre Körpersprache ein. Für so einen aufmerksamen Kerl hatte er manchmal eine lange Leitung.

»Das ist ein törichter Plan, der nur dazu führt, dass du dich umbringen lässt«, wies sie ihn zurecht. Jetzt versuchte sie erst gar nicht mehr, ihre Sorge oder Angst zu verstecken. Er hatte sie in seine Pläne eingeweiht, und sie hatte ihm gesagt, dass sie völlig daneben waren.

Ace näherte sich ihr langsam, hatte Angst, dass sie davonlaufen könnte. Jetzt auf sie zuzugehen, war sehr gefährlich für ihn. Sie würde ihn womöglich fesseln und dann konnte er nirgendwohin.

Er legte eine Hand auf ihre Wange und schaute ihr in die Augen. Seine grünen Augen strahlten absolutes Selbstbewusstsein aus. Sein Selbstbewusstsein und seine Unabhängigkeit waren zwei seiner hervorstechendsten Eigenschaften, aber in diesem Moment wäre es ihr lieber gewesen, wenn er nicht ganz so selbstgefällig gewesen wäre.

»Er wird mich nicht umbringen, Dakota. Das werde ich nicht zulassen«, versprach er ihr. »Ich kenne seine Familie, weiß, wie sie vorgeht. Für mich war das eine vierjährige Mission und bei Weitem die gefährlichste. Ich habe zwar nicht gewusst, dass Nestor Teil der Familie ist, aber ich weiß, was ihm beigebracht wurde, denn ich habe alles über jedes einzelne andere Familienmitglied gelernt. Sein übermäßiges Selbstvertrauen wird ihn zu Fall bringen.«

»Oder dein eigenes dich«, entgegnete sie.

»Du hast zu wenig Vertrauen in mich«, beklagte er sich.

Dakota weinte selten, aber sie merkte, wie ihr die Tränen in die Augen stiegen. Sie schlang die Arme um ihn und hielt ihn fest an sich gedrückt, während sie gegen den Drang ankämpfte zu weinen. Das würde in dieser Situation überhaupt nicht helfen.

»Das hat mit Vertrauen in dich nichts zu tun. Es geht darum, dass du versuchst, ein Held zu sein. Ich will, dass du der Mann bist, der gesund und munter ist, und nicht der, der sich in einen Kugelhagel begibt.«

»Dieser Mann kann ich nicht sein, Dakota, für keinen. Das könnte ich nicht mit meinem Gewissen vereinbaren.« Seine Hand strich durch ihr Haar und die sanfte Liebkosung stand im Widerspruch zu seinen Worten. Seine Weigerung verwirrte sie.

»Für mich bist du dieser Mann. Du hast nichts anderes getan, als ein guter Mann zu sein«, beharrte Dakota.

»Weil du das in mir zutage förderst. Du lässt mich an Dinge glauben, die ich mir vorher nicht hätte vorstellen können. Aber bitte mich nicht darum, jemand anderes zu sein als der, der ich bin.« Seine Worte klangen fast wie ein Warnruf.

»Ich möchte nur, dass du eine gesunde Angst vor dem Mann und der Situation hast«, sagte Dakota.

»Der Mann ist im Grunde ein Feigling«, versicherte Ace ihr. »Er versteckt sich hinter dem Namen seiner Familie, hinter den gestohlenen Waffen, dem Drogengeld und hinter den Schlägern, die er anheuert, um die dreckige Arbeit zu erledigen. Man kann ihn nur aus der Reserve locken, indem man seinen Stolz verletzt. Ich fürchte mich nicht vor Feiglingen«, fuhr Ace mit fester Stimme fort. »Ich kann dieser Sache nicht den Rücken zukehren.«

Dakota hatte sich so sehr zurückgehalten, dass sie in seinen Armen zu zittern begann. Sie würde niemals einen Mann respektieren, der von ihr verlangte, sich zu ändern. Wie also konnte sie das von ihm verlangen? Sie konnte es nicht. Dakota wünschte sich langsam, sie hätte sich in einen Buchhalter verliebt. Das Leben mit einem Buchhalter würde sie nie dermaßen stressen. Langeweile war im Augenblick verdammt verlockend.

»Und was ist, wenn alles schiefgeht?«, fragte sie.

»Wir planen ein, dass es schiefgeht«, erklärte Ace ihr. »So können wir nicht überrascht werden. Er wird diesen Kampf verlieren, denn seine Wut und sein Stolz werden ihn genauso zu Fall bringen, wie ich es tun werde.«

»Du hoffst, dass es so ausgehen wird, aber vielleicht denkt er genau dasselbe und behält einen kühlen Kopf.«

»Kriminelle sind nicht rational, Dakota. Er hat niemanden so wie ich dich oder meine Brüder. Die Menschen in seinem Leben sind seine Angestellten. Nur in guten Zeiten sind sie ihm ergeben. Aber sie werden sich schnell gegen ihn stellen, wenn sie ihre eigene Haut retten müssen. Er hat keine wirklichen Verbündeten. Ich habe etwas außer Wut und Stolz, für das ich lebe. Ich habe meine Familie ...« Er verstummte, und sie spürte seinen gleichmäßigen Herzschlag an ihrem Ohr, als sie sich noch enger an ihn schmiegte. Am liebsten würde sie sich für immer an ihm festhalten. »... und ich habe dich«, beendete er den Satz im Flüsterton.

Bei seinen Worten begann ihr Herz, schneller zu schlagen. Sie wollte ihn fragen, was er damit meinte, aber sie fürchtete sich davor, im Moment in ein Wespennest zu stechen. An einigen Dingen sollte man nicht rütteln.

»Ich habe nicht vor, irgendwohin zu verschwinden. Versprich mir nur, dass du dich nicht davonschleichst, ohne es mir zu sagen.«

»Es ist vielleicht besser, wenn du nicht weißt, wann die Aktion stattfindet«, äußerte Ace seine Bedenken.

Seine Hände strichen fortwährend über ihren Rücken, als versuchte er, sie von diesem Gespräch abzulenken. Ein wenig hasste sie ihn dafür, aber er begann, Erfolg zu haben. Seine leidenschaftlichen Worte machten es ihr schwer, sich auf die Gefahren dieser Mission zu konzentrieren.

»Tu mir das nicht an, Ace. Du schuldest mir mehr als eine Notiz auf dem Nachttisch, wenn du verschwindest.«

Er seufzte und sein warmer Atem strich über ihren Kopf.

»Ich werde mich nicht davonstehlen«, versprach er ihr.

»Und du musst mir versprechen, zu mir zurückzukommen. Lass diesen Mann nicht gewinnen«, verlangte Dakota.

Er wurde still in ihren Armen, und sie fragte sich, was sie gesagt haben könnte, das ihn so beschäftigte. Er streichelte weiter ihren Rücken, dann glitten seine Hände über ihren Po und wanderten dann wieder hinauf zu ihren Haaren.

»Du möchtest, dass ich zu dir zurückkomme, stimmt's?« In seiner Stimme lag ein Lächeln.

»Ist da Stolz zu hören?«, fragte sie. Und auch in ihrer Stimme lag ein Lächeln.

»Wenn eine tolle Frau wie du mich bittet, zu ihr zurückzukommen, dann kann ich doch wohl ein kleines bisschen stolz sein.«

»Du bist hoffnungslos, Ace.« Dakota lehnte sich zurück und schaute ihm in die Augen.

»Und du bist unvergesslich«, gestand er ihr.

»Das macht mich stolz.«

»Heute Nacht wird nichts geschehen. Warum versuchen wir nicht, das alles für eine Weile zu vergessen?«, schlug er vor.

»Ich glaube, das ist das Beste, was du den ganzen Abend von dir gegeben hast«, scherzte Dakota.

Er zwinkerte ihr zu, ging dann einen Schritt zurück und schaute sie an. Ihr Bedürfnis, seine Arme um sich zu spüren, war so groß, dass sie sich zwingen musste, keinen Schritt auf ihn zuzumachen, um ihm wieder nahe zu sein. Sie brauchte ihn wirklich verdammt dringend.

»Ich werde ein Bad nehmen.« Ihr Lächeln sollte ihn verführen. Sie drehte sich um und ging auf das Schlafzimmer zu. Er folgte ihr. Auf dem Weg zog sie ihr T-Shirt über den Kopf und freute sich, als er beim Anblick ihres Rückens tief Luft holte.

Sie war immer stolz auf sich gewesen und hatte schon in jungen Jahren beschlossen, dass es allein in ihrer Macht stand, etwas an sich zu ändern, wenn es ihr missfiel. Diese Philosophie hatte sie ein Leben lang beibehalten. Ob sie lange Haare, kurze Haare, Muskeln, ein paar Pfunde mehr oder eine schlanke Figur haben wollte, es lag alles in ihrer Hand. Sie respektierte sich und war glücklich darüber. Und sie liebte den ehrfurchtsvollen Ausdruck in Aces Augen, als er sie nun anstarrte. Sie wusste, dass ihr Blick der gleiche war, wenn sie ihn anschaute.

Zusammen betraten sie das Badezimmer. Dakota drehte den Wasserhahn auf und goss einen leicht duftenden Badezusatz in die Wanne. Als sie sich umdrehte, stand Ace nackt vor ihr, was ihr den Atem nahm.

Den Blick auf ihn gerichtet, streifte sie ihre restliche Kleidung ab und fühlte sich sowohl schutzlos als auch voller Begierde. Ace zog sie an sich, und beide spürten sie die glühende Haut des anderen. Endlich küsste er sie und sämtliche ihrer Bedenken lösten sich in Luft auf. Pure Lust ergriff Besitz von ihrem Körper.

Seine Hände glitten über ihre Haut. Als die Wanne voll war, drehte Dakota den Hahn ab und Ace glitt hinein. Dann streckte er die Hände nach ihr aus. Dakota ergriff sie, setzte sich zu ihm und lehnte sich gegen seine breite Brust.

Ace zog sie sofort eng an sich und schlang die Arme um ihre Taille. Als er ihren Nacken küsste, seufzte sie und wand sich, denn sie spürte seine Erektion.

»Ich scheine nicht genug von dir bekommen zu können, Ace Armstrong«, gab sie zu.

»Ich weiß genau, wie du dich fühlst, Dakota Forbes«, raunte er.

Er legte die Hände auf ihren Bauch und drückte mit den Daumen gegen ihre Brüste. Dakota war nicht in der Lage, etwas zu sagen. Dann glitten seine Hände höher und rieben über die Unterseite ihrer Brüste, die vor Verlangen schmerzten.

Dakota drängte sich noch enger an ihn, genoss das Gefühl seiner Erektion, die fest gegen ihren Po drückte. Ihr einziger Gedanke war in diesem Moment, wie einfach es wäre, sich auf ihn zu setzen, und wie gut sich das für sie beide anfühlen würde.

Sie griff nach seinen Schenkeln. Das Badewasser war heiß, aber seine Haut fühlte sich geradezu glühend an, was ihre Atmung unregelmäßig und heftig werden ließ. Endlich umfasste Ace ihre Brüste. Er stöhnte in ihren Nacken, als er sie zusammendrückte und seine Handflächen über ihre harten Brustspitzen rieben.

Als er den Mund öffnete und an ihrem Nacken sog, drückte sie das Kreuz durch, und ein Stöhnen entfuhr ihren Lippen. Sie sehnte sich so sehr nach diesem Mann, dass sie an nichts anderes mehr denken konnte. Solange er sie berührte, lösten sich all ihre Sorgen in Luft auf. Sie war voller Lust und fand, dass er sich zu viel Zeit ließ.

»Bitte schlaf mit mir«, drängte sie ihn. Sie wölbte den Rücken, und seine Hände drückten sanft ihre Brüste zusammen, bevor eine Hand über ihren flachen Bauch und ihre feuchte Mitte strich. Wieder stöhnte sie und spreizte die Schenkel, was nicht einfach war, weil Ace von außen mit seinen Beinen dagegendrückte. Mühelos ließ er einen Finger in ihre heiße, bereite Scham gleiten.

Dakota drehte den Kopf, und ihre Lippen fanden seine, während seine Hände mit ihrem Körper spielten. Sie war ungeduldig, bereit und wusste, dass sie ihm gehörte. Es erschreckte sie jedoch überhaupt nicht, wie leicht sie ihm gegenüber kapituliert hatte. Ace kostete von ihren Lippen, bevor er den Kuss vertiefte und ihrer beider Erregung ins Unerträgliche steigerte.

Schließlich wollte sie mehr. Sie wand sich in seinen Armen, wollte, dass er in sie eindrang. Ace drehte sie herum und setzte sie mit gespreizten Beinen auf seinen Schoß. Dakota stimulierte ihn mit der Zunge, schob sie in seinen Mund und zog sie langsam und bedächtig wieder zurück, bis sie selbst fast verging.

Sie drückte sich auf ihn und glitt mit ihrer feuchten Mitte an seiner Erektion entlang. Ace schob sich nach oben, wollte genauso wie sie die Verbindung zwischen ihnen herstellen, doch sie zog sich zurück, spielte mit ihm und biss ihn in die Unterlippe. Er griff wieder nach ihren Brüsten und drückte fest zu.

Dakota keuchte lustvoll in seinen Mund und rieb sich erneut an ihm. Sämtliche Verdrossenheit war von ihnen gewichen, als sie miteinander spielten und ihr Begehren steigerten.

»Ich brauche dich so sehr, Ace«, bettelte sie, bevor ihre Lippen an seinem Kiefer entlangstrichen. Dann sog sie an seinem Hals und biss hinein, linderte jedoch den Schmerz sofort, indem sie darüberleckte.

»Du hast mich doch«, versicherte er ihr, griff in ihre Haare und bog den Kopf nach hinten, damit sie sich in die Augen schauen konnten. Prickelnde Leidenschaft erfasste sie. Dakota wusste, dass sie der Grund für diesen Ausdruck der Begierde in seinen Augen war und nur sie sein Verlangen stillen konnte.

»Dann nimm mich ganz«, forderte sie.

Ace zögerte nicht einen Moment, als er Dakotas Po packte und sie über sich in Stellung brachte. Er stieß zu und versank völlig in ihrer heißen Mitte.

Dakota schrie auf, als er sie ausfüllte, und Ace bedeckte ihren Mund mit seinem, um den Schrei aufzufangen. Dann griff er nach ihren Hüften, hob sie an und ließ sie über seiner harten Männlichkeit wieder sinken, während er ihr mit einem Stoß entgegenkam.

Ihre Brüste stießen gegen ihn, und die Brustspitzen rieben über seine Haut, als er in sie hinein- und wieder herausglitt. Ihr Stöhnen wurde vom plätschernden Wasser verschluckt, und

Dakota spürte, wie sich alles in ihrem Kopf drehte und sie sich dem Höhepunkt näherte, den sie so dringend ersehnte.

»Ja, Ace, lass mich kommen!«, rief sie und biss ihm in die Schulter. Sie schmiegte sich an ihn, als sie sich dem Höhepunkt näherte.

»Ja, Baby, lass mit mir los!«, forderte Ace.

Wieder schrie sie auf, als ein Orgasmus sie durchzuckte und sie um seine Erektion pulsierte. Auch Ace ließ los, und so waren sie vereint, genossen den Höhepunkt, der in Wellen über ihnen zusammenschlug und ihnen Erlösung verschaffte. Dakota zitterte in seinen Armen, die sie fest umschlungen hielten, und sank schließlich keuchend gegen seine Brust.

Sie war erschöpft. Mit festem Griff hielt er sie umklammert und blieb tief in ihr. Nie wieder wollte sie diesen wunderbaren Ort verlassen. Sie genoss das Gefühl seiner Hände, die über ihren Rücken strichen.

»Vergiss nicht dein Versprechen an mich«, erinnerte sie ihn.

Einen Augenblick schwieg er. Sie hätte gerne gewusst, was genau ihm durch den Kopf ging. Wenn sie einen Wunsch frei hätte, dann wäre es, Gedanken lesen zu können.

»Werde ich nicht«, versprach er.

Sie saßen in der Badewanne, bis das Wasser abgekühlt war. Dann brachte er Dakota ins Schlafzimmer und schlief entspannt und zärtlich mit ihr, besiegelte sein Versprechen mit viel mehr als einem Kuss.

Kapitel 30

Ace hatte in den nächsten Tagen viel zu tun. Zusammen mit seinen Brüdern hatte er Treffen mit Bill und einer Sondereinheit. Je öfter er sich mit dieser Gruppe traf, desto nervöser wurde Dakota. Er hatte ihr versprochen, dass er sich nicht als Köder zur Verfügung stellen würde, ohne sie darüber zu informieren. Und doch befürchtete sie, dass er so überzeugt von seinen Plänen war, dass er die Mission still und heimlich durchführen und ihr nur Bescheid geben würde, wenn sie vorbei war und die Gefahr nicht mehr bestand.

Aus diesem Grund beobachtete sie ihn noch intensiver. Allerdings verfielen sie in eine angenehme Routine, sobald sie sich jeden Abend in Coopers Gästehäuschen zurückzogen. Je länger diese Gefahr bestand, so schien es, desto mehr hingen sie aneinander. Dakota wusste, dass dem nur so war, weil sie sich in einer Situation mit hohem Stressfaktor befanden, was aber ihre Gefühle für Ace nicht änderte.

Sehr lange Zeit hatte sie sich dagegen gewehrt, sich zu verlieben. Sie hatte keinen Mann gefunden, der sie beflügelte, ihr das Gefühl gab, sich im freien Fall zu befinden, und der in ihr den Wunsch hervorgerufen hätte, ihm bedingungslos überallhin zu folgen. Aber diese Sache mit Ace war von Anfang an so intensiv gewesen, dass sie wusste, sie würde sich in ihn vergucken, wusste, dass sie sich höchstwahrscheinlich bereits in ihn verliebt hatte. Der Gedanke, es könnte ihm etwas Schlimmes zustoßen, versetzte ihren ganzen Körper in eine Panik, die sie nicht unterdrücken konnte, wie sehr sie es auch versuchte. Also verfiel sie jede Nacht, in der sie sich lachend in seine Arme kuschelte, mit ihm Filme anschaute, stundenlang redete oder nur still neben ihm lag, immer mehr seinem Zauber. Und je länger es so weiterging, desto weniger machte ihr das Angst.

Dakota hatte das Gefühl, dass sie die Gelegenheit hatte, eine Seite von Ace kennenzulernen, die nicht viele Leute das Glück hatten zu erleben. Er hatte alles unter Kontrolle und war ganz sicher in seinem Bereich Herr der Lage, aber er war auch zärtlich und leidenschaftlich. Dakota liebte alle Seiten an ihm.

Der Mann bestand darauf, Türen für sie aufzuhalten, setzte sich erst, wenn er sicher war, dass sie Platz genommen hatte, brachte ihr morgens Kaffee ans Bett, wenn sie zu lange brauchte, um aufzustehen, und bereitete Mahlzeiten für sie zu, die es mit jedem Gourmetkoch aufnehmen konnten. Gerne hätte sie gewusst, wo er all diese Fähigkeiten gelernt hatte. Und ihr fiel auf, dass er sein Verhalten auch dann nicht änderte, wenn seine Brüder in der Nähe waren. Aufmerksam zu sein, schien ihm einfach im Blut zu liegen.

Dakota war immer auf sich selbst angewiesen gewesen. Natürlich hatte sie eine liebevolle Familie, auf die sie sich zu jeder Zeit und überall verlassen konnte, und sie hatte ihre beste Freundin, die alles stehen und liegen lassen würde, um ihr zu Hilfe zu eilen. Doch sie war noch nie zuvor von einem Mann abhängig gewesen. Männer waren in ihr Leben getreten und hatten es wieder verlassen. Doch mit Ace war es anders. Sie konnte sich keinen Tag mehr ohne ihn vorstellen. Das machte ihr Angst, denn sie verlor etwas von ihrer Selbstständigkeit, auf die sie immer sehr bedacht gewesen war.

Was wurde gerade aus ihr? Würde sie diese neue Person bei genauerer Prüfung mögen? Sie war sich nicht sicher. Dakota war überglücklich gewesen, als Chloe sich in Nick verliebt und beschlossen hatte, ihn zu heiraten. Vielleicht flößte ihr eine Beziehung nicht mehr so viel Angst ein, weil sie mit dem richtigen Mann zusammen war.

Bei der ganzen Gefahr, die sie umgab, war sie damit einverstanden gewesen, nicht mehr zum Cheerleader-Training zu gehen. Es war ihr letztes Jahr, und vielleicht wurde sie aus dem Team genommen, weil sie nicht mehr erschien. Das verletzte ihren Stolz sehr. Aber nachdem sie ein paarmal angegriffen worden war und die Bundesluftfahrtbehörde Beweise dafür gefunden hatte, dass ihr Flugzeug manipuliert worden war, konnte sie froh sein, noch am Leben zu sein. Und dennoch war der Mangel an Freiheit bedrückend.

Ace betrat das Zimmer, in dem Dakota schmollend saß. Sie drehte sich mit einem verzweifelten Gesichtsausdruck zu ihm um.

»Was ist los?«, fragte er und kam vorsichtig näher.

»Mir geht's gut. Ich weiß, dass Bill auf dich wartet, also solltest du gehen.«

»Zeit für einen Kuss habe ich aber noch«, versicherte er ihr.

Bevor sie auch nur daran denken konnte, ihn zu stoppen – was in der Tat das Letzte gewesen wäre, das sie im Sinn hatte –, griff er nach ihr, brachte sie aus dem Gleichgewicht und zog sie sanft an sich. Obwohl sie sich letzte Nacht stundenlang geliebt hatten, reichte es, seine Brust zu berühren, und schon schmolz sie dahin und warf den Kopf in den Nacken, damit er ihren Mund erobern konnte.

Dakota versuchte erst gar nicht, den zustimmenden Laut zu unterdrücken, der ihrer engen Kehle entschlüpfte. Sie liebte dieses lebendige Funkeln in Aces wunderschönen Augen. Sie glaubte nicht, dass diese intensive Anziehungskraft zwischen ihnen jemals abnehmen würde.

»Ich gehe nicht gerne weg von dir.« Ace küsste ihren Mundwinkel und sie schmiegte sich noch enger an ihn. Sie wollte so viel mehr von ihm als nur einen flüchtigen Kuss. »Und ich hasse es, wenn du gehst«, fügte er hinzu.

»Aber dann siehst du immerhin, wie ich zurückkomme«, hielt sie dagegen und fuhr ihm mit der Hand durchs Haar.

»Das stimmt«, bestätigte er. Dann gab er den Versuch auf, weiter mit ihr zu reden, und küsste sie so leidenschaftlich, dass es ein Wunder war, dass sie nicht dahinschmolz. Dakota schwankte, klammerte sich noch mehr an ihn und verlor sich in seiner Berührung. Seine Umarmung hielt sie auf den Beinen. Sie spürte seine Erregung, die sich gegen ihren Unterleib drängte, was ihre Sehnsucht nach ihm nur noch verstärkte.

Vielleicht sollte sie den Cheerleader-Job aufgeben. Aber höchstwahrscheinlich würde sie sowieso gefeuert werden. Dann könnte sie noch mehr Zeit mit Ace verbringen.

Als ihr dieser Gedanke durch den Kopf schoss, spürte sie, wie sich nach und nach Panik in ihr breitmachte. Schließlich hatte sie sich ein Leben lang geschworen, keine dieser Frauen zu werden, die für irgendjemanden ihre Träume aufgaben. Wenn ein Mann nicht akzeptieren konnte, wer sie war, oder nicht glaubte, dass ihr Leben genauso wichtig war wie seins, dann verband sie eigentlich nichts mit ihm.

Obwohl sie nicht das Gefühl hatte, dass Ace sie so behandelte – zumindest nicht, wenn keine Gefahr drohte –, wich sie zurück. Vielleicht sollte sie einmal ernsthaft darüber nachdenken. Die Sache zwischen ihnen schritt mit einer Geschwindigkeit und Intensität voran, dass sie nicht wusste, was sie davon halten sollte.

»Du musst gehen. Sie warten auf dich«, sagte sie, als er sich wieder zu ihr beugte. Er öffnete langsam die Augen, und obwohl Enttäuschung darin zu erkennen war, wusste Dakota, dass sie ihren Verpflichtungen nachkommen mussten.

»Tut mir leid. Das sollte eigentlich nur ein schneller Abschiedskuss sein.« Ace lächelte verlegen. »Aber aus irgendeinem Grund bin ich zu keinem vernünftigen Gedanken mehr fähig, sobald ich dich berühre«, fügte er mit einem Lachen hinzu. »Vielleicht bist du eine Hexe, die mich mit einem Zauber belegt hat.«

»Das kann gut sein. Ich habe viele Talente, von denen du noch nichts weißt.« Sie zwinkerte ihm zu.

Er machte einen Schritt auf sie zu, woraufhin sie lachend einen Schritt zurückwich.

»Mit so einer Aussage solltest du nicht ungestraft davonkommen«, drohte er.

»Oh, aber das tue ich.« Sie ging noch einen Schritt zurück. »Weil wir das Gespräch später beenden werden … im Dunkeln.« Wieder zwinkerte sie ihm zu und genoss die Leidenschaft, die sie erfüllte, obwohl sie ihr gleichzeitig auch Angst machte.

Als Ace ging, schaute Dakota ihm hinterher und spürte, wie ein Schmerz durch sie hindurchjagte. Was sie jetzt mehr als alles andere brauchte, war eine kleine Pause, um wieder zu sich selbst zu finden.

Sie zog sich um, verließ das Gästehaus und schaute über die Schulter, um sicherzugehen, dass niemand sie aufhielt. Bei einem Spaziergang wollte sie ihre Gedanken ordnen, bevor Ace zurückkam. Es gab keinen Zweifel daran, dass er ihr Leben durcheinanderbrachte, wenn sie an nichts anderes mehr denken konnte als an ihn.

Dakota ging durch die ruhigen Straßen in Coopers Nachbarschaft und wusste, dass sie sich nicht zu weit entfernen durfte. Sie wollte nicht zu spät zurück sein und sich dann anhören müssen, wie gefährlich es für sie war, allein unterwegs zu sein. Auf eine solche Predigt konnte sie gerne verzichten. Aber eine bis zwei Stunden würde sie schon für sich haben, bevor sie zurückmusste, um auf Ace zu warten.

Es war nicht so, dass es eine Belastung war, auf ihn zu warten, aber eigentlich wollte sie ihn ständig um sich haben. Dieser Gedanke machte ihr klar, wie verbohrt und dumm sie eigentlich war. Sie war keine schwache Frau, die jemanden brauchte, an den sie sich anlehnen konnte. Aber da Aces berufliche Welt seine private beeinflusste, hatte sie jetzt mit einer Sache zu tun, von der sie bisher nur gehört hatte. Monster waren ihr im wirklichen Leben noch nie begegnet – nicht, bis sie wegen ihrer Beziehung zu Ace ihr Haus betreten und sie bedroht hatten.

Sie war noch nicht weit von Coopers Haus entfernt, als sie jemanden hinter sich hörte. Ein kalter Schauer lief ihr über den Rücken. Es war helllichter Tag, und sie war sicher, dass es nur ein Spaziergänger war. Sie brauchte sich also keine Sorgen zu machen.

Das redete sie sich ein, bis sie von hinten gepackt wurde. Ein schriller Schrei entfuhr ihr, bevor ihr der Mund zugehalten wurde und sie erneut von Panik erfasst wurde.

KAPITEL 31

Ace hielt wieder vor dem Haus und fluchte, dass er sein Handy vergessen hatte. Er brauchte es, falls Dakota ihn anrufen wollte, und vermied es, darüber nachzudenken, was es bedeutete, dass er in ständigem Kontakt mit der Frau bleiben wollte.

Er betrat das Gästehäuschen, aber Dakota war nicht da. Das gefiel ihm überhaupt nicht. Sie sollte eigentlich im Haus bleiben. Auch im Wohnzimmer war sie nicht. Wohin war sie gegangen?

»Ich habe gesehen, wie sie über die vordere Zufahrt hinausgeschlichen ist«, gab Stormy zu, als Ace kurz davorstand, in Panik zu verfallen.

»Und du hast sie nicht zurückgehalten?«, blaffte Ace.

»Ich habe angenommen, sie braucht mal eine Minute für sich.« Stormy trat von einem Fuß auf den anderen.

Ace sagte nichts mehr. Stattdessen rannte er zurück zum Auto und fuhr mit quietschenden Reifen die Auffahrt hinunter. Mit offenen Fenstern hielt er verzweifelt nach ihr Ausschau. Er war sicher, dass alles in Ordnung war, aber er würde sich erst besser fühlen, wenn er Dakota gefunden hatte.

Gerade fuhr er durch ein Gebiet, in dem ein Wanderweg begann, als er einen Schrei hörte. Ohne weiter nachzudenken, fuhr er an den Straßenrand, zog seine Waffe, sprang aus dem Auto und rannte in die Richtung, aus der der Schrei gekommen war. Er hatte keinen Zweifel daran, dass es Dakota war, die geschrien hatte. Wie hatte sie nur glauben können, dass ein Spaziergang eine gute Idee war?

Als er um eine Kurve bog, sah er Dakota auf dem Boden liegen. Ihr Kopf schnellte herum, und in ihrem Blick war zu erkennen, dass sie offensichtlich erleichtert war, Ace auf sich zukommen zu sehen. Er wusste nicht, ob er erleichtert sein sollte oder ob er sie über die Schulter werfen und ihr auf dem ganzen Weg zurück zum Auto den Hintern versohlen sollte. Da sie keinesfalls außer Gefahr waren, rannte er zu ihr und kniete sich neben sie. Er ergriff ihren Arm, um sie auf die Füße zu ziehen, und schaute sich dabei ständig um.

»Was ist passiert? Warum bist du hier draußen?«, schimpfte er los.

»Jemand hat mich von hinten gepackt«, erzählte sie mit zornigem Blick. »Ich habe ihn in den Schritt getreten. Das hat ihn überrascht, und er ist in diese Richtung davongelaufen, als er dich gehört hat.« Sie zeigte den Pfad hinunter.

Ace war hin- und hergerissen. Er musste Dakota in Sicherheit bringen, aber das hier war vielleicht auch die Chance, das Monster zu fassen, das sie in Schrecken versetzt hatte. Andererseits war es vielleicht nur ein weiterer Schlägertyp. Ace wusste nicht, was er tun sollte.

»Los, schnapp ihn dir!«, rief Dakota, als gäbe es keine andere Wahl.

»Ich kann dich nicht alleine lassen.« Ace wurde angesichts der Tatsache, dass sich der Täter weiter von ihnen entfernte, immer frustrierter.

»Ich gehe auf direktem Wege zum Haus zurück«, versicherte sie ihm.

»Nein, lauf den Pfad zurück und setz dich in mein Auto. Fahr zurück. Ich komme hinterher.« Und dann rannte er dem Angreifer nach. Er hoffte und betete, dass Dakota einmal im Leben auf ihn hören würde. Der Typ musste das Grundstück einige Zeit beobachtet und auf eine Gelegenheit gewartet haben. Und dieser Mistkerl hatte sie bekommen.

Ace wurde immer schneller, und als er um eine Kurve bog, sah er jemanden mit Höchstgeschwindigkeit vor sich laufen. Der Mann trug eine Mütze. Die Waffe umklammernd, steigerte Ace sein Tempo. Er war fest entschlossen, den Mann zu stellen und ihn zum Reden zu bringen.

Einige Sekunden später hörte Ace Verkehrsgeräusche. Sie kamen wieder in offenes Gelände. Der Mann verschwand vor ihm hinter einer weiteren Kurve und dann hörte Ace die quietschenden Reifen eines Fahrzeugs. Er rannte weiter, ahnend, dass er zu spät kommen würde. Aber das hielt ihn nicht davon ab, den Kerl zu fassen zu bekommen.

Als Ace die Straße erreichte, rauschte der Verkehr an ihm vorbei, und er wusste, dass der Mann längst weg war. Er musste zurück zu Dakota, und zwar sofort. Hoffentlich hatte sie auf ihn gehört und war zurück zu Coopers Haus gefahren, dennoch ging er zu der Stelle zurück, an der er den SUV geparkt hatte. Am Ende war sie doch nicht gefahren.

Und was, wenn diese Ablenkung bewusst geplant worden war und er perfekt mitgespielt hatte? Der Gedanke ließ ihm den kalten Schweiß auf die Stirn treten, als er zurückrannte. Er betete, dass er Dakota den Schurken nicht ausgeliefert hatte. Sie wäre das ultimative Druckmittel. Auf keinen Fall würde er zulassen, dass man der Frau, die er liebte, etwas antat.

Dieser Gedanke ließ sein Herz erneut rasen, aber er verdrängte ihn. Er hatte keine Zeit, in Panik zu verfallen. Er musste zu Dakota und sie nach Hause bringen. Erst dann wäre er bereit, sich Nestor zu schnappen. Ace würde eher sterben, als dass dieser Mann Dakota oder jemandem aus seiner Familie etwas antat.

Als er die Straße erreichte, sah er, dass Dakota neben dem Auto stand. Wieder nahm sein Missmut zu. Er war zwar froh, dass ihr nichts passiert war, aber sie hätte tun sollen, was er ihr gesagt hatte. Dann wäre sie jetzt bei seiner Familie in Sicherheit.

Wegen der vorbeifahrenden Autos und der Passanten steckte Ace schnell die Waffe weg, um niemanden zu erschrecken. Sein Tempo verminderte er allerdings nicht. Er würde sich erst beruhigen, wenn er Dakota in seinem Auto hatte und sie beide zurück in Coopers Haus waren.

Ace war noch knapp vierhundert Meter von Dakota entfernt, als ein Auto mit getönten Scheiben die Straße entlanggerast kam und direkt vor Dakota wendete. Sie hob den Kopf und schaute Ace fragend entgegen.

Ace rannte immer noch, aber er würde wieder zu spät kommen. Daran hatte er keinen Zweifel. Er rief ihr zu, sich hinzulegen und unter den SUV zu rollen, aber sie schien unter Schock zu stehen. Alles geschah viel zu schnell. Ein paar Leute standen wie erstarrt auf dem Bürgersteig gegenüber und sahen bestürzt zu, welche Szene sich vor ihren Augen abspielte.

Das Fenster im Auto wurde heruntergelassen, und obwohl Ace wieder nach seiner Waffe griff, war es zu spät. Ein Schuss ertönte, und er spürte ein Brennen, als die Kugel in seine Seite eindrang. Doch gegen den Schmerz ankämpfend, rannte er weiter.

Er hob die Waffe und schoss, aber aufgrund der Wunde besaß er keine Zielsicherheit mehr und war außerdem völlig außer Atem. Ein weiterer Schuss ertönte und traf ihn in die Schulter, die schon einmal verletzt worden war. Er fiel nach hinten und ein heftiger Schmerz durchzuckte ihn. Die Fußgänger, die entsetzt zugeschaut hatten, schrien und ließen sich zu Boden fallen. Schnell krochen sie in die nahe gelegenen Büsche.

Ace schaute nicht zu ihnen hinüber, als er wieder auf die Füße sprang.

Als er erneut zielte, schlug die Kugel in die Frontscheibe des Autos ein. Über den nahe gelegenen leeren Parkplatz hallte ein Schrei. Das Auto fuhr mit quietschenden Reifen davon, und Ace lief zu Dakota. Als er endlich bei ihr war, atmete er erleichtert auf.

Er bedeckte ihren Körper mit seinem und schaute sich um. Der schwarze Wagen fuhr schlingernd vom Parkplatz. Vielleicht war die Sache jetzt vorbei, aber Ace bezweifelte es. Seine Gegenspieler würden diese Chance nicht verstreichen lassen.

»Bist du okay?«, fragte er sie. »Bist du angeschossen worden?« Seine Hände strichen über ihren Körper, und er hatte seine eigenen Wunden vorerst vergessen.

»Mir geht's gut, Ace«, sagte sie, hielt die Hand auf die Wunde und versuchte, die Blutung zu stillen. »Aber dir nicht.«

»Glaub mir, das sind nur Fleischwunden«, beruhigte er sie, aber seine Atmung wurde immer abgehackter. »Wir müssen zusehen, dass wir hier wegkommen.«

»Ganz deiner Meinung«, stimmte Dakota zu.

Er schaute sich um und versuchte, sie ins Auto zu drängen.

»Ich fahre«, beharrte sie. »Du hast zwei Schusswunden, und ich will hier weg, bevor du mir aus den Latschen kippst.«

Ace überlegte kurz, ob es sich lohnte zu streiten, aber er befürchtete, dass sie recht hatte. Er nickte einfach und rutschte auf den Beifahrersitz. Trotz der starken Schmerzen versuchte er, so wachsam wie möglich zu bleiben.

»Diesmal fahren wir ins Krankenhaus. Ruf deine Brüder an. Wir können uns dort treffen«, forderte sie ihn auf.

»Das ist also der Grund, weshalb du fahren wolltest«, schimpfte er. »Mir geht's gut. Fahr nach Hause. Lindsey kann sich um mich kümmern.«

»Auf gar keinen Fall.« Dakota blieb hart. Ace wurde immer schwächer und gab das Streiten auf. Er lehnte sich zurück, als sie den Motor aufheulen ließ und die Straße hinunterfuhr. Sie war sicher, dass die Polizei auf dem Weg war, aber sie konnten mit den Beamten reden, sobald sie im Schutz der Notaufnahme waren.

»Fahr schneller«, wies er sie an, als sie an einem Stoppschild zu lange hielt.

»Lass mich fahren!«, gab sie zurück, bevor sie beschleunigte.

Ace spürte, wie er kurz davorstand, das Bewusstsein zu verlieren, und kämpfte dagegen an. Jetzt war nicht der Zeitpunkt, Dakota allein zu lassen, damit sie sich selbst verteidigte. Die Tatsache, dass sie im Auto saßen, hieß noch lange nicht, dass sie in Sicherheit waren. Ace wollte zwar nicht ins Krankenhaus, aber zumindest würde dort ein bewaffneter Sicherheitsdienst sein.

Mit letzter Kraft zog er sein Handy hervor und rief Cooper an. Schnell erklärte er, wohin sie fuhren. Alles, was er jetzt noch tun konnte, war zu versuchen, sich verzweifelt auf die Straße zu konzentrieren, während Dakota fuhr.

»Bleib bei mir, Ace. Wag ja nicht, bewusstlos zu werden«, warnte Dakota ihn.

Er riss die Augen auf und versuchte, sie anzulächeln. Es gefiel ihm, wenn sie kämpferisch und dominant war. Das war eine weitere Eigenschaft an der Frau, ohne die er nicht mehr glaubte leben zu können. Die meisten Frauen, die er kannte, würden in dieser Situation panisch werden, aber nicht so Dakota. Sie hatte die Führung übernommen und würde sich erst erlauben zusammenzubrechen, wenn sie sicher war, dass sich jemand anderer um ihn kümmerte. Sie würde sich noch nicht einmal Sorgen um sich selbst machen, was ihn eigentlich ein wenig frustrierte.

»Ich hatte schon schlimmere Verletzungen, Dakota. Hör auf, dir um mich Sorgen zu machen.« Die schwache Stimme strafte allerdings seine beruhigenden Worte Lügen.

Dakota war gezwungen, das Tempo zu drosseln, als sie um eine Kurve bog. Ace verlor immer mehr das Bewusstsein, deshalb bekam er nicht mehr mit, dass ein Auto direkt auf sie zukam. Aber er spürte den Aufprall, als der Wagen in seinen krachte, sein Körper nach vorn geschleudert wurde und der Kopf gegen die Windschutzscheibe knallte.

Dakotas Schrei war das Letzte, was er hörte, bevor er endgültig das Bewusstsein verlor.

KAPITEL 32

Als Ace aufwachte, stellte er fest, dass er auf einer Trage festge-schnallt war, und er verspürte erneut Panik und Wut. Was zum Teufel war passiert? Er drehte den Kopf und suchte Dakota.

»Dakota!«, rief er, aber seine Stimme war kaum mehr als ein Piepsen.

»Sir, wir sind gleich im Krankenhaus. Sie wurden ange-schossen und haben eine Kopfverletzung«, informierte ihn der Sanitäter, der über ihm aufgetaucht war.

Ace versuchte, sich wieder zu bewegen, aber er war fixiert. Er hatte Schussverletzungen, und es hatte einen Unfall mit Fahrerflucht gegeben. Sie würden mit ihm kein Risiko eingehen.

»Ich bin Ace Armstrong und beim CIA«, krächzte er, aber so, wie der Sanitäter ihn anschaute, glaubte ihm der Mann kein Wort. Mit kreischenden Bremsen kamen sie zum Stehen und die hinteren Türen des Krankenwagens wurden aufgerissen. Innerhalb von Sekunden wurde Aces Trage herausgeholt und im Eiltempo in die Notaufnahme geschoben.

»Wir haben einen männlichen Erwachsenen von einem Unfall mit Fahrerflucht. Er hat eine Kopfverletzung und zwei Schussverletzungen. Eine an der Seite, eine in der linken Schulter«, rief der Sanitäter, als die Krankenschwester die Vitalfunktionen überprüfte.

»Dafür habe ich keine Zeit«, versuchte Ace zu schreien, aber mit seiner Stimme würde er sobald keinem Angst einjagen.

Er wurde in einen Raum gebracht und in ein Krankenhausbett umgelagert, in dem er erneut festgeschnallt wurde. Dieses Mal war sein linker Arm frei, damit sie die Schussverletzung untersuchen konnten. Er versuchte, die Pfleger abzuwehren, war jedoch zu schwach.

Obwohl Ace wusste, dass er im Augenblick überhaupt nichts tun konnte, wehrte er sich gegen die Leute, die ihm helfen wollten. Die Zeit drängte, und wenn Dakota nicht mit ihm im Krankenwagen gewesen war, dann bedeutete es, dass Nestor oder seine Schlägertypen sie geholt hatten. Die Ärzte mussten nur die Blutung stoppen, damit er endlich hier wieder rauskam.

Ace war zu wütend, um noch einmal das Bewusstsein zu verlieren. Also beschimpfte er weiter das Krankenhauspersonal und erzählte ihnen immer wieder, dass er vom CIA sei und an einem wichtigen Fall arbeite. Entweder glaubten sie ihm nicht oder es interessierte sie kein bisschen. Es war äußerst ärgerlich. Ace verlangte, dass sie seinen Vorgesetzten anrufen sollten, aber er hatte Bills Visitenkarte nicht dabei. Allerdings wäre es auch egal gewesen, wenn er sie gehabt hätte – er wäre nicht in der Lage gewesen, danach zu greifen, weil er immer noch an dem verdammten Bett festgeschnallt war.

Kurz darauf gab es einen Tumult im Zimmer, und Ace war überglücklich, als Cooper und Maverick hereingerannt kamen. Die Pfleger versuchten, sie zurückzuhalten, aber ein Blick in ihre grimmigen Gesichter reichte aus, damit sie zurückwichen. Nur Nick war nicht dabei. Er war bei den Frauen und Kindern geblieben.

»Ihr müsst mich hier rausholen. Sie haben Dakota«, wandte sich Ace an Cooper.

Der Arzt betäubte ihn, um die Kugeln zu entfernen. Ace versuchte, nicht völlig wegzutreten, damit er seinen Brüdern die ganze Geschichte erzählen konnte. Sie hörten zu, und die Krankenschwestern und Pfleger wurde immer kleinlauter, weil ihnen bewusst wurde, dass Ace die ganze Zeit die Wahrheit gesagt hatte.

»Sie trägt einen Peilsender am Körper«, berichtete Ace. »Wir müssen sie orten, bevor sie dahinterkommen.«

»Die Kugeln sind entfernt«, sagte der Arzt. »Innere Organe wurden nicht getroffen.«

»Hab ich doch gesagt!«, schnauzte Ace, als die Krankenschwester übernahm und die Wunden nähte.

»Sie haben höchstwahrscheinlich eine Gehirnerschütterung und müssen über Nacht hierbleiben«, informierte der Arzt ihn und starrte Ace an.

»Auf gar keinen Fall«, widersprach er.

»Sie werden nicht in der Lage sein, Ihren Job zu tun, wenn Sie noch nicht einmal geradeaus gehen können«, beharrte der Arzt.

»Sie kennen mich nicht.«

»Ich kenne viele Teufelskerle wie Sie«, brummte der Arzt, bevor er sich an Cooper wandte, den er als den verantwortungsbewusstesten der Geschwister einzuschätzen schien. »Er muss seine Medikamente nehmen, und wenn er geht, dann gegen ärztlichen Rat.«

»Wir haben zu Hause mehrere Krankenschwestern und werden ein Auge auf ihn haben«, versprach Cooper, der sich viel vernünftiger anhörte. Der Arzt seufzte, nickte aber und wies sein Personal an, Ace von den Gurten zu befreien.

Als dies geschehen war, setzte er sich auf, und ihm wurde schlecht, denn in seinem Kopf begann sich alles zu drehen. Die Krankenschwester schaute ihn mit einem Gesichtsausdruck an, der besagte »Ich habe es Ihnen doch gesagt«, und das ärgerte Ace noch mehr.

»Vielleicht solltest du das uns und Bill überlassen«, schlug Maverick, offensichtlich besorgt, vor.

»Würdest du hier sitzen, wenn sie Lindsey geholt hätten?«, konterte Ace.

Maverick schüttelte nur den Kopf, und Ace versuchte, nicht mehr zu streiten. Er griff in die Tasche und zog ein Gerät hervor, mit dem er Dakotas Position orten konnte. Er betete, dass der Peilsender noch aktiv war. Es waren die längsten Minuten seines Lebens, als er versuchte, sich darauf zu konzentrieren, während der Suchvorgang lief.

Als er abgeschlossen war, wurde klar, dass sich Dakota von dem Ort, an dem sie sich gerade befand, nicht wegbewegte. Sie mussten irgendwo mit ihr übernachten. Entweder das oder … Nein, er weigerte sich, daran zu denken, dass sie vielleicht aus seinem Leben gegangen war. Sie würden sie nicht umbringen, denn sie war lebendig viel wertvoller für sie. Wenn sie tot wäre, hätten sie nichts mehr, das sie eintauschen konnten.

»Lasst uns gehen«, sagte Ace zu seinen Brüdern, als er sich langsam erhob. Er konnte kaum laufen. Das war überhaupt nicht gut.

»Wie zum Teufel willst du sie in so einem Zustand retten?«, fragte Mav.

Ace verließ, von seinen Brüdern flankiert, die Notaufnahme und wehrte jegliche Hilfe ab. »Ich werde euch bei der Aktion brauchen«, erklärte er.

»Natürlich sind wir mehr als gewillt, dabei zu sein, aber du musst Hilfe anfordern. Vergiss deinen Stolz für ihre Sicherheit«, riet ihm Cooper.

Sie erreichten Coopers Auto, und es kostete Ace viel Mühe, sich auf den Rücksitz zu setzen. Er ignorierte den anklagenden Blick seines Bruders, der ihm sagte, dass er ein Narr sei.

Wortlos zog er sein Handy hervor und rief Bill an, der sofort am Apparat war.

»Sie haben sie, Bill«, sagte er.

»Weißt du wo?«, fragte Bill.

»Ich habe eine Position und brauche Männer, denen wir hundertprozentig vertrauen können«, forderte Ace.

»Ich weiß, wen ich schicken kann«, versicherte Bill ihm.

»Ich werde nicht zögern, sie zu töten, wenn sie versuchen, uns reinzulegen«, warnte Ace ihn.

»Ich habe meinen engsten Kreis, Ace. Andere wissen davon nichts.«

Ace wusste, dass er Bill vertrauen konnte, aber das machte es auch nicht leichter. Er wollte derjenige sein, der Dakota rettete, denn er konnte keinem vertrauen, dem ihr Leben nicht genauso am Herzen lag wie ihm. Allerdings wusste er, dass er zu schwach war, um ihre Sicherheit zu gewährleisten. Er würde sie einem noch größeren Risiko aussetzen, wenn er keine Hilfe annahm.

Er gab Bill die Adresse und war mit einem Treffpunkt einen Block weiter einverstanden. Es war eine hundertprozentige Geheimmission. Bevor Ace auflegte, hatte Bill eine Karte des verlassenen Hauses am Stadtrand erstellt. Die Gangster dachten wahrscheinlich, dass sie an diesem Ort niemand ausfindig machen konnte. Außerdem hatten sie noch nicht Dakotas Peilsender gefunden. Oder sie hatten ihn gefunden und das hier war eine Falle.

Ace war das egal. Er würde dabei sein, komme, was da wolle.

Obwohl es seinen Brüdern überhaupt nicht gefiel, fuhren sie zum vereinbarten Treffpunkt, und Bills Team, das aus drei Männern bestand, traf ebenfalls innerhalb von Minuten ein. Sie trugen taktische Ausrüstung und hatten auch für die Armstrong-Männer welche dabei.

»Du solltest wirklich hier warten«, versuchte es Maverick noch einmal.

Ace fiel es schwer zu atmen, und sein Körper tat furchtbar weh, aber er konnte nicht einfach hier rumstehen, während sie hineingingen.

»Du beweist viel mehr Stärke, wenn du uns vertraust«, sagte Cooper.

»Du bist zu schwach und könntest das Unternehmen gefährden«, fügte Maverick hinzu.

In dem Moment wusste Ace, dass er unterlegen war. Er durfte nicht der Grund dafür sein, dass Dakota etwas passierte. Doch es würde ihn umbringen, im Hintergrund zu bleiben und zu wissen, dass sie vielleicht in Lebensgefahr war oder dass er seine Brüder auf ein Himmelfahrtskommando schickte. Er musste stark genug sein, ihnen allen zu vertrauen.

»Wir werden nicht ohne sie zurückkommen«, versicherte ihm Cooper und legte die Hand auf Aces unverletzten Arm.

»Ich will auch, dass ihr beide zurückkommt. Und ich weiß nicht, ob ich es schaffe, untätig herumzustehen.«

»Das kannst du, denn es ist das Beste, was du im Moment für Dakota tun kannst. Oder muss ich hierbleiben und auf dich aufpassen?«, fragte Maverick ihn.

»Nein. Ich brauche euch dort drinnen.«

»Dann musst du auch dein Wort halten und hier draußen warten«, beharrte Mav.

»Das werde ich«, versprach Ace und schaute keinen seiner beiden Brüder an.

»Sag es und schau mir dabei in die Augen«, verlangte Maverick.

Ace starrte seinen Bruder an und nickte schließlich. Die Sicht vor seinen Augen begann erneut zu verschwimmen, und er wusste, dass er keine Hilfe für sie wäre, sondern eher eine

Belastung. Er würde sich nicht vom Fleck rühren und für Dakota da sein, sobald sie befreit war.

»Wir werden zurück sein, bevor du überhaupt mitbekommen hast, dass wir gegangen sind«, versicherte ihm Cooper.

»Wir werden Sie nicht enttäuschen, Sir«, versprach auch einer der Agenten.

Ace nickte ihm zu. Dann lehnte er sich frustriert und ungeduldig zurück, als die drei Männer und seine beiden Brüder die Straße hinunter verschwanden. Jede Sekunde, die verging, fühlte sich wie eine Stunde an. Ace saß im Auto, achtete auf Bewegungen und lauschte auf Schüsse oder Schreie.

Es war still. Und diese Stille machte ihn fertig. Er hatte einen Fehler begangen. Warum war er nicht mitgegangen? Alles würde furchtbar schiefgehen. Daran hatte er keinen Zweifel.

Er rappelte sich auf, zog die schusssichere Weste an und griff mit der unverletzten Hand nach seiner Waffe. Er musste ihnen folgen und sie unterstützen. Alles in ihm schrie danach, es zu tun, und immer hatte er sich auf seine Instinkte verlassen können.

Schon nach dem ersten Schritt merkte er, dass der Schmerz ihn nach unten zu ziehen versuchte, aber er ignorierte ihn und machte sich vorsichtig auf den Weg. Wenn er Dakota wieder sicher in den Armen hielt, würde er sie nie wieder aus den Augen lassen. Egal, wie er das anstellte.

Sie war viel zu wichtig für ihn und Teil seines Lebens und seiner Familie. Er würde sie nie mehr gehen lassen.

Kapitel 33

Dakotas Kopf schmerzte, als sie langsam wieder zu Bewusstsein kam. Sie konnte die Augen nicht öffnen, denn das Hämmern war zu stark. Wenn sie versuchte, einen Arm zu heben, um den Kopf zu massieren, dann gelang ihr das nicht. Es versetzte sie in Panik.

Mit Mühe schaffte sie es schließlich doch, die Augen zu öffnen, um herauszufinden, was vor sich ging und wo sie war. Im Raum war es dunkel. Sie schloss die Augen wieder und zwang sich, sich zu beruhigen. Dann konzentrierte sie sich auf ihre letzten Erinnerungen.

Sie zwang sich, ruhig zu atmen, und erinnerte sich daran, mit Ace auf dem Weg ins Krankenhaus gewesen zu sein. Dann war ein anderes Fahrzeug in sie hineingerast und Ace war nach vorn geflogen. Nie würde sie das Geräusch vergessen, das sein Kopf gemacht hatte, als er gegen die Windschutzscheibe des SUV geknallt war. Sie musste die Tränen zurückdrängen, als sie, auf dem Bett festgebunden, daran dachte.

Sie wusste nicht, ob Ace lebte oder tot war. Erst hatte sie voller Panik versucht, ihm zu helfen, und dann hatte jemand sie gepackt, ihr einen Schlag auf den Kopf verpasst, und alles um sie herum war schwarz geworden. Jetzt befand sie sich in einem kalten, dunklen Zimmer.

Sie strengte sich an, etwas um sich herum zu erkennen. Viel war in diesem Gefängnis nicht auszumachen. Ace hatte die ganze Zeit recht gehabt. Die Leute, die hinter ihm her waren, hatten sie entführt, und sie wusste nicht, warum sie noch am Leben war. Vielleicht war sie ihr Druckmittel. So musste es sein. Sie wusste, Ace würde sich verantwortlich fühlen und nichts unversucht lassen, sie zu finden.

Allerdings war Dakota nicht sicher, ob er es noch rechtzeitig schaffen würde oder ob diese kranken Idioten sie direkt vor ihm umbringen würden, um ihm einen Denkzettel zu verpassen. Sie hatte trotzdem Hoffnung, denn wenn sie noch am Leben war, bedeutete es, dass sie ihn noch nicht umgebracht hatten.

Ruhig Luft holend, versuchte Dakota, auf Geräusche sich nähernder Personen zu horchen. Nirgendwo war auch nur ein einziger Laut zu hören. Es war gruselig. Sogar jemand, der Drohungen ausstieß, wäre ihr lieber gewesen. Dann hätte sie zumindest gewusst, woher die Gefahr kam.

Sie musste fliehen. Das war ihre einzige Chance. Wenn sie hier wegkäme, liefe Ace nicht Gefahr zu versuchen, sie zu finden und zu retten. Eigentlich hätte sie sich mehr Sorgen um sich selbst machen müssen, aber ihre Panik ließ nach, wenn sie stattdessen an Ace dachte.

Sie konzentrierte sich auf den Raum, in dem sie war, und ihre Augen gewöhnten sich langsam an die Dunkelheit. Auf ihrer rechten Seite befand sich ein Fenster, aber es war verriegelt. Ein wenig Licht schien von der untergehenden Sonne herein, was bedeutete, dass es Abend sein musste. Aber sie wusste immer noch nicht, wo sie war oder wie sie hier rauskommen sollte.

Dakota bemerkte, dass sie mit einem Seil am Bett gefesselt war. Das war gut. Vielleicht würde sie es irgendwann aufbekommen. Immerhin war sie mit Brüdern aufgewachsen, die es genossen hatten, sie zu fesseln, wenn sie Räuber und Gendarm gespielt hatten. Sie war immer diejenige gewesen, die befreit werden musste. Irgendwann hatte sie gelernt, sich selbst zu befreien.

Als sie sich endlich ein wenig orientiert hatte, hörte sie Stimmen von jenseits der Tür und dann das Geräusch eines sich drehenden Türknaufs. Sie lag reglos da, als die Tür aufgestoßen wurde und Männer hereinkamen. Es schienen zwei zu sein.

»Wie hart hast du zugeschlagen?«, fragte einer der Männer.

»Sie hat geschrien, und ich habe versucht, sie zum Schweigen zu bringen«, antwortete der andere. Dakota konnte ihn praktisch mit den Schultern zucken sehen, als wäre es ihm völlig egal.

»Wir brauchen sie lebendig, sonst gibt sie keinen prima Köder ab«, sagte der erste Mann. »Geh hin und sieh nach, ob sie noch lebt.«

Einer der beiden Männer kam auf Dakota zu. Sie zwang sich, tief und gleichmäßig zu atmen, als der Mann mit der Hand über ihre Brust strich, vermutlich nach ihrem Herz suchte, sich aber auch noch die Zeit nahm, sie zu begrapschen. Sie musste sich zusammenreißen, um nicht zu zucken.

»Du nimmst dir aber Zeit.« Der andere lachte, als wäre das alles nur ein riesiger Spaß für ihn. Es kostete Dakota äußerste Überwindung, nicht zuzutreten. Das Opfer zu spielen, war nicht einfach für sie.

»Sie lebt und ist ziemlich hübsch«, meldete der, der sie begrapscht hatte. Er schien etwas gelangweilt, aber auch irgendwie erregt zu sein. Die Erregung jagte ihr am meisten Angst ein. Sie war auf einem stinkenden Feldbett gefesselt, und diese Männer hatten alle Macht der Welt, während sie hilflos dalag.

»Okay, lass sie in Ruhe«, forderte der andere und hörte sich verärgert an.

»Warum denn? Der Boss ist doch nicht da. Wir könnten sie aufwecken und ein bisschen Spaß mit ihr haben«, schlug der vor, der sie angefasst hatte. Dakota musste sich äußerst zusammenreißen, um nicht vor Abscheu zu beben.

»Das glaube ich kaum. Wenn etwas passiert, während wir Spaß haben, werden wir erschossen«, erinnerte der zweite Kerl seinen Partner.

»Die anderen sind unten. Die liegen doch auf der Lauer«, versuchte es Schurke Nummer eins noch einmal, trat jedoch ein wenig von Dakota zurück.

»Ich schätze mal, da hast du recht«, gab der andere zu. Dakota merkte, wie er näher kam. Sie stellte sich vor, wie er im Dunkeln anzüglich grinste, und hätte am liebsten geschrien.

»He, Tony, Peter, hier stimmt was nicht!«, rief eine Stimme. »Kommt mal runter!«

Die Dringlichkeit in der Stimme gab Dakota Hoffnung. Sie waren wegen irgendetwas beunruhigt. Bedeutete das, dass ihr jemand zu Hilfe kam? War dieser Albtraum bald zu Ende? Noch traute sie sich nicht, daran zu glauben, aber sie befürchtete, in Tränen auszubrechen und damit preiszugeben, dass sie sehr wohl wach war.

Die Männer verließen den Raum und ihre Schritte klangen gehetzter als beim Betreten von Dakotas Gefängnis. Die Tür fiel hinter ihnen ins Schloss, und Dakota hielt den Atem an, als sie hörte, wie ihre Schritte sich entfernten.

Erst als sie sicher wusste, dass die beiden gegangen waren, ließ sie einer Träne freien Lauf.

Sie fing an zu zittern, hoffte und betete, dass jemand gekommen war, um sie hier rauszuholen. Dakota war eine starke Frau, die nur selten hysterisch wurde, aber das Grauen war gerade übermächtig. Dann versuchte sie weiter, ihre Fesseln zu lösen.

Im Haus wurde es unruhig, aber Dakota hatte keine Ahnung, was los war. Als sie schließlich ein wenig Spielraum zwischen dem Seil und ihrem Handgelenk spürte, verdoppelte sie ihre Bemühungen, sich aus der Fessel zu befreien – zuerst die eine Hand und dann die andere.

Sie konnte das. Ja, sie wollte, dass Ace kam und sie befreite, aber sie wollte nicht einfach nur daliegen und auf ihre Rettung warten. Sie würde nicht aufgeben und es schaffen. Und wenn es das Letzte wäre, was sie tat. Vielleicht bin ich es ja, die Ace retten würde, dachte sie mit einem Lächeln.

Schon bald konnte sie einen Finger zwischen ein lockeres Stück Seil schieben und zerrte noch mehr daran. Dann hörte sie plötzlich Stimmen und Rufe, die sich ihrem Raum näherten. Diesmal hielt sie jedoch nicht inne. Wenn sie zurückkamen, sollten sie ruhig denken, dass von ihr keine Gefahr drohte. Vielleicht wollten sie mit dem fortfahren, was sie begonnen hatten.

Dakota würde das nicht zulassen. Ihre Brüder hatten darauf bestanden, dass sie Unterricht in Selbstverteidigung nahm, als sie aufs College gekommen war. Jetzt war sie ihnen mehr als dankbar dafür. Endlich konnte sie ihr Handgelenk aus der Schlinge ziehen und nahm sich nicht die Zeit, die aufgerissene Haut zu untersuchen.

Sofort begann sie, sich an der anderen Fessel zu schaffen zu machen. Weitere Schreie hallten durchs Haus, und sie spürte, wie ihre Angst vor den Kidnappern wuchs. Sie wollte sich befreit haben, bevor die Männer ins Zimmer stürzten, denn sie wollte in der Lage sein, sich zu verteidigen.

Als auch ihre zweite Hand frei war, setzte sie sich in dem schmutzigen Bett auf und ignorierte das Pochen in ihren geschwollenen Handgelenken und das Kribbeln in den Fingern. Jetzt musste sie noch ihre Füße losbinden, und das war erst der Anfang ihrer Flucht, denn sie musste herausfinden, wie sie aus diesem Haus kam.

Dakota wusste noch nicht einmal, wie viele Männer sie bewachten und welche Waffen sie bei sich hatten. Allerdings wusste sie, dass sie sich im ersten Stock befand. Vielleicht konnte sie irgendwie aus dem Fenster klettern und auf und davon sein, bevor die Männer es mitbekamen.

Aber auch wenn ihr das gelang, wusste sie nicht, ob sie sich in der Stadt oder auf dem Land befanden und ob es Wachhunde gab. Sie wusste gar nichts. Aber nichts davon hielt sie zurück, als sie endlich ihre Füße von den Fesseln befreit hatte. Sie rieb die geschwollenen Fußknöchel und stellte dann die Füße zögernd auf den Boden.

Sie spürte ein Kribbeln, als das Blut in die zuvor gefesselten Gliedmaßen zurückkehrte, und wartete einen Augenblick, bis sie aufstand. Das hier wollte sie nicht vermasseln, indem sie mit tauben Beinen aufstand und dann hinfiel. Es würde die Männer unten alarmieren, dass sie nicht nur wach, sondern auch frei war.

Jede Sekunde, die verging, als sie nichts weiter tat, als auf dem Bett zu sitzen und ihre Beine zu massieren, fühlte sich an wie eine Ewigkeit. Sie vertat zu viel Zeit, und sie wusste es, aber die anderen Optionen waren zu furchterregend, als dass sie sie auch nur ansatzweise in Erwägung zog.

Als sie endlich aufstehen konnte, lächelte sie. Ihre Freiheit war so nah. Sie schaute von der Tür zum Fenster und wusste nicht, welchen Weg sie nehmen sollte. Dann hörte sie mehr Schreie und einen Schuss.

Für einen Augenblick erstarrte sie, bevor Bewegung in sie kam. Dakota war kein Opfer und das würde sie ihnen jetzt sofort beweisen.

Kapitel 34

Ace bog um die Ecke und ignorierte den Schmerz, der durch seinen Körper schoss. Er sah Maverick, Cooper und die anderen Männer, die zu Dakotas Befreiung gekommen waren, aber er hielt Abstand zu ihnen, als sie miteinander sprachen. Er wollte sie nicht unterbrechen, falls sie kurz davorstanden, die Mission auszuführen. Aber er wollte in der Nähe sein, um zu helfen, falls er konnte.

»Ich weiß nicht, wie viele Männer sich im Haus befinden«, erklärte Maverick. »Solange das noch unklar ist, möchte ich nicht reingehen.«

»Wir haben keine andere Wahl«, hielt Cooper dagegen.

»Ich weiß«, sagte Maverick.

»Ich wäre allerdings viel froher, wenn wir wüssten, wo genau sie sich befindet«, schaltete sich einer der anderen Männer ein.

»Wir werden sie finden«, versicherte Mav mit fester Stimme. Das beruhigte Ace ungemein.

Er schaute sich in der Nachbarschaft um, sah leere Firmengebäude und verkommene Wohnhäuser. Diese Männer waren entweder arrogant, oder sie hatten mehr Fallen platziert, als für das bloße Auge sichtbar war. Ace glaubte nicht an Glück.

Er wartete, um sicherzugehen, dass seine Brüder vorsichtig waren.

»Okay, wir verschwenden Zeit«, sagte Cooper. »Mav und ich werden die Vorderseite des Hauses übernehmen. Ihr drei geht nach hinten. Wir werden sie überraschen. Am wichtigsten ist es, Dakota zu finden und rauszuholen. Wenn es Ace besser geht, kann er diese Mistkerle verfolgen.«

Ace war ganz der Meinung seines Bruders, blieb aber außer Sichtweite. Im Moment war das Wichtigste, zu Dakota vorzudringen und sie in Sicherheit zu bringen. Seine Rache würde rasch erfolgen und heftig sein. Lange würde er nicht mehr untätig rumsitzen. Diese Mistkerle hatten wahrscheinlich geplant gehabt, ihn durch Schüsse außer Gefecht zu setzen. Aber offensichtlich kannten sie ihn nicht so gut, wie sie glaubten.

»Auf geht's«, flüsterte Mav.

Die fünf bewegten sich schnell. Ace würde ihnen ein paar Minuten Vorsprung geben und dann auch hineingehen. Sie wussten nicht, dass er da war, und somit würde er keine Belastung für sie sein. Aber auch er würde Dakota suchen.

Sein Herz pochte aufgeregt, als er die drei CIA-Agenten hinter dem Haus verschwinden sah, während Cooper und Maverick auf die vordere Tür zuschlichen. Mav hob seine Waffe und zertrümmerte den Türknauf mit dem Kolben. Sofort erklangen Schreie und Schüsse, als Maverick und Cooper im Haus verschwanden.

»In Deckung!«, hörte er Cooper rufen, und Schüsse wurden abgefeuert.

Aces Schmerzen waren wie weggeblasen, als Adrenalin durch seinen Körper schoss und er loslief. Rauch drang aus der vorderen Tür, und Ace fürchtete, dass ein Feuer ausgebrochen war. Er musste zu Dakota. Wenn er sie erst gefunden hatte, würde er den anderen Männern per Funk durchgeben, dass sie so schnell wie möglich das Haus verlassen sollten.

»Lasst sie nicht zu dem Mädchen durch!«, rief eine Stimme. Ace wurde immer wütender. »Auf! Nach oben!«

Gut. Jetzt wusste Ace, dass sie im oberen Stockwerk war. Das schränkte seine Suche ein. Rasch lief er durch die Tür und seine Lunge füllte sich sofort mit Rauch. Er ignorierte die Atemprobleme und rannte schnell zur Treppe.

Ein Mann hastete gerade hinauf, und Ace packte ihn von hinten und warf ihn die Treppe hinunter, bevor der Typ wusste, was überhaupt los war. Unten kam er mit einem dumpfen Aufschlag auf, stöhnte und umklammerte sein gebrochenes Bein.

Ace verschwendete keinen Blick mehr auf ihn, als er die restlichen Stufen hinaufrannte. Oben angekommen, riss er die erste Tür auf. Das Zimmer war leer. Dann öffnete er die nächste Tür, aber auch das dreckige Badezimmer war leer.

Ace stürmte zur letzten Tür und brach sie auf. Ein Schrei drang ihm entgegen und dann warf sich jemand wie ein erschrockenes Tier auf ihn und zerkratzte ihm das Gesicht.

Die Erleichterung, die Ace erfasste, war unvergleichlich. Er schlang die Arme um Dakota, als sie auf ihn eintrat – sein kleines Biest, das niemandes Opfer sein wollte.

»Verdammt, ich liebe dich!«, rief er. Er war zu erleichtert und erfreut, um sich über seine Worte im Klaren zu sein oder sich darüber Sorgen zu machen.

Dakota erstarrte in seinen Armen und lehnte sich zurück. Ihr Blick war sofort voller Dankbarkeit.

»Ace?«, keuchte sie, die Augen voller Tränen. »Bist du das wirklich?«

»Ja, Baby. Und ich liebe diese verrückte Seite an dir, aber wie du hören kannst, ist da unten eine wilde Schießerei im Gange. Und ich glaube, dass dieses beschissene Haus gerade abbrennt. Wir müssen hier raus!«

Sie beugte sich vor und küsste ihn ungestüm. Dann trat sie einen Schritt zurück. »Ich bin so froh, dass du okay bist. Ich wusste es nicht.« Sie keuchte.

»Ich verspreche dir, dass wir alles nachholen, wenn ich dich in Sicherheit gebracht habe«, versicherte er ihr.

Dann sagte er in sein Mikrofon: »Seid nicht sauer, aber ich habe Dakota. Wir verlassen in genau zehn Sekunden das Haus durch die Vordertür. Gebt uns Rückendeckung und kommt dann schnellstens raus.«

»Verdammt noch mal, Ace«, knurrte Maverick, dann wurde es still.

Ace griff nach Dakotas Hand, rannte zur Tür, schaute auf den Flur und zog sie aus dem Zimmer. Im oberen Stockwerk war die Luft rein. Unten ertönten weitere Schüsse.

»Befreit mich von diesem Mistkerl«, rief jemand, bevor ein weiterer Schuss zu hören war und dieselbe Stimme aufschrie.

»Bleib hinter mir«, wies Ace Dakota an, während er sie gegen die Wand drückte. Dann rannten sie schnell die Treppen hinunter.

»Du bist verletzt«, stellte Dakota fest. Seine Wunden mussten aufgegangen sein.

»Denk jetzt nicht daran. Wir müssen hier raus!«

Sie erreichten den Fuß der Treppe und Ace schätzte mit einem Blick die Entfernung bis zur Eingangstür ab. Der Rauch wurde dichter, was für ihre Lungen furchtbar war, aber ihnen Deckung gab.

»Auf die Knie!«, befahl Ace.

Dakota widersetzte sich nicht und so krochen sie auf allen vieren zur Eingangstür. Aces Herz raste auch dann noch, als weniger Schüsse zu hören waren.

»Seid ihr draußen?«, fragte Cooper über das Mikrofon.

Ace zog Dakota aus der Eingangstür und stürzte mit ihr die Treppen der Veranda hinunter. Mehr Schüsse kamen von der Giebelseite des Hauses. Jemand schoss von der hinteren Veranda und jemand anderes aus der Deckung der Büsche. Es war zu dunkel, um zu erkennen, wer wer war. Deshalb konnte Ace nicht helfen.

»Wir sind draußen«, sagte Ace ruhig ins Mikrofon. »Kommt raus. Die Flammen schlagen bereits die Wände hoch und das Haus wird bald einstürzen.«

»Alles klar«, kam es aus dem Kopfhörer.

»Maverick?« Ace stand versteckt hinter einem alten Pick-up. Dakota hatte er sicher neben sich gezogen. Er hatte bisher nur vier Antworten bekommen.

»Maverick, du musst antworten«, drängte Cooper.

»Wo ist er?«, fragte Ace. Wenn seinem Bruder etwas passiert war, könnte er das niemals verwinden.

»Ich bin draußen«, kam endlich auch die Antwort von Maverick. »Aber die Mistkerle haben mir ins Bein geschossen. Ich bin auf der Westseite des Hauses.« Es folgte ein Husten.

»Ich hab ihn«, ertönte Coopers Stimme. »Wir treffen uns am Auto.«

»Wir sind in dreißig Sekunden dort«, bestätigte Ace.

»Wir sollten auf Maverick warten«, meldete sich Dakota jetzt zu Wort.

Sie hatte die ganze Zeit während des Gesprächs mit Aces Brüdern geschwiegen, doch jetzt schaute Ace sie an, und obwohl sie blass war und diese Mistkerle ihr wehgetan hatten, lag Entschlossenheit in ihrem Blick. Ace würde sie jederzeit als Partner nehmen.

»Sie sind bereits außer Gefahr. Es ist Zeit, dich in Sicherheit zu bringen.« Ace strich ihr über die schmutzige Wange. »Ich hatte noch nie so viel Angst. Immerhin wusste ich nicht, wo du warst und wer hinter dir her war.«

»Mir geht's gut, Ace. Lass uns nach Hause fahren.«

»Ja, lass uns fahren«, stimmte er zu.

Alles in ihm wollte jeden der Männer bestrafen, die dafür verantwortlich waren, dass Dakota wehgetan worden war. Er konnte die Schürfwunden an ihren Handgelenken sehen, und er hatte keinen Zweifel, dass es noch mehr Verletzungen gab, für die sie bezahlen würden. Aber er wollte Dakota jetzt hier nicht allein stehen lassen. Er musste sie wegbringen. Allerdings würde er zurückkommen und sich diese Männer vornehmen. Vielleicht nicht heute, aber später.

»Wir sind noch nicht außer Gefahr«, sagte er. »Also bleib dicht bei mir und lass uns abhauen.«

Dakotas Lippe zitterte, als sie darum kämpfte, auch unter Druck ruhig zu bleiben.

»Diese Typen hätten dich nie anfassen dürfen, Dakota. Das ist alles meine Schuld. Es tut mir leid.«

»Jetzt ist nicht die Zeit für Entschuldigungen«, erwiderte sie streng. »Und ich werde böse, wenn du dir dafür die Schuld gibst, dass ich so dumm war und alleine spazieren gegangen bin. Ich wollte so tun, als existierte die Gefahr nicht. Deshalb habe ich mich so albern benommen. Lass uns jetzt fahren, und wenn wir in Sicherheit sind, können wir uns gegenseitig um Gnade anflehen«, schlug sie mit dem Anflug eines Lächelns vor.

»Aber sie haben dir wehgetan«, beharrte Ace, und seine Wut und sein Kummer gewannen wieder die Oberhand.

»Das sind oberflächliche Wunden und sie werden heilen. Ich versichere dir, dass nichts weiter passiert ist.«

Die Erleichterung, die er spürte, war unbeschreiblich. Er hatte das Gefühl, dass sie ihm nicht die ganze Geschichte erzählte, aber sie würde einen viel traumatisierteren Eindruck machen, wenn sie sexuell missbraucht worden wäre. Sie war rechtzeitig befreit worden, versicherte er sich.

Ace drückte ihr die Hand und schaute sich dann um. Es schien, als wäre die Luft rein. Immer noch auf der Hut, kam er hinter dem Pick-up hervor. Sie würden ihr Gespräch fortführen, aber erst, wenn sie nicht mehr unter Beschuss standen.

»Ace, geh in Deckung!«, rief einer der Männer.

Seine schlimmsten Albträume wurden wahr, als einer der CIA-Männer aufstand und auf einen Mann schoss, der mit einer auf Dakota gerichteten Waffe um den Pick-up herumgekommen war.

»Du Miststück«, schrie der Angreifer.

Ein Schuss löste sich aus seiner Waffe, und Dakota stöhnte, als Blut aus ihrer Brust trat.

Alles passierte so schnell. Ace hatte noch nicht einmal Zeit zu schießen, bevor der Mann sein Opfer traf. Dakota fiel ihm mit geschlossenen Augen in die Arme. Ace blieb das Herz stehen, als er auf die Frau starrte, die er liebte, und nicht wusste, wie schlimm ihre Verletzungen waren.

»Auf jetzt!«, rief der Agent, hob Dakota hoch und rannte los.

Ace folgte ihm völlig betäubt. Er traute sich noch nicht einmal, Dakota anzuschauen. Wenn er sie verlor, würde er nicht wissen, wie sein Leben weitergehen sollte. Doch dann erfüllte ihn neue Entschlossenheit. Er schwor sich, dass ihr nichts passieren würde. Wenn es erforderlich wäre, gäbe er sein eigenes Leben.

KAPITEL 35

Ace wich nicht von Dakotas Seite, als sie im Krankenhausbett lag, an Monitoren angeschlossen war und ihr Herz gleichmäßig schlug. Die Kugel hatte ihr Herz verfehlt und war ohne Komplikationen entfernt worden, was Ace allerdings auch nicht besänftigte.

Sie sah so blass und klein aus, wie sie dort lag. Eigentlich hätte sie nicht in einem Krankenhauszimmer liegen, nicht in einer solchen Situation sein sollen. Es war alles seine Schuld. Hätte er nichts mit ihr angefangen, dann würde sie ihr Leben stressfrei und glücklich leben. Er war ganz und gar nicht gut für sie. Aber auch mit dieser Erkenntnis konnte er sie nicht verlassen – nicht jetzt.

Ein Schauer überlief ihn, als ihm bewusst wurde, wie nahe dran er gewesen war, sie für immer zu verlieren. Wäre die Kugel zwei Zentimeter weiter nach links eingetreten, wäre sie tot gewesen. Zwei winzige Zentimeter und er hätte nie wieder ihr Lächeln gesehen – völlig unvorstellbar.

Seine Brüder und Schwägerinnen waren ihm im Wartebereich in den ersten zwölf Stunden von Dakotas Operation nicht von der Seite gewichen. Ace hatte unter Hochspannung gestanden, als er darauf wartete, sie zu sehen, zu berühren und sich selbst davon zu überzeugen, dass sie tatsächlich am Leben war.

Schließlich war Dakota in ein privates Zimmer gebracht worden, und er hatte seine Familie überredet, nach Hause zu fahren, damit er mit ihr allein sein konnte. Ihre Familie war informiert worden. Ace war sicher, dass ihn ein mächtiges Donnerwetter erwartete. Sie waren geschockt gewesen, als sie erfahren hatten, was passiert war. Dakota hatte ihnen offensichtlich gar nichts erzählt.

Sie würden eine Zielscheibe für ihren Schmerz und ihre Wut brauchen, und Ace war mehr als willig, ihnen diese zu bieten. Immerhin hatte er Dakota nicht so beschützt, wie er es eigentlich hätte tun müssen. Er hatte erlaubt, dass sie gekidnappt worden war, und dann hatte er neben ihr gestanden, als auf sie geschossen wurde.

Der Arzt betrat das Zimmer, schaute in die Patientenakte und nickte.

»Wie geht es ihr?«, fragte Ace ängstlich.

»Gehören Sie zur Familie?«, erkundigte sich der Arzt.

Ace erstarrte. Nein. Rein theoretisch war er gar nichts, aber er schwor sich, dass es der Arzt bereuen würde, wenn er ihm nicht mitteilte, wie es um Dakota stand.

»Ich muss es wissen«, drängte er.

»Wir brauchen ihre nächsten Angehörigen«, beharrte der Arzt. Ace stand auf und hatte aufgrund seiner Größe kein Problem damit, den guten Doktor einzuschüchtern.

»Ich bin ihr Vater«, erklärte der Mann, der den Raum betrat und von einer kleinen Frau sowie vier großen Männern flankiert wurde, die, wie Ace annahm, Dakotas Brüder waren. Alle starrten ihn nicht gerade freundlich an. »Ich will wissen, was zum Teufel hier los ist!«

Der Arzt drehte sich zu dem Mann um und nickte. »Mr Forbes?«

»Ja, ich bin Lucian Forbes, und das ist meine Frau Juliana und unsere Söhne Kian, Owen, Arden und Declan. Bitte sagen Sie uns, wie es um unsere Tochter steht.«

Der Vater ging zu Dakotas Bett und ergriff sofort ihre Hand. Ace war nicht überrascht, dass die Finger des Mannes zitterten. Verdammt, Ace hatte Schwierigkeiten, sich zusammenzureißen. So hatte er sich ein Zusammentreffen mit Dakotas Familie nicht vorgestellt.

»Ihre Tochter hat eine Schusswunde in der Brust. Wir konnten die Kugel erfolgreich entfernen und gehen davon aus, dass sie sich von der Verletzung vollständig erholen wird«, teilte der Arzt der Familie mit. Ace atmete erleichtert auf.

»Höre ich da ein Aber?«, fragte Lucian.

»Nein, Sir«, antwortete der Arzt, bevor er einen Blick auf Ace warf. »Allerdings haben wir einige Tests gemacht, um herauszufinden, welche Medikamente wir ihr geben können«, fuhr er fort, bevor er wieder eine Pause machte.

»Können Sie es nicht einfach ausspucken?«, polterte Lucian. Ace fing an, vor dem Mann Respekt zu haben, hielt sich aber zurück.

»Ihre Tochter ist schwanger.« Der Arzt schaute wieder zu Ace und dann zu Dakotas Vater. »Dem Baby scheint es gut zu gehen.«

Im Zimmer wurde es gespenstisch still, als Ace auf Dakota starrte. Sie hatten so aufgepasst und Vorkehrungen getroffen. Wie zum Teufel hatte das passieren können? Na ja, er wusste, *wie* das passieren konnte, aber er verstand nicht, wann es passiert war.

Ace spürte die stechenden Blicke von Dakotas Familie, die sich jetzt auf ihn richteten. Da er der einzige nicht mit Dakota verwandte Mann im Zimmer war, hatten sie mühelos eins und eins zusammengezählt.

»Sind Sie sicher, dass es meiner Tochter und dem Baby gut geht?«, fragte Lucian.

»Ja, da sind wir sicher. Sie müsste jeden Moment aufwachen.«

Sehr zu Aces Überraschung blickte ihr Vater auf und lächelte ihn an. Diese Reaktion hatte er überhaupt nicht erwartet. Er schaute von ihrem Vater zu ihren Brüdern. Aber deren Gesichtsausdruck glich dem des Vaters überhaupt nicht. Ace hatte das Gefühl, dass sie ihn gerne vierteilen würden, wenn sie Gelegenheit dazu hätten.

»Unser erstes Enkelkind«, flüsterte Juliana, legte ihrem Mann die Hand auf den Arm und schaute auf ihre Tochter. »Diese Neuigkeit hätte ich zwar gerne auf anderem Wege erfahren, aber wie kann ich darüber nicht glücklich sein?« Sie sprach ziemlich leise und mit einem Akzent, den Ace nicht ganz einordnen konnte.

In Aces Kopf drehte sich alles. Ein Baby war ganz sicher nicht vorgesehen gewesen. Eigentlich war es das Letzte, was ihm in den Sinn gekommen wäre. Aber als sich die Worte des Arztes in seinem Verstand festsetzten, ließen überwältigende Gefühle seine Brust anschwellen.

Ein Kind. Sein Kind. Er konnte es nicht fassen. Die in ihm aufkommende Angst wurde von der unbändigen Liebe überlagert. Er würde Vater werden. Erst letzte Nacht hätte er fast die Frau verloren, die er liebte, und jetzt wurde ihm plötzlich eröffnet, dass er Vater wurde. Und die Mutter seines Babys würde wieder gesund werden.

Das war fast zu viel für ihn. Sein Moment der Glückseligkeit wurde jedoch schon bald unterbrochen, als Dakotas ältester Bruder zu ihm trat.

»Du schuldest uns eine ernsthafte Erklärung«, forderte Kian und hatte einen fordernden Ausdruck in den Augen.

»Ich glaube, du musst warten, bis Dakota aufwacht. Es ist nicht meine Aufgabe, das zu erklären«, gab Ace zurück. Sicher konnte er den Zorn des Mannes verstehen, aber Ace fürchtete sich vor Dakota, nicht vor ihrer Familie. Und wenn er ihnen von ihrer Affäre berichtete, würde sie ihn umbringen.

»Ich kann eine Erklärung auch aus dir herausprügeln«, drohte Kian. Seine Brüder nickten und zeigten damit, dass ihnen die Idee gefiel.

»Sollen wir rausgehen?«, fragte Ace und grinste den Mann an, dessen Augen Funken sprühten, bevor er die Mundwinkel zu einem bedrohlichen Grinsen verzog.

»Auf geht's.« Kian streckte die Hand aus.

»Ihr solltet euch beide beruhigen«, mischte sich Juliana ein und starrte ihre Söhne zornig an, bevor sie ihren missbilligenden Blick Ace zuwandte. »Ich nehme an, das Kind ist von Ihnen.«

Eigentlich wollte Ace den Blick nicht von Dakotas Brüdern abwenden, aber er konnte ihre Mutter nicht mit Nichtachtung strafen und übergehen, was sie zu ihm gesagt hatte. Langsam wandte er sich ihr zu und spürte plötzlich Scham, als er ihren wissenden Blick sah.

»Ja, Ma'am«, antwortete er mit viel mehr Respekt, als er gegenüber den Brüdern gehabt hatte.

»Und lieben Sie meine Tochter?«, fragte sie, und ihre intensiven, fast violetten Augen erlaubten ihm nicht, wegzuschauen, obwohl er sehr nervös war.

»Ja, Ma' am«, antwortete er leise. Er hatte es am Abend zuvor bemerkt, und das Gefühl war gewachsen, als er an ihrem Bett gebetet hatte. Ace könnte diese Leute anlügen, aber sie mussten wissen, dass er für Dakota sein Leben lassen würde. Vielleicht ließe dann ihre Anspannung nach.

»Und ich nehme auch an, dass Sie etwas mit diesem ganzen Schlamassel zu tun haben«, fuhr Juliana fort.

»Ja«, gab Ace unumwunden zu.

»Da meine Tochter weise Entscheidungen trifft, bekommen Sie einen Vertrauensbonus, und ich gebe Ihnen die Möglichkeit, uns alles zu erzählen«, sagte Juliana und nahm auf dem Stuhl Platz, den ihr Mann ihr anbot. Sie setzte sich neben ihre Tochter, behielt Ace jedoch die ganze Zeit im Auge.

»Mom, dieser Mistkerl hat Dakota angefasst«, mischte sich Kian ein und war noch immer auf eine Schlägerei aus.

»Deine Schwester ist erwachsen und kann wählen, mit wem sie zusammen sein möchte«, wies Juliana ihren Sohn zurecht.

»Aber …« Juliana hob die Hand, und Kian verstummte sofort. Offensichtlich hatte er Respekt vor seiner Mutter, wodurch er in Aces Augen an Ansehen gewann.

»Haben Sie Ärger?«, fragte Juliana Ace.

Der seufzte und setzte sich wieder auf den Stuhl, auf dem er die ganze Nacht gesessen hatte, das heißt, wenn er nicht auf und ab gelaufen war. Er wollte Dakotas Mutter nicht überragen.

»Ich bin vom CIA«, gab er ehrlich zu. »Ich habe einen Fall abgeschlossen, und eines der Mitglieder der Familie, um die es ging, sinnt nun auf Rache. Und Dakota ist ins Kreuzfeuer geraten.«

Es war ihm so peinlich, ihrer Familie erzählen zu müssen, dass sie hier in einem Krankenhausbett lag und die ganze Nacht um ihr Leben gekämpft hatte, weil es tatsächlich sein Fehler gewesen war. Sie sollten ihn eigentlich aus Dakotas Leben schmeißen und sie ganz weit von ihm wegbringen. Bei diesem Gedanken brach es ihm das Herz.

»Meine Tochter ist nie vor einem Kampf davongelaufen«, versicherte Juliana und überraschte Ace, als sie kicherte. »Scheint so, als könnten Sie stark genug für sie sein.«

Ace wusste beim besten Willen nicht, was er von Julianas Worten halten sollte. Er hatte den Eindruck, als gäbe die Frau ihm ihren Segen. Das ergab überhaupt keinen Sinn. Nicht, wenn sie dieses Gespräch über ein Krankenhausbett hinweg führten.

»Du wirst sie heiraten«, knurrte Kian.

Aces Blick schnellte zu Dakotas Bruder. Er hatte nicht im Entferntesten an Heirat gedacht. Aber sie war mit seinem Kind schwanger. Natürlich musste er sie heiraten. Der Gedanke an Heirat hatte ihn so viele Jahre mit Grauen erfüllt, und er war geschockt, dass das jetzt nicht mehr der Fall war.

»Natürlich werde ich das.«

Ace hatte nicht erwartet, dass diese Worte seiner ausgetrockneten Kehle entweichen würden, aber jetzt, wo sie ausgesprochen waren, wusste er, dass er genau das tun würde. Er konnte die Frau nicht verlassen, die sein Kind erwartete. Auch wenn sie nicht schwanger wäre, wäre er nicht in der Lage, sich von ihr zu trennen. Sie bedeutete ihm zu viel. Er konnte sich ein Leben ohne sie nicht mehr vorstellen.

»Gut«, sagte Lucian. Er hatte während der ganzen Unterhaltung geschwiegen.

»Es tut mir leid, dass wir uns unter diesen Umständen kennenlernen«, gab Ace zu.

»Sie lebt und das allein ist im Moment wichtig«, entgegnete Lucian.

»Vielleicht sollten wir einfach den Pfarrer hierherbringen und die Zeremonie jetzt abhalten, damit dieser Trottel nicht noch seine Meinung ändert und zu fliehen versucht«, schlug Kian vor. Dakotas andere Brüder waren merkwürdigerweise still und das machte Ace ein bisschen Sorgen. Er konnte nicht einschätzen, was sie dachten, wenn sie nichts sagten.

»Damit hätte ich ein Problem.«

Alle schwiegen, als Dakota das sagte und dabei langsam die Augen öffnete. Ihre Brüder stellten sich so um ihr Bett, dass sie wahrscheinlich ein wenig Platzangst bekam.

»Ich bin froh, dass ihr alle da seid.« Ihre Stimme klang schwach. »Aber ihr versucht doch nicht, mich in eine Mussehe zu drängen, oder?«

Sie lächelte leicht. Ace verstand nicht, wie sie nach dem, was sie alles durchgemacht hatte, einen Witz machen konnte, wenn auch nur einen kleinen.

»Hast du gehört, was der Arzt gesagt hat?«, fragte Ace und vergaß, dass ihre Familie anwesend war.

»Ich bin erst vor ein paar Minuten zu mir gekommen und habe dich mit meiner Familie streiten hören. Da habe ich mich gleich zu Hause gefühlt«, scherzte sie. Ace hatte niemals etwas Schöneres gesehen als ihre geöffneten Augen.

»Wir sind schwanger«, gestand er leise, und seine Hand strich über ihren Kopf. Dakota riss die Augen auf und starrte ihn an. Ihm war nicht klar, was sie dachte. Doch dann schenkte sie ihm wieder ein sanftes Lächeln.

»Und jetzt verlangt meine Familie eine Heirat?«

»Natürlich werden wir heiraten.«

»Ich mag nicht altmodisch sein, Ace Armstrong, aber ich habe eine romantische Seite«, sagte Dakota. »Und keiner schreibt mir vor, was ich zu tun habe.«

»Das weiß ich«, versicherte er ihr. Es war eines der vielen Dinge, die er an ihr liebte.

»Auch wenn wir ein Baby bekommen, heißt das noch lange nicht, dass wir heiraten. Wenn ich einen Antrag annehme, dann nur, weil ich schrecklich verliebt bin und mir kein Leben ohne den Mann vorstellen kann.«

»Ich liebe dich so«, beteuerte er.

»Und wir befinden uns auch auf einer langen Achterbahnfahrt. Warten wir ab, wie du dich fühlst, wenn sie vorbei ist«, fügte sie hinzu.

»Aber …« Ihm fehlten die Worte.

»Streite nicht mit mir. Ich bin im Moment schwach und bedauernswert.«

»Tut mir leid.«

Sie lächelte und sah trotz der Blässe und der eingefallenen Wangen atemberaubend schön aus. Es war egal. Sie gehörte ihm, und er würde ihr beweisen, dass sie nicht ohne ihn leben konnte, auch wenn es ihr ohne ihn in ihrem Leben viel besser gehen würde.

Sie wandte sich von ihm ab und schaute ihre Brüder an. »Und ihr seid nett zu Ace! Er hat mich mehr als einmal gerettet!«, schimpfte sie mit ihnen.

Ihre Brüder traten nervös von einem Fuß auf den anderen, und Ace verspürte den Wunsch, sie alle anzugrinsen. Aber das verkniff er sich. Ihm gefiel es viel besser, wenn sich ihre herrschsüchtige Seite gegen jemand anderen richtete als gegen ihn.

Der Arzt kam wieder ins Zimmer und Ace machte sich davon. In den letzten vierundzwanzig Stunden hatte er ein Gefühlschaos erlebt, und er brauchte ein paar Minuten, um alles zu verarbeiten.

Sein Handy klingelte, und er nahm das Gespräch an, ohne überhaupt darüber nachzudenken. Vielleicht hätte er es lieber auf die Mailbox gehen lassen sollen. Er war sich nicht sicher.

»Hallo«, meldete er sich.

»Es ist an der Zeit, dass wir uns treffen«, kam die eiskalte Stimme vom anderen Ende der Leitung.

Ace lächelte. Es war Nestor, und er hatte den optimalen Zeitpunkt für seinen Anruf gewählt.

»Ja, das ist es«, stimmte Ace zu.

Kapitel 36

Ace fühlte sich zuversichtlich, als er zu dem mit Nestor vereinbarten Treffpunkt fuhr. Natürlich war es eine Falle. Ace war nicht blöd. Aber Nestors Ego würde ihn zu Fall bringen. Ja, der Mann würde seine Schlägertypen dabeihaben, aber er war auch nicht auf Aces Verstärkung vorbereitet. Er wäre nicht so dumm anzunehmen, dass Ace allein kam, doch er wusste von Aces Verletzungen und zählte auf diese Schwachstelle.

Der Mann wusste nicht, wer er war. Wut war alles, was er brauchte, um diesen Mann auszuradieren. Ace würde nichts unversucht lassen. Dieser Idiot war nicht nur hinter Ace her, sondern er hatte auch Dakota angegriffen. Ace würde nicht zulassen, dass das noch einmal passierte. Heute wäre Schluss damit – so oder so.

Sein Körper war schwach, und Ace versuchte nicht, diese Tatsache zu verbergen. Je mehr Nestor glaubte, dass es Ace schlecht ging, desto siegessicherer würde sich der Widerling fühlen. Seine Vermessenheit würde ihm das Genick brechen.

Die ganze Zeit hatte Ace geplant, der Köder zu sein. Er war es schon einmal gewesen, und jetzt würde es nicht anders werden. Ihn amüsierte es, dass Bill bei dem Gedanken, diesen Mann zu fassen, praktisch der Speichel aus dem Mund tropfte. Wenn irgendetwas schiefging, würde er Bill den Hals umdrehen. Der Mann war fast genauso begierig darauf wie Ace, Nestor hinter Schloss und Riegel zu bringen. Allerdings war es Ace egal, ob sie ihn tot oder lebendig bekamen. Er wollte nur, dass er von der Bildfläche verschwand.

»Wir sehen dich deutlich. Noch gibt es kein Zeichen von Aktivität«, erklang Mavericks Stimme in Aces Ohrhörer.

Sein törichter Bruder hatte darauf bestanden, anwesend zu sein, obwohl er sich in der Nacht zuvor eine Verletzung zugezogen hatte. Die Kugel hatte ihm das Bein aufgerissen, und er würde die nächsten Wochen nicht auf einen Stock beim Gehen verzichten können. Aber Maverick wollte als Beobachter dabei sein, und er war ein viel zu guter Schütze, um ihn von der Mission auszuschließen. Also hatte Ace widerwillig zugestimmt.

Ace entgegnete nichts, sondern nickte nur leicht mit dem Kopf. Falls Nestor ihn beobachtete, wollte er nicht, dass der Mann Angst bekam.

»Mir wäre viel wohler, wenn ich bei dir wäre«, beklagte sich Maverick.

Ein winziges Lächeln huschte über Aces Gesicht. Er wusste, dass es nicht zu seinen Brüdern passte, nur dabeizusitzen. Ace hatte nicht erlaubt, dass Cooper und Nick mitkamen, weil er zu besorgt war, Nestor könnte nicht auftauchen und die Gelegenheit nutzen, an ihre Frauen heranzukommen. Sie waren alle im Krankenhaus, umgeben von ausreichend Sicherheitskräften und Kommunikationsmitteln, um auf dem Laufenden gehalten zu werden.

»Wenn das vorbei ist, wirst du eine stinksaure Frau an der Backe haben«, prophezeite ihm Cooper. »Sie lässt mich nicht aus dem Krankenzimmer, und ihre Brüder sagen, dass es als Kneifen gilt, wenn du getötet wirst.«

Ace senkte den Kopf, als er gegen ein Lächeln ankämpfte. Er konnte sich vorstellen, wie Dakota jedem das Leben schwer machte, besonders, weil er ohne ein Wort verschwunden war. Die Zeit war gekommen und er musste schnell handeln. Viele Wahlmöglichkeiten hatte er sowieso nicht.

»Es ist Showtime, Ace«, sagte Bill laut und deutlich. Ace erstarrte. »Ich höre, dass Nestor das Grundstück betritt.«

In Aces Blick glomm erneute Wut, aber er musste sich konzentrieren. Sämtliche Scherze waren vergessen, als die Lautsprecher verstummten. Sie wussten, dass Ace zuhören und absolut konzentriert sein musste.

Ace schob den Verband auf seiner Schulter zurecht und ließ sich vom Brennen in seinem Arm daran erinnern, wie sehr er am Leben war. Er saß unbeweglich am Tisch in einem abgelegenen Café und wartete auf den Showdown mit Nestor.

Nestors Wahl des Treffpunkts hatte Ace gefallen. Der Mann dachte, er sei an einem öffentlichen Ort sicher. Die Gäste aber waren gegen verdeckte Ermittler ausgetauscht worden und der Schauplatz war definitiv abgesichert. Ace wusste, dass Nestor seine eigenen Männer mitbrachte, und deshalb würde es ein bisschen gefährlicher werden. Aber die Guten würden ganz sicher gewinnen, und Ace hatte allen Grund zu überleben.

Nestor lebte puren Hass und pure Rache aus. Und während Ace für das, was Dakota angetan worden war, seine eigene Rache wollte, war ihm auch wegen der Sicherheit seiner Familie daran gelegen, dass das hier ein Ende nahm. Es überwog alles, was Nestor mit sich herumtrug.

Ein schnittiger Sportwagen bog um die Ecke und sämtliche Muskeln in Aces Körper spannten sich an. Er hatte keinen Zweifel daran, dass das Nestor war, der mit allem Pomp vorfuhr. Das Auto hielt an und Nestor stieg zusammen mit einem riesigen Schlägertypen aus.

Sie betraten das Café, und als Nestor aufschaute, traf sein Blick auf Ace, der reine Bosheit im Gesichtsausdruck des

Mannes erkannte. Er strich sein Jackett glatt und kam selbstbewusst auf Ace zu.

Ace wollte nichts lieber, als den Befehl zum Todesschuss geben, damit das hier vorbei war. Aber er wartete, sein Körper in Habachtstellung, und konzentrierte sich auf den Mann, den er am liebsten mit eigenen Händen erwürgt hätte.

»Nur für den Fall, dass du irgendetwas geplant hast«, sagte Nestor mit einem Lächeln, das Ace einen kalten Schauer über den Rücken laufen ließ, »solltest du wissen, dass hier überall Bomben strategisch verteilt worden sind und meine Männer aufpassen. Wenn mich nur jemand anhusten sollte, kommt hier keiner lebend raus.«

Bei Nestors Worten breitete sich eine Gänsehaut auf Aces Armen aus. Er war nicht sicher, ob er bluffte. Aber er ließ sich seine Angst nicht anmerken.

»Wenn das hier sowieso nur ein Blutbad werden soll, warum hast du dann um ein Treffen gebeten?«, fragte Ace ruhig.

»Wir überprüfen auf Bomben, um herauszufinden, ob er die Wahrheit sagt«, ertönte Bills Stimme über den Ohrhörer. Ace wandte den Blick nicht von Nestor ab.

»Weil ich meinen Spaß mit dir hatte, jetzt aber gelangweilt bin«, antwortete Nestor.

»Ich habe auch die Nase ziemlich voll«, gab Ace zurück. Er griff nach seiner Kaffeetasse und nahm einen Schluck. Das Aufflackern von Wut in Nestors Blick freute ihn. Der Mann wollte, dass Ace Angst hatte und den Kopf einzog. Aber das würde nicht geschehen.

»Wie geht's deiner kleinen Frau?«, fragte Nestor mit einem Grinsen.

Aces spürte den unwiderstehlichen Drang aufzuspringen und dem Mann ins Gesicht zu schlagen. Genau dazu versuchte Nestor ihn zu bringen. Ace war allerdings zu sehr Profi, um sich auf das Niveau dieses Mannes herabzulassen.

»Sie wird wieder völlig genesen«, ließ Ace ihn wissen und zwang sich zu einem Lächeln. »Wie geht's deinem Bruder?« Er sagte das so todernst, dass Nestor einen Moment brauchte, um die Worte zu verarbeiten.

Er bekam genau die Reaktion, die er erwartet hatte. Nestor machte einen bedrohlichen Schritt auf Ace zu und blieb erst stehen, als sein Begleitschutz die Hand ausstreckte und etwas in einer fremden Sprache zu ihm sagte.

»Du bist ein verdammter Blödmann«, presste Nestor durch zusammengebissene Zähne hervor. »Sprichst von meinem Bruder und hast ihn selbst so skrupellos getötet.«

»Er hat bekommen, was er verdient hat«, gab Ace zurück.

»Wir können die Bomben nicht bestätigen, Ace. Warte noch einen Augenblick«, erklang Bills Stimme im Ohrhörer, denn er wusste, dass Ace auf neue Informationen wartete.

»Er hat dir vertraut und nicht seinem eigen Fleisch und Blut. Dafür hat er bezahlt, aber ich bin ein besserer Bruder, und ich habe an seiner Stelle die Rache übernommen«, prahlte Nestor.

»Wirklich?«, spottete Ace. »Was genau hast du getan?« Wieder grinste er Nestor an und verstärkte damit die Wut, die Nestor kaum noch zügeln konnte.

»Ich bin an deine Familie herangekommen«, sagte Nestor. »Und du bist, wie es sich für einen echten Feigling gehört, davongelaufen.«

Ace hasste es, dass er recht hatte. Er sprang von seinem Stuhl auf. »Wir machen eine Menge Dinge, die wir normalerweise nicht tun würden, um diejenigen zu schützen, die wir lieben«, konterte Ace. »Aber heute hat das alles ein Ende.«

»Ja, das hat es garantiert«, stimmte Nestor zu. Er stand hinter seinem Begleitschutz und zog eine Waffe.

Ace war auf diesen Moment vorbereitet, aber er war dennoch schockiert, als die erste Kugel flog. Nestors Schlägertyp riss die Augen auf, fiel auf die Knie und kippte dann nach vorn. Bills Agenten hatten auf Nestor gezielt und ihn verfehlt.

Das gab Nestor Zeit, selbst abzudrücken. Ace duckte sich, aber er war nicht schnell genug. Eine Kugel bohrte sich in sein Bein und machte es ihm unmöglich, weiter aufrecht zu stehen. Schnell kroch er hinter einer Wand in Deckung, bemerkte aber seinen Fehler sofort.

»Du bist aus meinem Blickfeld verschwunden«, wetterte Maverick in sein Ohr.

Bevor Ace sich umdrehen konnte, packte ihn Nestor von hinten und drückte ihm den Lauf der Waffe an die Schläfe. Wie zum Teufel hatte die Sache so schnell schiefgehen können?

»Ich weiß, dass du Männer hier hast, Ace, aber ich auch.« Nestor lachte.

In dem Augenblick hörte Ace Geschrei über den Ohrhörer und Bills wütende Stimme, die die Männer anwies, zurückzukommen. Ace lächelte Nestor an, damit er nicht mitbekam, dass etwas aus dem Ruder gelaufen war.

»Dieses Spiel kannst du nicht gewinnen, Nestor, ob ich lebe oder tot bin«, drohte Ace ihm.

»Und da irrst du dich. Dein Tod würde aller Welt klarmachen, dass man sich nicht mit meiner Familie anlegt. Wenn du tot bist, werde ich den Job zu Ende bringen und deine Frau und deine Brüder umbringen. Auge um Auge«, verkündete Nestor höhnisch und drückte seine Waffe noch stärker gegen Aces Schläfe.

»Du kommst hier nicht mehr lebend raus«, verkündete Ace.

Er griff nach dem Messer, das seitlich in seinem Hosenbund steckte. An seine Waffe kam er nicht heran, aber er konnte den Mistkerl ohne Probleme erstechen. Er musste nur dafür sorgen, dass der Mann und sein Ego weiter redeten.

»Ich werde gewinnen, du nichtsnutziger Grünschnabel«, zischte Nestor.

Das Klicken beim Entsichern der Waffe ließ Aces Herzschlag aussetzen. Er wusste, dass er nur einen ganz kurzen Moment hatte, um Nestor abzuschütteln. Und er glaubte nicht, dass irgendjemand einschreiten und ihm helfen konnte.

Deshalb rammte er seinen freien Ellbogen in Nestors Kehle, der daraufhin seine Waffe fallen ließ, hustete und nach Luft schnappte. Ace warf den Mann ab und griff nach Nestors fallen gelassener Waffe.

Nestor war offensichtlich daran gewöhnt, gequält zu werden, denn er erholte sich erstaunlich schnell. Er kochte vor Wut, beförderte mit einem Tritt die Waffe außer Reichweite und zog ein gefährlich aussehendes Messer hervor.

Er stach zu, aber Ace fing Nestors Arm ab. Allerdings war er immer noch nicht auf die Beine gekommen. Durch den Schuss ins Bein hatte er kein Gefühl mehr und er verlor immer mehr Blut. Schnell musste er die Situation in den Griff bekommen, sonst würde er bewusstlos werden, und Nestor bekäme seinen Sieg.

Nestor umkreiste ihn mit dem Messer in der Hand. »Das wird mir richtig Spaß machen«, beteuerte er und unterschätzte Ace dieses Mal nicht. »Ich wünschte, ich hätte mehr Zeit und könnte dich schön langsam erstechen, aber du wirst auf jeden Fall sterben.«

»Mach schon, Nestor. Auf was wartest du noch?«, stichelte Ace. »Hast du tatsächlich Angst vor einem Mann, der am Boden liegt?«

Seine Worte taten ihre Wirkung. Nestor stürzte sich wieder auf ihn und Ace zog in letzter Sekunde sein Messer und stieß es nach oben. Vor Schmerz und Schock traten Nestor fast die Augen aus dem Kopf, als die Klinge sich in seinen Bauch bohrte.

Mit letzter Kraft versenkte Nestor sein Messer in Aces bereits böse zugerichteten Körper. Ace wurde schwarz vor Augen, denn seine Verletzungen waren einfach zu stark. Er hörte Stimmen in der Ferne, aber alles verblasste schnell.

»Ace!«, rief jemand. Es hörte sich an wie Mav. Vielleicht redete er mit ihm durch den Ohrhörer. Im Moment wusste Ace nicht, was Realität war. »Halte durch, Bruder! Der Krankenwagen ist unterwegs.«

»Nestor?«, röchelte Ace.

»Der Mistkerl lebt und wird bezahlen. Wir haben ihn«, antwortete Bill. Sie waren beide da, und Nestor war gefasst worden.

Ace versuchte zu nicken, aber noch nicht einmal das konnte er. Schließlich erlaubte er der Dunkelheit, ihn einzuhüllen. Es war vorbei. Alles war vorbei. Seine Familie war sicher – Dakota war sicher. Das war alles, was zählte.

Kapitel 37

Ace hatte ein Déjà-vu-Erlebnis, als er zum Geräusch von Krankenhausmonitoren und dem Geruch von Antiseptika aufwachte. Dieses Mal war er allerdings nicht wegen seiner Sicherheit beunruhigt. Dieses Mal wusste er, dass seine Familie da sein würde und Dakota auch nicht weit entfernt war.

Er öffnete die Augen. Sein Kopf schmerzte, aber er blinzelte die verschwommene Sicht weg und konzentrierte sich darauf, wer bei ihm im Zimmer war. Er freute sich, Onkel Sherman, seine Mutter und seine Brüder zu sehen. Allerdings war er nicht glücklich darüber, dass diejenige nicht da war, die er wirklich gerne dagehabt hätte.

»Wo ist Dakota?«, fragte er.

»Wir freuen uns auch, dich zu sehen«, sagte Sherman mit einem halben Lächeln.

»Wo ist sie?«, wiederholte Ace seine Frage.

»Sie liegt im Zimmer nebenan und ist genauso mürrisch wie du«, antwortete Cooper.

»Bringt mich zu ihr«, forderte Ace.

»Du bist mehrmals angeschossen und niedergestochen worden und hast jede Menge Blut verloren«, erinnerte Nick ihn. »Du solltest nirgendwo hingehen.«

»Entweder helft ihr mir oder ich reiße wieder die Kanülen raus«, drohte Ace.

Cooper seufzte, stand auf und drückte auf die Ruftaste. Eine Krankenschwester kam herein, und es war glücklicherweise nicht die, die Ace vor einem Monat bedroht hatte. Er schämte sich fast für sein damaliges Verhalten.

»Wir brauchen einen Rollstuhl«, bat Cooper die Krankenschwester.

»Er kann nirgendwohin«, entgegnete sie.

»Kann ich wohl«, blaffte Ace. Sie schaute ihn an und verdrehte die Augen.

»Von Ihnen hab ich schon gehört«, sagte sie. »Bin gleich zurück.«

»Immerhin eilt dir dein Ruf voraus.« Maverick lachte.

Kurze Zeit später kam die Krankenschwester mit einem Rollstuhl zurück, und Nick und Cooper halfen Ace vom Bett in den Stuhl, während die Krankenschwester die Infusionsbeutel an die dafür vorgesehene Vorrichtung hängte. Sie murmelte etwas von dummen, starrköpfigen Patienten, aber immerhin tat sie, was Ace wollte.

»Sie sind startklar«, verkündete sie und verließ das Zimmer. Aces Körper war zwar betäubt von dem, was sie ihm verabreichten, aber die kurze Strecke vom Bett zum Rollstuhl hatte ihn erschöpft. Es kostete ihn äußerste Kraft, den Kopf aufrecht zu halten.

»Bring mich zu ihr«, bat er seinen Bruder.

Cooper schwieg, als er Ace aus seinem Zimmer ins nächste Zimmer schob. Dakota saß in ihrem Bett und schaute mit blutunterlaufenen Augen auf.

»Bist du okay?«, fragte sie, und eine Träne lief ihr über die Wange. »Ich sollte dir in den Hintern treten, weil ich mir deinetwegen so viele Sorgen gemacht habe.«

»Es tut mir leid«, sagte Ace, und ihm fiel auf, dass er das ziemlich oft zu ihr sagte. Er wusste nicht, wie er so viel Glück verdiente, sie zu haben, aber nun, da es so war, schwor er, dass er sie nie wieder gehen lassen würde.

»Sieht so aus, als hätten dich die bösen Jungs bereits gehörig in den Hintern getreten.« Wieder lief ihr eine Träne über die Wange.

Cooper schob den Rollstuhl an Dakotas Bett, und Ace streckte die Hand nach ihr aus und fühlte sich erst besser, als sie ihre Hand in seine legte.

»Du kannst das auch noch tun, wenn ich wieder vollkommen gesund bin«, versicherte er ihr.

Sie lächelte ihn an und dieses Lächeln war leuchtender als die Strahlen der Sonne. Er brauchte keine Schmerzmittel, er brauchte nur sie.

»Sie haben ihn, Dakota. Die Gefahr ist gebannt«, beruhigte er sie.

»Und du warst ein Dummkopf, dich in deinem Zustand mit ihm anzulegen.«

»Ich weiß«, gab er ihr recht. »Ich verspreche, so etwas nie wieder zu tun.«

»In deiner Branche kannst du das nicht versprechen«, erinnerte sie ihn. »Und ich würde dich niemals bitten, dich zu ändern.«

»Das brauchst du auch nicht. Sobald ich Bill treffe, werde ich ihm sagen, dass ich kündige«, versprach Ace.

»Tu das nicht für mich«, sagte sie.

»Ich tue es für mich, für dich *und* für unser Kind.« Ace strich mit der Hand über Dakotas flachen Bauch. »Ich will bei meiner Familie sein.«

Sie versuchte nicht mehr, die Tränen zurückzuhalten, als sie ihn mit einem hoffnungsvollen Gesichtsausdruck anschaute.

»Ich würde nicht wollen, dass jemand von mir verlangt, mich zu ändern, und deshalb würde ich es auch nicht von anderen verlangen, besonders nicht von jemandem, den ich liebe«, sagte sie leise.

Ace schmolz völlig dahin, als sie ihm ihre Gefühle offenbarte. Er mochte angeschossen, mit einem Messer verletzt und getreten worden sein, aber nichts davon war mehr wichtig. Denn es war alles gut ausgegangen, und jetzt war er zu Hause – genau dort, wohin er gehörte.

»Ich denke mal, ich werde Fluglehrer in Vollzeit.« Er lachte.

»Ach, wirklich?« Dakota grinste. »Dann sollte ich aber deine einzige Flugschülerin sein. Ich weiß ja, was du in diesen Flugzeugen machst.«

Ace wollte sie so gerne küssen, aber er konnte sich nicht vorbeugen.

»Komm bitte näher an mich heran«, bat er sie.

Dakota ließ sofort das Kopfteil ihres Bettes herunter und er legte seinen Kopf neben ihren und küsste sie vorsichtig.

»Ich liebe dich über alles, Dakota Forbes, und du wirst für den Rest meines Lebens mein Ein und Alles sein. Darüber brauchst du dir keine Sorgen zu machen«, gab er ihr das Versprechen.

»Ich werde dich darauf festnageln, Ace Armstrong«, drohte sie ihm.

»Gut. Das kannst du jeden Tag machen, an dem du meine Frau bist.«

Wieder lächelte sie ihn an, nahm sein Gesicht in beide Hände und küsste ihn jetzt mit ein bisschen mehr Leidenschaft. Erst als Cooper sich räusperte, unterbrachen sie den Kuss.

Ace drehte sich zu seinem Bruder um. »Hilf mir in dieses Bett und dann verschwinde.«

Cooper verdrehte die Augen. »Das ist das Letzte, was mir an deiner Stelle in den Sinn käme.«

»Ich will doch nur meine zukünftige Frau in den Armen halten«, erwiderte Ace.

Cooper lachte, half seinem Bruder aber schließlich doch. In dem Augenblick, in dem Ace neben Dakota im Bett lag und sie sich in seinen Armen zusammenrollte, war die Welt wieder in Ordnung. Cooper verließ das Zimmer, und Ace wurde bewusst, dass er nicht mehr in Eile war, um an irgendeinen Ort zu gelangen – er war genau dort, wohin er gehörte.

EPILOG

Dakota konnte nicht mehr aufhören zu grinsen, als sie in den Spiegel schaute, obwohl ihre Wangen schon wehtaten, weil sie es den ganzen Tag getan hatte. Heute war der große Tag. Heute hatte sie den Mann geheiratet, ohne den sie nicht mehr leben konnte. Er war nicht nur ihr Held und Beschützer, sondern er hatte sie genauso sehr gerettet wie sie ihn.

Er hatte sie an jenem Tag im Krankenhaus heiraten wollen, aber nicht nur sie hatte darauf bestanden, eine märchenhafte Trauung zu haben, auch ihre Mutter hätte Ace die Ohren lang gezogen, wenn er sie um eine extravagante Hochzeitsfeier gebracht hätte. Dakota war ihre einzige Tochter, und Juliana hatte ihr ganzes Leben von diesem Tag geträumt.

Und bis jetzt war er perfekter, als Dakota es sich je hätte vorstellen können. Ihre Brüder hatten Ace die Hölle heißgemacht, weil er ihr Leben riskiert hatte, aber mit der Zeit hatten sie gesehen, wie sehr Ace Dakota liebte und wie sehr sie ihn liebte und waren zahmer geworden – ein wenig.

Die Hochzeit war drei Monate lang geplant worden. Ace war die ganze Zeit mit den Nerven am Ende gewesen, und Dakota wusste nicht, warum. Beide hatten jede Nacht zusammen verbracht, bis auf die letzte, als seine Brüder und ihre neuen

Schwägerinnen darauf bestanden hatten, separate Partys für sie zu geben. Alle hatten ihnen versichert, dass es Unglück bringt, wenn Braut und Bräutigam die letzte Nacht vor der Hochzeit zusammen verbringen. Sie beide hatten mächtig geschmollt, aber trotzdem auf den Partys viel Spaß gehabt. Doch als Dakota vor dem Altar dann auf Ace traf, hatte sie das Gefühl, sie hätte ihn anstelle von lächerlichen achtzehn Stunden jahrelang nicht gesehen.

Die Trauung hatte sie nur verschwommen wahrgenommen. Sie hatte sich die ganze Zeit in Aces Augen verloren. Nur als ihr Vater sie zum Altar geführt hatte, hatte sie ein paar Tränen vergossen, weil ein Tränenschleier über den Augen des alten Mannes gelegen hatte. Noch nie in ihrem Leben hatte sie ihren Vater eine Träne vergießen sehen. Sie wusste, wie sehr er sie liebte, aber es erfüllte sie mit viel Freude zu sehen, dass er dermaßen glücklich für sie war, aber auch traurig, sie gehen zu lassen. Dakota hatte ihn extra fest gedrückt, bevor er sie Ace übergeben hatte. Doch bevor Lucian zu seinem Platz gegangen war, hatte er Ace gewarnt, Dakota niemals wehzutun, und Ace hatte es versprochen.

Sie hatten die Hochzeitstorte angeschnitten und gelacht, als die Reden gehalten wurden. Dakota wollte nicht, dass dieser Tag verging. Na gut, das stimmte nicht ganz. Es gab ja noch die Hochzeitsnacht, auf die sie sich freuen konnte. Und sie hatte darauf bestanden, dass sie auf ihre Hochzeitsreise in einem Privatjet gehen würden, der mit einem Schlafzimmer ausgestattet war.

Jetzt hatte sich Dakota umgezogen und war schon viel zu lange von Ace getrennt. Sie erhob sich von der Bank im Badezimmer und ging hinaus. Sie entdeckte ihn sofort im Gespräch mit seinem Bruder Mav.

Dakota war überglücklich, dass die beiden reinen Tisch gemacht hatten. Mav hatte Ace eine Weile nach seiner Rückkehr misstraut, und nur Dakota wusste, wie sehr es Ace das Herz gebrochen hatte, obwohl er spürte, dass er es verdient hatte. Aber jetzt war alles wieder in Ordnung zwischen den beiden.

Ace hatte zwar darauf bestanden, Dakota weiter Flugstunden zu geben, aber sie war seine einzige Flugschülerin geblieben. Er hatte sein eigenes Detektivbüro eröffnet und ertrank bereits in Arbeit. Er sagte, sie könne jetzt die Pilotin in der Familie sein, obwohl auch er sich mindestens zweimal pro Woche mit seinem Privatflugzeug in die Lüfte erhob, um zu entspannen, wenn es das Wetter erlaubte. Washington hätte zu viele Regentage, beklagte er sich oft. Dakota hatte angeboten umzuziehen, aber er hatte gesagt, dass er viel zu lange von zu Hause weg gewesen sei. Sie war mehr als dankbar, dass sie dort bleiben konnte, wo ihre Familie lebte, ihre beste Freundin ganz in der Nähe war und auch Aces Brüder wohnten. So würden sie niemals allein sein.

Ace entdeckte Dakota und ließ seinen Bruder mitten im Satz stehen, worüber Mav lachte.

»Ich habe dich vermisst«, beschwerte Ace sich bei ihr, zog sie an sich und führte sie auf die Tanzfläche. Ein Blick in Richtung der Band reichte aus, damit sie ein langsames Lied spielten.

Dakota lag sicher in den Armen ihres Mannes. Er wiegte sich mit ihr, und ihr Herz war so voller Freude, dass sie glaubte, es würde ihr gleich aus der Brust springen. Und genau in dem Augenblick bemerkte Dakota, dass es sich Sherman und Joseph bei ihrem Vater an einem Ecktisch bequem gemacht hatten und die Köpfe zusammensteckten.

Dakota lachte vor Freude und Ace schaute sie fragend an.

»Was geht dir durch den hübschen Kopf?«, fragte er sie.

»Schau mal dort drüben«, sagte sie und drehte seinen Kopf. Ace brauchte ein wenig, bis er ihren Vater, seinen Onkel und Joseph entdeckt hatte.

»Und was ist da?«, fragte er völlig unwissend.

»Oh, ich glaube, meine Brüder können sich auf einigen Ärger gefasst machen.« Sie lachte vergnügt.

Ace riss die Augen auf und schaute zu Dakotas Brüdern. In seinem Gesicht spiegelte sich Mitleid.

»Glaubst du, die Ehe taugt nicht für jeden?«, fragte sie.

»Überhaupt nicht. Ich weiß gar nicht, weshalb ich solche Angst davor hatte. Aber ich habe Gerüchte über meinen Onkel Sherman und seinen besten Freund Joseph gehört. Ich muss sagen, deine Brüder tun mir ein bisschen leid«, gab Ace zu.

»Sie sind eigensinnige Dummköpfe und müssen mal einen Dämpfer verpasst bekommen«, konterte sie.

»Hast du vor zu helfen?«, fragte Ace.

»Auf jeden Fall«, antwortete Dakota fröhlich.

Und dann gab Ace ihr einen Kuss, auf den sie schon den ganzen Abend gewartet hatte. Sämtliche Gedanken über ihre bedauernswerten Brüder verflogen, als sie sich in die Arme des Mannes schmiegte, ohne den sie keinen einzigen Tag mehr verbringen wollte.

DANKSAGUNG

Dies ist immer der schwierigste Teil für mich, denn es gibt Hunderte von Leuten, die mir geholfen und auf mich eingewirkt haben, damit ich Erfolg habe. Einen Roman kann und will ich nicht allein schreiben. Autorin zu sein ist ein Privileg, das ich niemals als selbstverständlich ansehen werde. Es gibt immer noch Tage, an denen ich nicht blinzeln möchte, weil ich Angst habe, es war alles nur ein Traum. Dann wache ich aber auf, gehe an meinen Computer und stelle fest, dass ich tatsächlich diesen Traum meines Lebens lebe.

Zuerst möchte ich mich bei meinen Fans bedanken. Vielen Dank, dass ihr an mich und meine Geschichten glaubt, meine Liebe fürs Schreiben teilt, mich eure Erfahrungen wissen lasst und immer da seid. Ich liebe es, mich mit euch auszutauschen, euch zu treffen und unser Leben miteinander zu teilen. Ich bin nichts ohne euch, und das ist etwas, was ich niemals vergessen werde.

Vielen Dank an meine fantastischen Lektorinnen. Um es noch einmal zu wiederholen: Solch ein Projekt kann man nicht allein schaffen. Ich will nicht immer dieselbe Geschichte erzählen. Ich will mich nicht wiederholen oder beim Schreiben faul werden. Ich liebe die Herausforderungen, und ich liebe es, Leute um mich zu haben, denen ich vertraue und die mir durch den ganzen Prozess hindurch zur Seite stehen. Ich habe Glück gehabt, Lauren als Lektorin zu bekommen, die mir nicht erlaubt, faul zu sein, aber einer der positivsten Menschen ist, die ich je getroffen habe. Immer gibt sie mir ein gutes Gefühl in Bezug auf das, was ich geschrieben habe, bevor sie mich dazu drängt, das Bestmögliche daraus zu machen. Glück habe ich auch mit Maria gehabt, die ein wahres Energiebündel ist und mit der ich mich immer gerne unterhalte. Sie gibt mir immer das Gefühl, dass ich es noch besser hinbekommen kann. Vielen Dank an das gesamte Montlake-Team. Ihr seid alle unglaublich positiv, ermutigend und engagiert. Ich freue mich immer auf die Konferenzen, wo es stets etwas zu lachen gibt, wo wir übers Geschäftliche reden, aber auch viel Spaß haben. Auch habt ihr gelernt, dass ich jederzeit eine unterhaltsame Countrybar einem Fünf-Sterne-Restaurant vorziehe und lieber in Yogahosen tanzen gehe, als mir darüber Sorgen zu machen, welche Gabel zu welchem neuen Gang gehört.

Dank auch an meine Autorenfreunde. Ich liebe die Gespräche mit euch und zusammen eine Marke aufzubauen. Ich bin überwältigt von eurer fortdauernden Unterstützung. Euer Lachen, eure Verrücktheit und mitternächtlichen Diskussionsrunden helfen mir durch Schreibblockaden und eure fiktiven Welten bringen mich an glückliche Orte. Ich lese weit mehr, als ich schreibe. J. S. Scott und Ruth Cardello sind ganz sicher meine Komplizinnen und ich schätze unsere gemeinsame Zeit. Es gibt noch viele Autoren, die ich sehr mag, aber darüber könnte ich ein eigenes Buch schreiben, und ich bin sicher, ihr wollt stattdessen lieber eine Geschichte.

Zu guter Letzt möchte ich mich bei meiner Familie und meinen Freunden bedanken. Die Kleinen zaubern mir stets ein Lächeln ins Gesicht und erinnern mich daran, dass ich immer die Wahl habe, jung zu bleiben. Die Erwachsenen verschaffen mir dringend benötigte Schaffenspausen. Ich liebe es, zu lachen, und mich an keine Grenzen zu halten. Ich liebe es, Dinge zu tun, von denen ich nie dachte, dass ich sie schaffen würde. Ich liebe es, mich zu fürchten, glücklich, traurig, erschöpft und energiegeladen zu sein. Ich möchte alle Gefühle spüren, denn ohne sie wäre ich sicherlich keine gute Schriftstellerin. Danke, dass ihr mir das alles gebt und dass ihr mich liebt und aus meinen Fantasiewelten holt, wenn ich wochenlang vergessen habe, aus dem Haus zu gehen. Danke, dass ihr mich auf dieser Reise begleitet.

FSC
www.fsc.org
MIX
Papier | Fördert
gute Waldnutzung
FSC® C083411

Zeitfracht Medien GmbH
Ferdinand-Jühlke-Straße 7
99095 Erfurt, Deutschland
produktsicherheit@kolibri360.de

Druck:
CPI Druckdienstleistungen GmbH
im Auftrag der
Zeitfracht Medien GmbH
Ein Unternehmen der Zeitfracht - Gruppe
Ferdinand-Jühlke-Str. 7
99095 Erfurt